El
SABOR
del
AMOR

· **Edición:** Gonzalo Marín
· **Coordinación de diseño:** Marianela Acuña
· **Diseño de portada:** Luis Tinoco
· **Diseño de interior:** Silvana López y Carolina D´Alessandro

© 2019 Gustavo Villafán Enríquez
© 2019 Vergara y Riba Editoras, S. A. de C. V.
www.vreditoras.com

-MÉXICO-
Dakota 274, Colonia Nápoles
C. P. 03810, Del. Benito Juárez, Ciudad de México
Tel./Fax: (5255) 5220–6620/6621 • 01800–543–4995
e-mail: editoras@vreditoras.com.mx

-ARGENTINA-
San Martín 969, piso 10 (C1004AAS) Buenos Aires
Tel./Fax: (54-11) 5352-9444
e-mail: editorial@vreditoras.com

Primera edición: junio de 2019

ISBN: 978-607-8614-64-6

Impreso en México en Litográfica Ingramex, S. A. de C. V.
Centeno No. 195, Col. Valle del Sur, C. P. 09819
Delegación Iztapalapa, Ciudad de México.

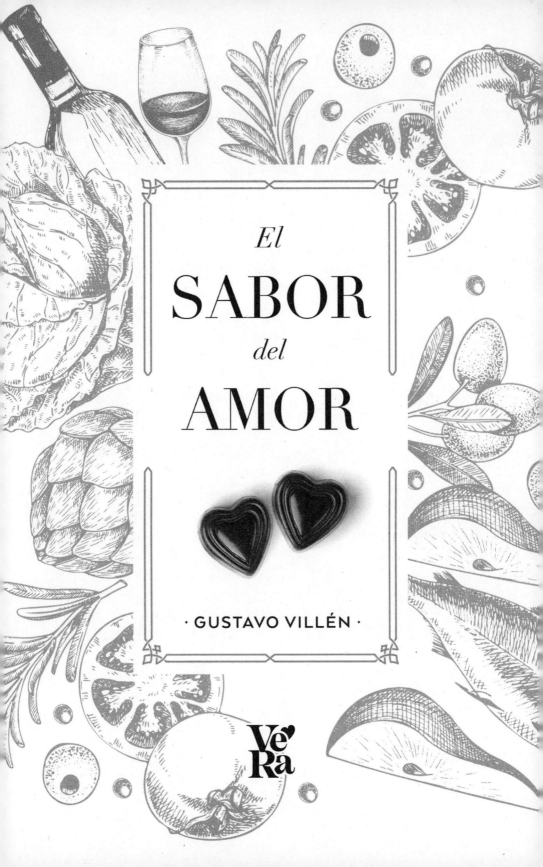

El
SABOR
del
AMOR

· GUSTAVO VILLÉN ·

VéRa

Dios no me pudo haber dado felicidad
más grande que la
de ser tu hijo.
Eres lo mejor de mi vida y este libro
es para ti, Miss Soco.

CAPÍTULO 1

Inclemencias del tiempo

La cocina es un campo de batalla. Todos corren, pero sabiendo lo que cada uno tiene que hacer. Una gota de sudor recorre la calva de Antoine, mientras que, con la precisión de un cirujano, deja un humeante corte de pato sobre un plato. El aroma que despide es capaz de despertar el olfato de cualquiera y, después, decora con hojas de hierbabuena alrededor.

—¡Lulo! ¡Lulo! ¿Cuánto más tengo que esperar por esas calabazas? —exclama Antoine apurado, levantando su vista del plato.

—¡En un minuto, chef! —responde Lucía completamente concentrada desde otro rincón de la cocina.

Lucía, de veintiocho años recién cumplidos, tez morena y unos ojos tan expresivos que parecen detener el tiempo cuando cualquiera se los queda mirando detenidamente, sonríe mientras corta las calabazas con una fluidez que siempre le ha traído elogios. Antoine voltea a verla y, al notarla en su faena a través de esa naturalidad, sonríe también.

Edward Miller, el dueño del restaurante, entra en la cocina. Es el único que no usa la clásica filipina blanca, ya que la suya es negra. Lucía voltea a verlo de reojo y pone los ojos en blanco. Por esto, se hace un pequeño corte en el dedo, se lo lleva a la boca y ahoga un grito. Pete, un chef alto, delgado y de aspecto muy relajado está frente a ella y sonríe al darse cuenta. Lucía le devuelve la mirada y hace un gesto burlón, hacia su propia desgracia. Algo característico en Lucía es, precisamente, eso: nunca se toma los problemas demasiado en serio, prefiere pensar en soluciones. Por eso, Lucía toma un trapo para limpiar el corte. Edward se fija en ella con un gesto reprobatorio, pero no hace ningún comentario.

—¡No es posible! ¡Ya es tarde! ¡¿Se los tengo que recordar siempre?! —Edward señala su reloj mientras habla—. ¡El tiempo es lo más importante para la excelencia!

Lucía imita en silencio la última frase, al mismo tiempo que Edward habla. Pete no puede más y le hace señas para que se calme. Edward voltea a verlo y Pete de inmediato vuelve a vigilar la cocción de un pescado. Lucía, con una sonrisa amplia y cálida. Pete la mira y se sonroja ante ella.

Ahora Edward ha cambiado su actitud de reproche por una de rigurosa inspección. Se pasea por la cocina revisando todo. Se acerca a Lucía. Le quita un momento el cuchillo y rebana las calabazas en cortes exactos. Lucía lo mira con reproche y él deja el cuchillo sin voltear a verla. Se aleja.

—Arrogante —menciona Lucía en voz baja con su mayor desprecio.

Antoine se acerca y la mira, divertido. Recoge las calabazas y las coloca alrededor del pato, formando un círculo perfecto. Lucía se acerca y vierte la salsa de nuez en el pato, formando pequeños círculos sobre él y sin alcanzar las calabazas. Antoine le sonríe y adorna con una hoja de hierbabuena más grande. En ese momento, Edward sale de la cocina frunciendo el ceño, justo después de ver a Lucía y Antoine colaborando. Se acerca el camarero y Lucía le entrega el plato con una delicadeza digna de una corona de cristal y diamantes. El camarero sale y Lucía voltea a ver a Antoine, quien le da una palmada en la espalda.

—Bien, bien —le dice cariñoso.

—Me gustaría ayudarte más —ella responde—. Tú sabes de lo que soy capaz. Sabes que puedo darte más.

–¡Lo sé! Y eso no me preocupa. Pero aquí las cosas funcionan de cierta manera por algo. Poco a poco. No te desesperes. Recuerda que el tiempo es lo más importante para la excelencia.

Lucía lo mira con cara de disgusto. Antoine suelta una carcajada y toma una de sus manos entre las suyas.

–Pronto, *ma fille*, pronto. Ahora solo nos queda esperar a que me muera. Seguro así Edward te asciende –le dice con una sonrisa burlona.

–¡Cállate! ¡No lo digas ni de broma!

Antoine sonríe y aprieta la mano de Lucía.

–Tienes mucho talento. Eres una de las mejores chefs que he conocido. ¡Y vaya que he conocido bastantes!

Él ríe brevemente y Lucía sonríe conmovida.

–Aunque no todos piensan igual... Preferiría mil veces esperar a que Edward, el Big Boss, se muera en vez de ti.

Antoine niega con la cabeza, divertido. En ese instante, Amanda, administradora, socia del restaurante y exesposa de Edward, entra a la cocina. Su cabello, rubio y largo, adorna su rostro perfecto, complemento ideal para su estilizada figura, que siempre resalta por la ropa entallada que utiliza. Fija la mirada en las manos de Antoine sosteniendo la de Lucía. Alza una ceja. Ambos se incomodan y se sueltan. Amanda voltea a verlos y sonríe, fingiendo cercanía.

–Antoine, cariño, necesito que vayas a verme en cuanto tengas un momento. Quiero preguntarte... –mira a Lucía con leve desprecio– algo en privado. Cosas administrativas, ya sabes.

–Claro, Amanda. Puedo ir de inmediato, si quieres –responde Antoine con naturalidad.

Amanda vuelve a mirar a Lucía, quien ya no soporta más y alza la cabeza, retándola con la mirada. Esto hace que la sonrisa de Amanda y su regocijo aumenten.

–¿Seguro que puedes dejar tu puesto en este momento?

Antoine nota las miradas entre ellas y abraza por los hombros a Lucía.

—¡Claro que sí, Amanda! Lulo está aquí. Confío plenamente en ella.

Amanda sigue sonriendo. Dirige su mirada hacia la mano de Antoine en el hombro de Lucía. Es una mirada tan penetrante, tan mal intencionada, que ambos se vuelven a sentir incómodos y Antoine la suelta.

—Ya veo, ya veo… Bueno, vamos, ¿no? —responde Amanda con la misma sonrisa hipócrita.

Antoine se acerca a ella y abre la puerta de la cocina. Espera a que Amanda salga, voltea a ver a Lucía, le guiña un ojo y sale. Lucía resopla del coraje. Pete se acerca a ella. Lucía lo mira.

—No seas tan obvia —le recomienda Pete—. Un día te van a despedir.

—No me importa —responde Lucía—. Hasta sería mejor no trabajar para gente tan indeseable.

Pete niega.

—No creo que no te importe —le dice.

—Claro que me importa, solo que no me quita el sueño. ¿La has visto? A ella ni siquiera le importamos, solo para molestar. No soporto su mirada, es horrible. Parece que todo el tiempo está planeando matar a alguien.

Lucía toma un cuchillo de la mesa y lo encaja en alguien invisible. Pete sonríe. Ella sonríe, deja el cuchillo y ambos vuelven a sus labores.

Ya es de noche y el calor primaveral sigue latente. Lucía sale del restaurante y sonríe ante la calle 52 que, a pesar de la hora, sigue llena de gente. La vida resplandece en Nueva York, nunca acaba y eso le llena el corazón. Adora vivir ahí y trabajar en La Rochette, el mejor restaurante de comida francesa de la ciudad. Orgulloso portador de tres estrellas Michelin e innumerables reconocimientos. Siempre en las listas de los restaurantes más exclusivos.

Es uno de sus grandes sueños cumplidos, "con el favor de Dios", como diría su abuela Meche. Pero ella quiere más. Y su máximo sueño es que un restaurante como La Rochette sea suyo. Aunque, como La Rochette, no. ¡Ella quiere uno aún mejor! ¡El mejor de todos! A veces lo ve muy lejos, siente que pierde su tiempo trabajando como ayudante de Antoine, aunque no se queja. Pero su madre, Coco, siempre le ha dicho que no debe renegar de lo que tiene, aunque quiera más. Tarde o temprano, y si trabajas duro, siempre llega lo mejor. Solo que Lucía no tiene la paciencia suficiente.

Lucía mira alrededor. Busca algo. Se da cuenta de que aún tiene el pelo amarrado y lo suelta, dejando caer su hermosa melena negra, que le llega hasta los codos, adornando su esbelta figura. Mete una mano al abrigo, toma su teléfono y marca.

—¿Sí? —responde una voz masculina y amable del otro lado.

—¿Dónde estás?

—Aquí, chef, esperándote. Solo que un poco más atrás.

Lucía sonríe ampliamente mientras voltea y ve un taxi, esperando afuera. Camina hacia él. Abre la puerta trasera y, adentro, Ben le sonríe. Es un poco alto para ella, pues Lucía apenas llega a medir 1.65, sin embargo, también se siente segura con él por este detalle. A Lucía siempre le han gustado los labios de Ben y, en cada beso, busca deleitarse nuevamente con ellos. Por lo que, al subir al coche, lo primero que hace es besarlo apasionadamente. Él responde, mientras su mano recorre la pierna de Lucía. Ella se separa divertida, al darse cuenta de que el chofer del taxi los mira con curiosidad.

—No, aquí no, Ben —sonríe divertida al chofer—. Buenas noches.

—Buenas noches, señorita —dirige su mirada a Ben—. ¿Nos vamos, señor?

Ben asiente, sonriendo.

—¡Por favor! —responde con una mirada pícara—. A la 52 Este, en la 72.

El chofer asiente, mientras Ben vuelve a tocar la pierna de su novia. Ella niega divertida y la quita. El chofer arranca y Ben toma un chocolate amargo de su bolsillo, el favorito de Lucía.

—¿Cómo te fue, chef? —le pregunta entregándole el chocolate.

Lucía suspira cansada, pero ve el chocolate y se reanima. Le da un beso en la mejilla. Sonríe ampliamente. Adora que Ben le diga chef, la hace sentir importante y convencerse de que algún día alguien más se lo dirá. Abre el chocolate y empieza a comerlo. Tarda en responder a la pregunta de Ben, mientras lo saborea en su boca.

Es uno de sus sabores favoritos. Le recuerda a su abuela. Ella siempre le regalaba un chocolate del "jarrón especial" de la cocina cuando era niña. Lucía disfrutaba profundamente acompañarla cuando ella cocinaba. Su abuela ponía una vieja radio y ambas cantaban y bailaban mientras iban preparando los ingredientes. Si ella le ayudaba y hacía las cosas bien, Doña Meche tomaba un chocolate del "jarrón especial" y se lo daba, llevándose un dedo a la boca para que no le dijera nada a su abuelo. Lucía se quedaba callada siempre, su abuela es su más grande cómplice.

Pero de pronto regresa a la realidad, cuando se da cuenta de que Ben la mira, expectante. Ella sonríe.

—¡Perdón! Me perdí. ¿Qué decías?

—¿Que cómo te fue hoy, corazón? —le pregunta sin dejar de mirarla.

—Bien, muy bien… O bueno, como siempre. Me gustaría hacer más, pero ya sabes, jerarquías.

Ben le sonríe condescendiente y ella da un bocado más grande al chocolate.

—Pero Antoine es buen tipo, ¿no? Digo, tan buen tipo que hasta me dan celos —Ben echa el comentario sin mala intención.

Lucía sonríe y niega.

—Ya te he dicho que me ve como a una hija. Es muy lindo, sabes la historia. Me parezco mucho a la hija que perdió. Por eso me protege y me ayuda a mejorar. Pero él no es el problema. Edward Miller y su arrogancia lo son.

—Lo odias tanto que, si no fuera porque es uno de los mejores del mundo, ya lo hubieras mandado al diablo hace mucho, estoy seguro.

—No lo odio.

Ben la mira, cómplice, y sonríe.

—Bueno, sí, un poco. Digo, me cae muy mal. Solo es eso. Además, no puedo estar más agradecida de haber entrado a trabajar en La Rochette. Es algo a lo que muchos ni siquiera llegan al final de sus carreras. Y yo estoy iniciando la mía ahí. ¿Puedes creerlo?

—¡Claro que puedo! Lo veo cada día y sé que estás muy contenta. Aunque no es un secreto que me gustaría pasar más tiempo juntos.

Lucía mira a través de la ventana del automóvil. Se fija en su reflejo en la medalla de la Virgen de Guadalupe que cuelga de su cuello.

—*Shit!* Es cumpleaños de mi mamá —dice pegándose en la frente con la mano.

—Ya sé. Le envié un mensaje.

—¿En serio? ¿Por qué no me recordaste?

—Pues, ¿porque es tu mamá? Se supone que tú deberías hacerlo sola.

Lucía frunce el ceño. Ben la mira con reprobación, pero es una discusión que no planea volver a tener.

—La llamo llegando.

—Okey.

Lucía lo mira molesta.

—Odio los monosílabos.

Ben ríe.

—Okey, "mi amor" —le responde haciendo énfasis en las últimas dos palabras.

Lucía se vuelve a concentrar en la ventana. ¿Cómo pudo olvidar el cumpleaños de su mamá? Bueno, tuvo un día muy pesado, pero, ¿de verdad no se pudo tomar ni cinco minutos? Simplemente no se acordó. Lo que es mucho peor. Le urge llegar a su casa, no se podría perdonar que se le pasara el día sin hablar con ella.

Su mamá es un tema muy especial para Lucía. Su padre las dejó solas en medio de un centenar de promesas sin cumplir. Antes, Lucía le reprochaba a su mamá haberse fijado en ese hombre. Y de ello ha aprendido mucho. Desconfía del amor. Ella nunca se ha dejado llevar por él. Ben es su primer y único novio. Lucía intentó salir con otros muchachos, bastantes, y siempre tuvo éxito con ellos, pero ninguno le parecía lo suficientemente valioso como para darle su tiempo ni, mucho menos, su corazón. Se puede decir que Ben se lo ha ganado, aunque no del todo. Ella lo sabe, es incómodo. Si alguien le pidiera a Lucía que explicara la situación, se quedaría callada. Y eso es algo grave en ella.

Coco dejó México para irse a Estados Unidos cuando Lucía era muy pequeña. Quiso darle una mejor vida y aportar más de lo necesario a sus padres, los abuelos de Lucía, quienes siempre cobijaron en su hogar a su nieta y le brindaron su apoyo. Lucía, aunque siempre tuvo todo el amor de sus abuelos, se llenó de tristeza al estar lejos de su madre. Y piensa en ella sosteniendo su medalla de la Virgen de Guadalupe, el regalo más especial que conserva de ella después de que se fuera a los Estados Unidos.

Lucía no entendía muy bien lo que pasaba, hasta que su abuela le contó que su mamá le había pagado a un coyote, un contrabandista, para ayudarla a cruzar la frontera. Para ese entonces, Lucía pensó que sería muy fácil. Pero un día recibieron una llamada de Coco, quien apenas hablaba porque casi muere en el desierto, donde se quedó sola, sin agua ni alimentos. Pero se obligó a sobrevivir pensando en Lucía, a quien no podía dejar así, sin padre y sin madre. Una mujer hondureña la encontró y la ayudó a reponerse. Empezó lavando trastes en un restaurante. Se mudó a Texas y se dedicó a limpiar casas. Tenía varios trabajos y, puntualmente, mandaba dinero para ayudar a sus padres con los gastos de Lucía.

—¡Lu! —Ben la quita de sus pensamientos.

Lucía se sobresalta.

—¿Qué?

—Ya llegamos a la casa. Te perdiste.

Lucía asiente distraída y se baja del coche. Entran al edificio y, mientras caminan hacia el elevador, él la mira extrañado. A veces siente que ella está en otro mundo, un mundo donde no está tan seguro de tener cabida. Nunca fue muy cariñosa, por lo que muchas veces Ben se desespera al intentar tener momentos de intimidad con ella y no lograrlo. El sexo es bueno, sí, siempre lo ha sido, pero él busca otro tipo de intimidad. Compañía, sobre todo, ser cómplices de sus vidas, contarse sus preocupaciones y alegrías, formar parte el uno del otro.

Pero Lucía siempre es muy escueta al hablar de sus cosas y aún más para interesarse por las de él. Por momentos, Ben siente que comparte el apartamento con una amiga y no con la mujer que, supuestamente, quiere pasar el resto de su vida a su lado.

Entran al apartamento. Él lo ve como su lugar seguro, pero ella no. Es decir, Lucía no tiene ningún problema con el lugar, le gusta y, además, lo decoraron entre los dos. Cada rincón tiene algo de alguno de ellos. Pero, por momentos, Lucía no siente que sea tan suyo. Siente que le falta algo para sentir el calor de hogar al que está acostumbrada. Aunque no sabe qué es.

A veces cocina viejas recetas de su abuela para sentir ese calor. Pero Ben no ve esa labor como ella la ve. A él le fascina la sazón de Lucía y la pasión con la que prepara cada platillo, pero, a pesar de ser hijo de padre mexicano, él no está acostumbrado a ese tipo de sabores, pues nació y creció en Estados Unidos. Lucía se frustra mucho porque Ben no se puede conectar con los sabores como ella. Ben come por comer, mientras Lucía disfruta el resultado de su esfuerzo, de su arte. Cada platillo que ella cocina es un trozo de su corazón encarnado.

Ambos caminan por el apartamento, cada quien en sus propios pensamientos. Entran a su habitación. Lucía se pone su ropa de dormir y Ben hace lo mismo. Finalmente, él la mira, ansioso.

—¿Quieres cenar algo? —aventura.

—No.

—Lo bueno es que odias los monosílabos —murmura.

—¿Qué?

Él no responde y se mete al baño. Cierra la puerta. Lucía, de verdad, no escuchó. Pero lo conoce, sabe que algo le ocurre y quiere discutirlo.

Le encanta discutir cosas sin sentido y ella huye de eso cada vez que puede porque la estresa, y el estrés la hace perder el control.

—¡Le voy a hablar a mi mamá! —ella grita hacia la puerta del baño.

Ben no responde. Lucía pone los ojos en blanco y sale de la habitación. Llega a la cocina. Se prepara un té mientras revisa sus mensajes. Tiene cinco de Ben que nunca vio. ¿Será que por eso está enojado? No, le llevó un chocolate. Pero ¿entonces? Luego lo averiguará. Ahora debe llamarle a su mamá.

—¿Bueno? —se escucha del otro lado del teléfono, en altavoz.

Lucía sonríe ampliamente.

—Hola, ma. ¡Feliz cumpleaños!

—Hijita de mi vida, ¡gracias! Pensé que se te había olvidado.

Lucía pone cara de culpa.

—¿Cómo crees? No, tuve un día muy pesado. Solo eso.

—Tú siempre tienes días pesados, mija. Un día te vas a enfermar. Recién cumpliste veintiocho años y llevas un ritmo de vida muy cargado.

—Ya fue hace unas semanas, mamá. Y no exageres, es el mejor momento para hacerlo. Ya sabes, tengo que brillar. A veces me desespero mucho y quisiera hacer más, pero no puedo.

—Hija, ten paciencia. No hay prisa de nada. Vas por buen camino. Solo debes seguir. Es cuestión de tiempo.

—Odio el tiempo —suspira, se sorprende acordándose de Edward. Niega de inmediato y finge un escalofrío—. Ay, ma. No sé. De verdad que quisiera tener una maquinita del tiempo para adelantarlo. ¿Te acuerdas? Cuando era niña me decías que teníamos que inventar una para hacer avanzar el tiempo y vernos más pronto.

Se escucha la risa de Coco.

—Claro que me acuerdo, hija. Pero hoy te puedo decir sin ninguna culpa que eso no es posible. Cuéntame, ¿cómo está Ben? Me mandó un mensaje en la mañanita.

—Sí me dijo. Ahora anda enojado —baja la voz.

–¿Y ahora qué le hiciste?

–¿Yo? Nada, ma. De verdad que nada. Es un exagerado. Todo lo toma personal, todo le parece mal, me desespera...

–Pero si a ti todo te desespera, hijita, relájate. ¿Lo has hablado con Hanna?

Lucía se queda callada un momento. Odia que la interrumpan, pero es su madre. Respira.

–Muchas veces, pero es *life coach*, no mi psicóloga. Creo que no me entiende del todo.

–Pero hace mucho dejó de ser tu *coach*, es tu mejor amiga. Deberías estar más abierta a escuchar su opinión.

Lucía niega, se lleva la taza a la boca y se quema.

–¡Dios!

–¿Qué pasa? No te enojes.

–No, ma, me quemé... Pero oye, cuéntame, ¿qué hiciste hoy? ¿La pasaste bien?

–Sí, hija. Gracias. Estuve con Linda casi todo el día. De verdad siento como si fuera mi hermana, fuimos a comer y de ahí al *mall* para comprarme algo, pero no encontré nada que me gustara realmente.

–Nunca entenderé eso de ti... En un *mall* yo siempre encuentro algo.

Coco se ríe.

–Te compré una cosa, de hecho. Luego te la enseño.

–¡Gracias! –¿cómo enojarse con esa mujer?–. Ma, ¿cómo están mis abuelitos?

–Bien, hija. Tu abuelo, desesperado. Es igual que tú. Ya no quiere seguir con el tratamiento. Deberías llamarles, les hace mucho bien escucharte. Se ponen muy felices.

–Lo haré, mamá. No puedo creer que mi abuelo no quiera seguir. Es un terco.

–Pues ya sabes... Son igualitos, no te hagas.

–¡Claro que no! ¡Él es peor!

—No creo…

Lucía está lista para replicar, pero Ben sale de la habitación.

—Ma, ¿te llamo después? Ya viene Ben —lo dice con toda la intención.

—Okey, hijita. Mañana hablamos.

—Sí. Feliz cumpleaños de nuevo.

—Gracias. Te quiero.

—Yo más, mamá.

Lucía cuelga y, antes de dar un sorbo al té, sopla para enfriarlo un poco más. Ben se acerca y la abraza por detrás, poniendo las manos en su estómago.

—Hola, chef —le dice al oído.

Lucía se estremece. Le fascina que haga eso. Además, le encantan sus brazos. Ben lo sabe, siente cómo Lucía no se puede resistir. Él baja lentamente las manos mientras le besa el cuello. Lucía deja la taza sobre el fregadero con sorpresa y se voltea. Él le sonríe y ella lo besa. Él le responde apasionadamente y comienzan a quitarse la ropa.

—Vamos a la cama.

Ben no responde y asiente. Se mueve torpemente, pues trae los pantalones a media pierna. Se los sube y carga a Lucía. Se van divertidos, mientras se siguen besando.

===

Al día siguiente, todo transcurre con normalidad en la cocina de La Rochette. O casi todo, ya que Lucía llega tarde y corriendo mientras se abotona la filipina. Antoine voltea a verla, con cara de preocupación.

—¡Ya sé! ¡Ya sé! Pero solo fueron unos minutos de retraso. Calma.

Antoine no responde, está a punto de abrir la boca pero Lucía se acerca y le da un beso en la mejilla. Pete junto a Antoine, la mira asustado.

—Listo, chef. Relájese. Nunca llego tarde, casi nunca. Además, siempre hay tiempo.

–¿Crees que siempre hay tiempo, niña? –pregunta Edward, con voz grave, detrás de ella.

Lucía abre los ojos con horror al escucharlo. Antoine la mira preocupado. Ella voltea y ve que Edward la mira impasible, con Amanda al lado, quien tiene una expresión de divertida sorpresa.

–Señor… Chef… Discúlpeme, yo…

–Es intolerable que alguien llegue tarde a su trabajo. ¡Y la falta es aún mayor cuando se trata de uno de los restaurantes más importante del mundo!

Ella niega.

–¿Crees que el tiempo y la puntualidad no son importantes? ¿Sabes qué es la disciplina?

Lucía no puede responder. Edward se acerca a ella.

–¿Sabes qué me llevó a ser quién soy? ¿Sabes por qué estoy en este lugar ahora? ¡La excelencia! ¿Y sabes qué me dio la excelencia? ¡El tiempo! Sobre todo, el respeto por el tiempo de todos. De-to-dos.

–Chef, yo me siento muy avergonzada…

–¡Vete! ¡A la calle! No quiero a nadie como tú en mi cocina. Un elemento tan débil como tú no es algo que La Rochette se pueda permitir.

Lucía siente como los ojos se le llenan de lágrimas. Antoine se adelanta y la abraza por los hombros.

–Edward…

–¡Fuera de mi vista! –grita a Lucía con una mirada severa y luego se dirige a él–. Antoine, no voy a perder mi tiempo. No la quiero aquí ni un segundo más.

Edward sale de la cocina. Amanda lo sigue, no sin antes sonreír satisfecha ante la situación. Lucía no lo puede evitar más y llora. Antoine la abraza y ella llora con más fuerza. Pete y los demás se van acercando poco a poco. Todo está perdido.

CAPÍTULO 2

Perspectivas

Lucía está sentada en la banqueta afuera de La Rochette, mientras la gente pasa, la observan un momento, y siguen su camino. Pete está junto a ella, la mira con tristeza. Toma un cigarro y lo enciende. Lucía detesta ese olor, pero estira la mano. Él, con sorpresa, se lo da. Ella se lo lleva a la boca y tose bruscamente. Se lo devuelve.

–Estoy seguro de que Antoine conseguirá algo con el chef –mientras habla, la observa con atención y pasa un brazo sobre sus hombros. Lucía no dice nada y él sonríe brevemente, satisfecho.

–No creo que consiga nada, la verdad. Por muy amigos que sean, el chef es tan intransigente que no querrá ceder –responde Lucía bruscamente y reflexiona un momento. Niega.

–¿Te das cuenta? Me acaban de despedir, me echaron para siempre de La Rochette. ¿Sabes qué va a ser de mi carrera? Acabo de perderlo todo.

–¡Entonces yo hablo con él hasta convencerlo! Lulo, no nos quedaremos de brazos cruzados. No voy a permitir que pierdas todo.

Ella lo mira agradecida, Pete estrecha su hombro y le sonríe. Ella intenta responder, pero niega, sin relajar el semblante.

–Deberías entrar. Si te llegan a ver aquí afuera te pueden despedir también.

–Le pedí a Jon que me cubriera, no te preocupes por eso. Ahora solo debemos concentrarnos en lo que haremos para que…

–¡Lucía! –se oye el grito de Ben desde lejos mientras llega corriendo hasta ella–. ¿Qué pasó?

Ben llega vestido con un traje azul que resalta el empeño que ha puesto últimamente en el gimnasio. Lucía se separa de Pete, mira a Ben y solloza. Se levanta de inmediato y se abrazan. Pete también se levanta rápidamente, molesto por la interrupción. Por encima del hombro de su novia, Ben le dirige una mirada asesina al cigarro que Pete tiene en la mano. Pete se da cuenta y le da una fumada, con mirada retadora. Se separan.

–Vine tan pronto como pude. ¿Cómo te sientes?

Lucía lo mira y unas lágrimas brotan y caen hasta sus labios.

–¡Me quiero morir! ¡Odio a Edward Miller! ¡Fue una estupidez! ¡Nunca llego tarde! ¡No me merezco haber sido despedida!

Ben asiente y la abraza de nuevo, pero mira con incomodidad a Pete. Los dos son muy distintos, pero no entiende por qué el novio de su mejor amiga tiene que ser tan pedante. Entiende que Lucía se sienta atraída hacia él, pero no le parece la gran cosa.

–¿Intentaste hablar con él?

–Claro, pero no conseguí nada. Estaba de mal humor, fue muy grosero conmigo.

–¡Demasiado! –Pete interviene, mientras Ben y Lucía se separan.

Ben lo mira severo y estira la mano. Pete da una última fumada y tira el cigarro a la calle. Estrecha la mano de Ben y Lucía los mira.

–Él es Pete. Pete, él es mi novio, Ben.

–Mucho gusto –responde Pete.

–Igual –responde Ben sin expresión–. Ya te puedes ir, yo me quedo con mi novia.

Lucía lo mira con gesto reprobatorio, Pete sonríe con sorna y se acerca a ella. Le da un breve beso en la mejilla y se aleja. Antes de entrar al restaurante, voltea a verlos.

—No te preocupes, conseguiremos que regreses —Ben lo mira molesto, pero Pete hace caso omiso—. Tienes mucho talento, La Rochette no puede darse el lujo de perderte. Yo me encargaré de tu regreso. Lo prometo.

Le guiña un ojo, mientras Lucía asiente tristemente.

—Gracias —Pete sonríe y entra al restaurante, mientras Lucía voltea a ver a Ben—. ¿A ti qué te pasa?

—¿Por qué?

—Fuiste muy grosero con Pete. Es mi amigo, solo quiere ayudar.

—¡Por favor! Solo quiere llamar tu atención, que te fijes en él. Se muere por ti, deberías darte cuenta.

En ese momento, Lucía comienza a sentir un ardor subiendo desde su estómago hasta la cabeza y un sabor muy amargo en la boca, como el día que mordió un grano de café por equivocación, después de pelearse con su abuelo. Y así, poco o poco, los ojos de Lucía se llenan de lágrimas.

—No puedo creerlo. De verdad. ¡Benjamin! ¡Me acaban de despedir! ¡Mi vida se está desmoronando y tú solo piensas en eso!

—Lu…

—¡Eres increíble! ¡No ves más allá de tus narices! ¡En este momento solo necesito que me consueles! ¡Que estés conmigo! ¡Es el peor día de mi vida! ¡No puedo creer lo insensible que eres!

Ben ya no puede más. La sangre le bombea en la sien.

—¿Insensible? ¡No te entiendo, Lucía! ¡Siempre estoy para ti! ¡Siempre te escucho!

—¡Pero nunca me dices lo que realmente sientes!

—¿Quieres escucharlo? ¡Me encanta que te hayan despedido! ¡Odiaba que trabajaras en La Rochette!

Lucía se queda helada. Nunca había visto a Ben así, rojo de furia. Con los puños apretados.

—Me salí del trabajo para venir por ti, para que no caminaras sola. Ya sabes, soy un insensible.

Ben la mira molesto, se da la media vuelta y se va. Lucía lo ve irse mientras siente otra vez el sabor de las lágrimas en sus labios. El sabor a sal la despierta. Ve a su novio dar la vuelta en la esquina. Abre la boca, pero no puede producir sonido alguno.

==

Dentro de La Rochette todo es un caos. La partida de Lucía dejó al personal boquiabierto, nunca pensaron que pudiera suceder tan pronto y menos de esa forma. Para todos, Lucía es alguien con demasiado talento, un muy buen elemento que, eventualmente, se iría, pero porque estaría lista para algo más grande. Eso es lo más desconcertante, que el estallido de Edward deja a Lucía fuera de la jugada.

==

A simple vista, Edward parece un rompecorazones: casi en sus cuarenta, alto y con un cuerpo que refleja mucho cuidado y horas en el gimnasio, además de un incipiente cabello gris que lo vuelve irresistible. Pero Edward es muy hermético, frío y desinteresado en la convivencia social.

Nunca sonríe, solo en ocasiones muy especiales ante alguno de sus comensales, pero nada más. Parece que solo siente pasión por su restaurante y le resulta irrelevante pensar que se quedará solo. Porque, si bien se mantiene cerca de su exesposa, es solo por los intereses del restaurante.

La oficina de Edward es muy sencilla. Algunos libros de cocina en el pequeño librero detrás de su escritorio, al lado de un antiguo reloj de péndulo y una pared llena de reconocimientos y certificados. Lo más relevante de esta oficina es la soledad, el frío que invade a quien entra en ella. El mismo frío que siente Antoine en ese momento, sentado frente a él.

Edward lo mira, impasible.

—¡De verdad! ¡Qué desesperante! Con todo respeto, Edward, llevamos años trabajando juntos. No puedo creer que no puedas ver más allá.

—¿Terminaste?

—Edward, ni siquiera me estás escuchando.

—Por supuesto que sí, que no me interese es diferente. Por favor, Antoine, no insistas. No quiero tener a alguien así en mi restaurante. Me conoces muy bien, me sorprende tu insistencia.

—Es alguien sumamente talentosa, un gran elemento, ha pasado por mucho para llegar a donde está y…

—Entonces no le costará ningún trabajo seguir adelante. Antoine…

Edward se queda callado ante el resoplido de frustración de su mano derecha. Niega, inexpresivo.

—Es mi última palabra.

—Pues espero que no te arrepientas, Edward.

Antoine lo observa, ya sin enojo. La preocupación se instala en su cansado rostro.

—Nunca me arrepiento de mis decisiones, Antoine.

—Lo sé. Eso es lo peor. Bueno, no te quito más el tiempo.

Se levanta lentamente, Edward advierte el trabajo que le costó hacerlo. Decide no preguntar.

=

Lucía está sentada frente a la estatua de *Alicia en el país de las maravillas* que tanto le fascina en Central Park. Es su historia favorita. Cuando era pequeña, solía ver la película de dibujos animados varias veces al día, las suficientes para que sus abuelos y ella terminaran aprendiéndose los diálogos de memoria. Después descubrió el libro. Su abuelo se lo compró en una librería antigua un día que fueron a la ciudad. Uno de los días más felices de su vida.

Es irónico que, ahora, sentada frente a una de sus heroínas de la infancia que tantas alegrías le dio, se sienta tan desdichada que quisiera que una malvada reina mandara a cortarle la cabeza. Repara en el conejo, obsesionado con el tiempo, igual que su insensible e insoportable exjefe. Recordarlo aumenta sus ganas de llorar, hasta que siente una presencia que la hace levantar la cabeza. Hanna se acerca hacia ella. Hermosa, bajita, muy delgada y simpática, siempre vestida de colores vivos y maquillaje pastel. Le sonríe, pero Lucía llora con más fuerza, desconsoladamente. Hanna cambia la expresión de inmediato y se apresura a abrazarla, mientras se sienta junto a ella.

—No, no, no, no llores. No más, por favor. ¡Estás toda hinchada!

Lucía se deshace en llanto. Hanna extrae de su enorme bolso unos pañuelos desechables. Lucía los toma y comienza a limpiarse las lágrimas y la nariz. Hanna asiente y sonríe otra vez, abrazándola con fuerza. Lucía se siente reconfortada al percibir tan cerca el olor a vainilla que tiene su perfume, un olor que le recuerda cuando su abuela horneaba pasteles en casa. Un olor que la transporta al hogar, a un lugar seguro. Sonríe brevemente y se separan.

—¿Qué vamos a hacer? —Hanna la mira intrigada, sin dejar la calidez de su mirada.

Lucía no sabe qué responderle, solo se recarga en su hombro, con los pañuelos aún en sus manos. Hanna pasa una mano por el cabello de su mejor amiga. Lucía recuerda muy bien el día que la conoció en una de las fiestas de la oficina de Ben. Shawn, el entonces novio de Hanna, trabajaba con él y ella lo acompañó, contra su voluntad, igual que Lucía. Eso las unió. Hablaron toda la noche, hasta que Lucía decidió tomar las sesiones de *life coaching* que Hanna ofrecía a aquellos que quisieran un mejor futuro profesional. Lucía acababa de entrar a La Rochette y, por lo tanto, necesitaba valerse de toda la ayuda posible.

—¿Te acompaño a tu casa?

—No quiero ver a Ben. Nos peleamos.

—Ya me dijiste por teléfono. Lulo, fuiste demasiado lejos. Él no tiene la culpa de lo que te está pasando. Es un gran hombre.

—¡El mejor! ¡Pero también es un insensible!

Hanna suelta una risita sarcástica. Lucía se incorpora y la mira con reproche. Hanna niega.

—Benjamin es todo, todo, menos insensible. Lo sabes…

Lucía intenta protestar, pero Hanna le pone la mano en la boca.

—Cállate. Ya, enfócate. ¿Qué quieres hacer?

—Hanna, no sé, mi futuro se acaba de ir por la alcantarilla.

—No, Lulo. Tienes un abanico de posibilidades frente a ti que, evidentemente, en este momento no ves porque tienes los ojos llenos de lágrimas —Lucía niega—. Acompáñame.

—¿A dónde?

—A tu casa.

—Pero Ben…

—Estará ahí y tú con él. Hablarán y todo estará bien. No puedes dejar que todo se caiga el mismo día, ¿o sí? ¿Quieres perder el control?

—No.

—Entonces, vámonos. La caminata nos servirá.

Lucía observa los enormes tacones de su amiga. Levanta la ceja, divertida. Hanna le pide que espere, con un gesto de la mano, mientras con la otra extrae unos zapatos bajos de su bolso. Lucía no puede más y se ríe. Hanna se cambia los zapatos y se levanta.

—¡Mujer prevenida vale por dos! ¡Arriba! ¡Vámonos!

Lucía se levanta y la abraza. Hanna le responde con ternura.

—Te quiero, Hanna Banana.

—Y yo a ti, *Lulo from the block*.

Ambas caminan, mientras el atardecer empieza a colorear el imponente lago de Central Park y los rascacielos reflejados en sus aguas.

═

Ben espera sentado en el sillón. La corbata desatada y la camisa abierta sugieren que su día no fue nada bueno. Frente a él, en la mesita de centro que tanta controversia causó en Lucía al ser de un estilo todo lo contrario a ella, tiene una copa de vino tinto. Juguetea con el teléfono en una mano. La puerta se abre y él se sobresalta. Lucía y Hanna entran. Ambos se miran. Lucía se queda en la puerta. Y Hanna se adelanta.

—¡Hola, Ben! ¿Cómo estás?

—Gracias, Hanna —se besan brevemente en la mejilla y ella guiña un ojo. Ben asiente agradecido—. Lu, ¿cómo estás?

Lucía no responde y deja su bolsa en el perchero junto a la puerta. Hanna la mira con gesto reprobatorio y Ben se acerca a abrazarla. Lucía cede y se besan tiernamente. Al separarse, él besa repetidamente su frente.

—Mi amor, perdón, perdóname por reaccionar así.

Lucía asiente y lo abraza con más fuerza. Hanna sonríe y ellos se separan, besándose de nuevo.

—Chicos, mi labor está terminada —se acerca y besa a ambos en la mejilla—. Los quiero. Lulo…

Lucía la mira y asiente. Sonríe.

—Lo pensaré. Gracias por todo, Hanna.

Hanna sonríe una última vez y sale por la puerta. Ben le sonríe a su novia y vuelve a abrazarla. Lucía abraza su ancha espalda y respira profundo. El olor de Ben es similar al de Hanna, siempre busca aromas dulces y reconfortantes, que le recuerdan el calor de hogar que tanto necesita. La paz que ella siempre busca. El perfume de Ben le deja en la nariz un sabor a manzana que le llega hasta la garganta. Ben besa su cabeza y, mientras pasa la mano por su cintura, Lucía se estremece. Se separan, pero Lucía lo besa.

—¿A qué se refería Hanna? ¿Qué tienes que pensar?

Ben camina hacia la cocina y toma una botella de vino blanco del refrigerador. Sirve una copa y Lucía se sienta en el sillón. Ben le entrega la copa y ella sonríe.

—Quiere que busque a Mr. Miller.

Ben abre los ojos con sorpresa y se sienta junto a ella.

—¿Y qué es lo que tienes que pensar?

—Pues, Edward Miller no es alguien que escuche. Digo, no lo he tratado mucho, pero sí lo suficiente para saber que perdería mi tiempo si lo hago.

—A ver, vamos por partes, ¿quieres volver a La Rochette? Creo que ese es nuestro punto de partida.

—¿Tú quieres que vuelva a La Rochette?

Ben niega y toma una de sus manos. La besa.

—Discúlpame. Quiero que olvides eso que dije, lo hice sin pensar.

—Pero si lo dijiste es porque lo sientes o, mínimo, es algo que te ha pasado por la cabeza.

—Lucía, me gustaría pasar más tiempo juntos. En las mañanas que eres un poco más libre yo tengo que irme corriendo a la oficina, y cuando salgo es cuando tú más ocupada estás. Me encantaría tenerte todo el día para mí.

—Lo sé, pero…

—Pero es parte de nosotros, parte de nuestra rutina y lo que aceptamos ambos cuando empezamos nuestra relación. Puedo lidiar con ello, aunque no me guste. Hace rato me exasperé.

Lucía lo besa. Posa su mano sobre el muslo de su novio y siente como ahora él se estremece. Ella sonríe divertida. Ben da un sorbo a su copa de vino y se levanta. Camina hacia el escritorio del otro lado del estudio. Es su rincón favorito: el escritorio de Ben, el enorme librero lleno de historias como *Orgullo y prejuicio*, *El amor en tiempos del cólera* o *Fausto*, que demuestran un poco la perspectiva del amor que ambos comparten. Además, ciento cincuenta papeles que Ben tiene alrededor. Extremadamente ordenado, a Lucía le divierte verlo sentarse a trabajar, hacer cuentas y elaborar estrategias para las marcas. No se puede imaginar a alguien más distinto a ella, bueno, probablemente sí: Edward Miller.

Ben regresa con unas hojas y una pluma. Hace un gesto de acordarse de algo y toma un chocolate, con leche, como le gustan solo cuando está de mal humor. El grado de cacao en las barras de chocolate es directamente proporcional a cómo avanza el día de Lucía. Le gustan más amargos si se siente en paz, y viceversa.

—Vamos a escribir. Pros, contras y objetivos de Lucía López. ¿Te parece correcto?

Lucía asiente, divertida, mientras abre el chocolate y se quita los zapatos con los pies.

—A ver, ¿y esto? ¿Me ayudará?

—Amor, siempre es mejor plasmar las cosas en papel. Verlo te da claridad, te ayuda a pensar mejor las cosas.

Lucía se recuesta en el sillón. Ben se sienta y pone las piernas de su novia sobre las suyas.

—Objetivo: ser la dueña del mejor restaurante del mundo, ¿correcto?

Lucía asiente y sonríe. El ruido de su hambriento estómago les quita la concentración. Ambos se miran y sonríen.

—¡No he comido!

Ben ríe.

—Voy a comprar algo de cenar mientras vas escribiendo todo lo que quieres lograr en tu vida, ¿te parece? Puedo traerte un sándwich de roast-beef de ese lugar que tanto te gusta, cerca del MoMA.

—¿De Carve? —dice Lucía, sonriendo—. Muchas gracias, Ben.

—Te amo.

Ella lo besa apasionada. Ben le responde y deja la pluma sobre las hojas. Comienza a bajarle el pantalón mientras le besa el cuello. Lucía no puede resistirse más, siente como Ben responde excitado a sus caricias. El sabor de Ben es como morder una tableta de chocolate amargo, que acaricia su garganta hasta lo más profundo y llega al estómago despertando cada parte. Ben, ya sin camisa, le sonríe. Lucía responde mientras se queda solo en sostén.

Lucía está de pie en Columbus Circle. Le gusta mucho estar ahí y escuchar el sonido del agua de las fuentes que rodean el monumento. En general, todo lo cercano a Central Park le encanta. Por eso vive por ahí, trabaja por ahí, pasea por ahí. Era lo que más ansiaba conocer cuando soñaba con viajar a Nueva York. El primer día que pisó la ciudad, junto a Ben, casi llora de la felicidad. Se quedó sin habla. Ben llegó a pensar que estaba enojada. Siempre que recuerda eso, no puede evitar sonreír.

Antoine y Pete caminan hacia ella. Lucía se acerca y abraza a Antoine con fuerza.

—*Ma fille*! ¿Cómo estás?

—Mejor, ¿tú? —sonríe brevemente mientras besa a Pete en la mejilla.

—Te extrañamos —le dice Pete mientras sonríe con tristeza.

—Yo los extraño a ustedes.

Pete niega y le entrega una pequeña espátula de madera. Lucía sonríe y la abraza a su pecho.

—Pensé que la perdería. Gracias, de verdad, gracias. Pete, eres un gran amigo —él sonríe, pero le incomoda que Lucía solo pueda verlo de esa forma.

La abuela Meche y el abuelo Luis la llevaron un día a una feria en el pueblo. Había muchos juegos y, claro, puestos de comida llenos de olores y sabores. Era lo que Lucía más amaba: recorrer la feria probando de todo con sus abuelos. El pan de nata, el atole, los crujientes buñuelos rebosantes de azúcar. En cada uno de ellos, Lucía siempre estaba pendiente de la preparación de los alimentos. Preguntaba todo y la abuela la miraba divertida. Un buen día de feria, la abuela Meche le compró esa pequeña espátula y le dijo: "Para que seas la mejor cocinera de todas, mija".

Desde ese día, en cada restaurante o cafetería donde Lucía ha trabajado, esa pequeña espátula la acompaña.

—¿Pensaste que íbamos a dejarla ahí? ¿Sin devolvértela? —pregunta Pete cariñoso.

Lucía sonríe. Antoine la mira con preocupación:

—¿Ya pensaste qué harás?

—Voy a hablar con el chef.

—¿Con Miller? —pregunta Pete con sorpresa.

Lucía asiente.

—No tengo nada más que perder.

—No, la verdad no. Pero…

Antoine mira a Pete. Él se adelanta.

—Lulo, hablé con un amigo. Trabaja en una cafetería en la 85, el Bleriot, cruzando Central Park. Tal vez no es lo que quieres, pero te puede ayudar en algo. ¿No crees? Podrías empezar mañana mismo o el lunes, cuando tú quieras. Sería temporal, yo te prometí que volverías a La Rochette y así será. Por lo menos te mantendrías ocupada.

—Pete, te agradezco mucho, pero prefiero hablar con el chef primero. Mi sueño es estar en La Rochette.

—Lo sé, por eso te digo que es temporal. Al final, es una sugerencia. Si no quieres tomarla no hay ningún problema. Nos enfocamos en hablar con Mr. Miller.

Lucía lo mira con ternura.

—Gracias. Eso quiero, pero yo sola. Soy la única que debe hacerlo.

—¿Y qué harás si Edward te dice que no? —pregunta Antoine.

Lucía se encoge de hombros.

—¡No sé! Probablemente tome unas vacaciones, llevo mucho tiempo sin ver a mis abuelos, podría ir a México. Ya después se me ocurrirá algo. Pero no quiero quedarme así, sin intentarlo. He luchado mucho por llegar hasta aquí, rendirme tan fácil sería fallarme… ¡Y a mi familia!

—¿Ya les dijiste?

—Todavía no. Prefiero solucionarlo todo antes de hacerlo más grande.

Antoine sonríe con orgullo y la abraza.

—Esa es mi niña. Tú confía.

Pete acaricia la mano de Lucía. Antoine se separa de ella y la besa en la mejilla.

—Nosotros nos vamos, se nos hace tarde.

—"¡El tiempo es lo más importante para la excelencia!" —dice Lucía, mientras levanta la mano como dando un discurso. Los tres ríen.

—Cuídate mucho. Avísame cuando vayas a La Rochette, puedes necesitar apoyo moral —Pete la abraza con fuerza para despedirse.

—Gracias, Pete —se separan y Lucía le sonríe.

Ambos se alejan lentamente y Lucía camina para adentrarse en el parque cuando suena su celular. Lo busca en su bolso. Es Coco. No sabe si responder o no, no quiere mentirle. Pero se muere por escuchar su voz.

—¡Hola, mami! ¿Cómo estás?

Coco llora del otro lado del teléfono.

—Lucía, tu abuelito está muy mal. Hija, necesito que vayas a México ya. ¡Te lo suplico!

Lucía se queda pasmada, sintiendo como se le seca la boca y la invade un sabor a tierra, ese sabor que experimentó aquella vez que, jugando, cayó en el lodo. Un sabor que no deja salir su voz, como si la hubieran sepultado. Sin nada que decir. Solo puede llorar.

CAPÍTULO 3

Té de limón

Lucía revuelve la recámara entera, metiendo poco a poco algunas cosas en una maleta grande. Hanna la observa sentada en la cama con cara de preocupación.

—Lu, ¿y si vuelves a llamar a tu mamá? ¿Crees que de verdad sea muy urgente?

—Han, mi mamá nunca me había pedido que fuera a México. No así, siempre lo sugiere, pero esta vez fue casi una orden.

Hanna se queda callada ante el estado tan alterado de su amiga y la observa con atención. Mira hacia la ventana y luego vuelve la mirada sobre Lucía. Ella se da cuenta y toma su teléfono, ingresando rápidamente al sitio de una aerolínea. Pero la página se queda congelada. Voltea hacia Hanna y le pregunta:

—¿Tú ya encontraste boleto?

—¡No! Lu, no carga. Yo creo que lo tendrás que hacerlo directamente en el aeropuerto —responde mientras le muestra su teléfono, que tampoco carga la página.

—No me imagino el tráfico, voy a llegar mañana.

—Lu, trata de relajarte y pensar las cosas con calma.

—Hanna, no necesito ver nada fríamente. ¿Pediré el taxi de una vez? —Hanna abre la boca para responder—. No, ¿verdad? Luego es complicado que esperen mucho en la calle.

Hanna se rinde. Lucía puede ser muy obstinada cuando quiere. Deja el teléfono sobre la mesa de noche mientras se escucha la puerta del apartamento. Lucía voltea brevemente y entra al baño. Hanna suspira exasperada mientras Ben entra por la puerta.

—¿Cómo está?

Hanna no responde, solo niega con la cabeza. Lucía sale del baño con una bolsa de cosméticos y le da un rápido beso a Ben.

—¡Llegaste! ¿Te vas conmigo? —Lucía lo mira esperanzada.

—¿A México? —Ben intenta utilizar un tono tranquilo.

—Ajá.

Él voltea a ver a Hanna en busca de ayuda. Ella lo mira sin saber qué hacer. Lucía los mira, visiblemente desesperada.

—Amor, probablemente pueda alcanzarte el fin de semana. Hoy no. De hecho, bueno, ya me dijeron que no puedo estar saliendo de la oficina tan a menudo.

—Yo porque me cancelaron la sesión de la mañana, pero en la tarde tengo dos citas —añade Hanna.

Lucía los mira y asiente. Se sienta en la cama, rebasada.

—Discúlpenme, tienen razón. Creo que a veces les pido demasiado. ¡Es que…! —Lucía solloza mientras siente las mejillas calientes y niega.

Ben se sienta junto a ella y la abraza.

—Tranquila, mi amor. Nosotros entendemos —Hanna confirma las palabras de su amigo desde el otro lado de la cama.

—Son demasiadas cosas. Siento que todo me está pasando justo ahora. ¿Me explico? —Lucía responde a su abrazo, acariciando su mano.

—No desesperes. Todo pasa por algo y…

Los tres voltean al teléfono de Lucía, sonando desde la mesa de noche.

–¡Es mi mamá! –le dice a todos y luego responde–. ¿Hola?... Sí, ma. Estoy buscando vuelos, pero mejor lo haré desde… ¿En serio?

Lucía se sienta sobre la cama. Hanna se acerca más.

–Okey, claro, entiendo. ¿Estás segura?... Gracias, mamá. Estamos en contacto entonces… También yo, bye.

–¿Qué pasó? –pregunta Ben ansioso.

–Mi abuelito está mejor. Mucho mejor. Dice mi mamá que solo fue el susto, mi abuela estaba en la fonda y los clientes fueron los que llamaron a todo el mundo.

–Entonces, ¿tu mamá no había hablado con tu abuela?

Lucía niega con los labios apretados. Dos lágrimas recorren sus mejillas. Ben la abraza.

–Todo está bien. Tranquila.

–Me dijo mi mamá que la perdonara por haberme sacado del restaurante… Que me perdone ella por mentirle.

–¡O que te perdone por no resolver eso! –Hanna se levanta de la cama–. Lulo, deja las culpas tontas a un lado y ponte a planear qué le dirás a Mr. Miller ahora que lo veas. ¿De acuerdo?

–Lo sé, mi abuelo está bien, es lo más importante. Ahora me debo concentrar en resolver lo de La Rochette.

Hanna sonríe y los besa en la mejilla.

–¡Eso! Bueno, me tengo que ir. Me avisan cualquier cosa, ¿sí?

Ambos asienten.

–Te acompaño.

Ben sale de la habitación con Hanna. Los dos van muy callados, ella voltea a verlo con gesto severo.

–Me preocupa Lulo. Es muy fuerte y todo lo que tú quieras, pero siento que, si no resuelve las cosas pronto, caerá y será más difícil ayudarla –Hanna susurra, viendo de vez en cuando hacia la recámara.

–Pues sabe que quiere regresar a La Rochette. Esto la movió un poco, nada más. No la veo tan mal.

Hanna lo observa con atención, él se incomoda un poco.

—Tiene miedo de perder sus sueños. Es todo.

Ella asiente, condescendiente. Lo besa en la mejilla y sale del apartamento. Ben respira profundo y camina hacia la habitación.

===

El restaurante La Rochette se describe en una palabra: maravilloso. Tres grandes candelabros que cuelgan e iluminan las veinte mesas rodeadas de cuadros, espejos y cobijadas con hermosas flores. La vajilla, traída de Francia, es tan blanca y elegante que da la sensación de comer sobre las nubes. Cada plato tiene una pequeña flor en relieve que siempre resalta a pesar de contener los mejores platillos de la ciudad. Los cubiertos de plata son instrumentos dignos para que los comensales se deleiten con los espléndidos sabores que les esperan, mientras la cristalería fina rebosa con los vinos más exquisitos del planeta. Esta es la idea de perfección que tiene Edward sobre su más grande tesoro.

Aún cerrado, La Rochette transmite esa majestuosidad que lo invade en las noches. Lucía, parada en el recibidor, frente al enorme espejo que abarca toda la pared, se pregunta si es la última vez que verá el restaurante. Se siente confiada, Edward tiene que escucharla, está segura de que lo hará. Aunque, seguramente, arqueará sus maravillosas cejas de vez en cuando. ¿Maravillosas?

—¿Qué haces aquí?

Amanda camina altivamente hacia ella. Lucía voltea a verla. No, no se puede negar que es una mujer muy guapa. Su arreglo, casi siempre faldas o vestidos de colores chillantes o *animal print*, llama mucho la atención. Su estilo es algo similar al de Hanna, pero Amanda necesita llamar mucho más la atención, desea que todos la volteen a ver y la admiren. Su cabello, siempre impecable, es arreglado por un profesional todos los días. No permite que la vean sin arreglar.

—Hola, Amanda. Vengo a hablar con el chef.

—¿Amanda?

—Disculpe, Mrs. Miller, vengo a hablar con el chef.

Amanda sonríe ampliamente, con una sonrisa casi tan falsa como sus atributos físicos.

—El chef no está, niña. Además, perdona que te lo diga, pero no entiendo qué haces aquí.

El gesto de Amanda es de compasión, igual de falso que los demás.

—Quiero hablar con el chef.

—Esa parte ya la entendí, lo que no entiendo es: ¿para qué? Yo estaba ahí, Edward fue muy claro contigo.

—Lo sé, Mrs. Miller, pero…

—No pierdas tu tiempo, niña. Te he visto, tienes talento. Explótalo. Pon un puesto de tacos o algo así. Te irá bien.

La sonrisa de Amanda es tan grande como el gesto de sorpresa de Lucía.

—Vete.

Lucía está a punto de decir algo cuando Antoine sale de la cocina. Mira a ambas con sorpresa y corre hacia su amiga.

—Lulo, Amanda, ¿todo bien?

—Sí, gracias, Antoine. La niña ya se va.

—¿Hablaste con Edward? —Antoine parece ignorar a Amanda y mira a Lucía expectante.

—No está —Amanda le responde, sonriente, elevando un poco el tono de voz, obligándolo a verla—. Deja que se vaya, no me gusta que descuides la cocina.

Amanda sonríe de nuevo. Lucía la desafía con la mirada y eso parece divertirla aún más.

—Hasta luego.

Da la media vuelta y se va, meneando su cabello de manera casi antinatural.

—¡Maldita bruja!

—Ssssh… ¡Lulo! Cálmate. Te van a oír.

Lucía niega, con la rabia encendiendo sus mejillas.

—¿Sabes a qué me recuerda siempre que la veo? Al anís, un desagradable y largo trago de anís.

—El anís es delicioso —responde Antoine, reflexivo.

—Para mí no, su sabor me quema la garganta. No me gusta, es muy desagradable, como ella. ¡El mal rato que pasé y el chef no está!

—Por supuesto que está, Lulo. Pero Amanda no te dejó verlo.

Lucía hace el amago de golpear a alguien. Antoine la toma por los hombros y la quita del restaurante. El sol los deslumbra un poco.

—¿Por qué no me dejó verlo? ¿Por qué me odia tanto?

—No te odia, odia al mundo. Le gusta molestar, es todo. Así se divierte. No te lo tomes personal.

—Pues su diversión me parece muy estúpida. Claro, ella porque tiene su lugar asegurado aquí, pero, ¿y yo?

—No te apresures, *ma fille*. Probablemente no era el momento, cuando tenga que ser, será.

Lucía respira profundamente y lo mira con atención.

—Estás muy pálido. ¿Te sientes bien?

—Nada grave. Déjame hablar con Edward y lo buscas mañana, ¿sí? Yo te aviso.

Lucía asiente gradecida. Él le acaricia una mejilla. Se estremece.

—Antoine, estás muy frío. ¿Seguro te sientes bien?

Antoine le sonríe y le da un beso en la frente. Entra al restaurante dejándola sumida en sus pensamientos.

———

Amanda observa atentamente a Edward, mientras él revisa algo en su computadora. Amanda no puede dejar de notar lo guapo que se ha puesto su exmarido. Amanda lo recorre de pies a cabeza, fijando la mirada en sus piernas. ¿Se comprará pantalones más chicos o de verdad sus muslos están creciendo tanto?

–¿Amanda?

Ella le sonríe mientras vuelve a mirarlo a la cara.

–Me distraje. ¿Me decías?

–Te preguntaba si necesitas algo.

–No, todo bien, ¿por qué la pregunta?

–Porque llevas ocho minutos aquí y no has dicho nada todavía.

Amanda voltea incómoda a la puerta. Regresa la mirada y se encoge de hombros.

–Quería estar contigo. ¿Qué haces?

–Leyendo una invitación.

–¿A dónde?

–Me invitan de juez a un programa de televisión: *El chef más grande del mundo*.

–Deberías aceptar.

Edward se encoge de hombros.

–No me gustan las cámaras.

–¡Por favor! ¡Edward! Es una gran oportunidad. Puedes robar nuevas ideas, darte proyección…

Edward la mira severo.

–¿Qué insinúas?

–¡No sé qué te pasa últimamente! Te la pasas encerrado, no has creado nada nuevo. No te interesa. Antes, por lo menos, salíamos a probar nuevos sabores, nos íbamos de viaje. No sé, Edward. Siento que estás muy a gusto en tu zona de confort.

–¿Y eso es necesariamente malo?

Amanda se levanta exasperada.

–¿Dónde es el programa de televisión?

–Los Ángeles.

–¡Vamos! Hagamos algo distinto, no sé.

Se acerca por la espalda y lo masajea. Edward se nota claramente incómodo. Ella lo acaricia hasta llegar a su pecho, recordando lo que le encantaba besarlo al estar completamente desnudo. Amanda hace un gesto de placer y sigue acariciándolo, sintiendo cómo eriza la piel de su exmarido. Se le acerca al oído.

–Vamos, cede un poco. Este no eres tú.

Edward reacciona y se levanta de la silla.

–¡En este me convertiste tú!

Amanda se queda helada. Tocan a la puerta y Edward se apresura a abrirla bruscamente. Se encuentra con Antoine, que mira confundido la escena. Amanda, claramente ofendida, se separa de la silla de Edward y se sienta al otro lado del salón. Él observa con atención a su viejo amigo.

–¿Estás bien? Te veo pálido.

–Sí, gracias. Edward, quiero hablar contigo.

–Adelante.

Antoine mira a Amanda y pasa.

–¿Puede ser en privado?

–¡Maldita sea!

Amanda se levanta y sale bruscamente de la oficina. Edward la mira severo y cierra la puerta, mientras Antoine se sienta en la silla que ocupaba Amanda.

–¿Interrumpí?

–¡Gracias al cielo! Ya sabes, Amanda siendo Amanda.

–A veces no entiendo del todo por qué la tienes aquí.

Edward relaja el gesto y se encoge de hombros.

–Tampoco yo. Dime. ¿De verdad te sientes bien?

–Sí, no es eso. Es sobre Lucía.

–¿Quién es Lucía?

–La chica que despediste el otro día y…

–No, no, no. Te detengo ahí. Antoine, no tengo tiempo. Discúlpame. Si es sobre eso, no lo quiero escuchar. Por favor.

Antoine, ofendido, se levanta con dificultad y se dirige a la puerta.

—Entonces mejor me voy.

—Como quieras.

Sale por la puerta y Edward se queda mirándola, distraído.

—Lucía…

==

Lucía prepara un té de limón en la cocina. Está muy nerviosa, tiene que hablar con su madre y decirle lo que está pasando. No le gusta mentirle, nunca lo ha hecho, excepto por las clásicas mentiras piadosas para ocultar un malestar o una calificación que podía mejorar. Su madre fue la mejor de todas.

A pesar de estar tantos años separadas, siempre estuvieron muy cerca. Coco nunca dejó de preocuparse por las calificaciones de su hija, que comiera bien, que tuviera amiguitos, que ningún muchacho le fuera a romper el corazón y, lo más importante, que no la necesitara tanto como ella a su hija.

Cuando era pequeña, le preguntaban cuál era su pertenencia más querida y ella respondía que dos: su medallita y el teléfono. Ambos la acercaban a Coco, la ayudaban a sentirla más cerca. El día más feliz de su vida sigue siendo cuando se mudó a Austin y vio a su madre en el aeropuerto, bajando las escaleras eléctricas. Se abrazaron con todas sus fuerzas y no se soltaron hasta que la tía Linda, la mejor amiga de su madre, les pidió hacerse a un lado para dejar pasar a los demás.

Linda es una mujer estadounidense que conoció a Coco en un estacionamiento, después de una fuerte pelea con su primer esposo. El primero de tres. Coco la consoló hasta que Linda le preguntó su historia. Coco le dijo que buscaba trabajo y ella le ofreció la limpieza de su casa, que aceptó por necesidad. Linda disfrutaba mucho cuando Coco se metía a la cocina y preparaba deliciosos platillos para ella y Emily, su pequeña hija, de la misma edad que Lucía. Tiempo después, Linda le propuso abrir un restaurante de comida mexicana juntas.

Años después, y ahora en la búsqueda de su cuarto esposo, Linda se encarga de todo lo administrativo en el restaurante y Coco se encarga del sabor. Su conexión se hizo cada vez más fuerte y se volvieron inseparables.

Lucía la quiere mucho. Nunca terminará de agradecerle que, por ella, Coco tuvo una vida un poco más fácil después de tanto sufrimiento. Además, siempre se preocupó porque las dos estuvieran cerca y que no les faltara nada, aunque fuera ropa heredada de Emily. Años después, Linda ayudó a que Coco regularizara su situación migratoria, logrando regresar a México para visitar a sus padres y, sobre todo, llevarse a Lucía con ella. Linda también ayudó a que Lucía consiguiera sus papeles para poder viajar legalmente a Estados Unidos.

¿Será oportuno pasar unos días en Austin con su madre y su tía? Ben puede quedarse trabajando, alcanzarla un fin de semana y regresarse juntos. Esa puede ser una opción, mientras decide qué hacer. Porque, algo es seguro: nunca volverá a La Rochette.

El silbido del agua hirviendo en la tetera interrumpe sus recuerdos. Lucía se sienta en el sillón, con la taza de té en sus manos. Una rodaja de limón flota en ella, su abuela siempre decía que era mágica. Cuando enfermaba o sentía cualquier tipo de dolor, su abuela le daba un té igual. Y, en efecto, se sentía mejor como por arte de magia.

Ahora, tan lejos de casa, ese sabor tiene el mismo efecto. La tranquiliza y ayuda a poner su mente en orden, incluso más que el chocolate. El chocolate le recuerda a Ben, pero el sabor de limón la lleva a las calurosas tardes de domingo en el pueblo, cuando salía a caminar con su abuela y esta le compraba un helado, mientras esperaban a que el abuelo volviera a casa.

Lucía voltea a la cocina y ve la página de La Rochette en la Guía Michelin, enmarcada y colgada en la pared. Sonríe con tristeza. Fue un sueño muy bonito mientras duró, aún no entiende por qué tuvo que terminar así. Le duele saber que nunca más volverá a ver las mesas redondas con manteles aperlados y ligeros motivos dorados, que hacen juego con la vajilla de un blanco tan puro que resalta cuando el tintineo de los cubiertos de plata choca en los platos. Los grandes arreglos florales y los meseros siempre alerta cuando un comensal necesita algo para, de inmediato, solicitarlo en la cocina.

¿Por qué Edward se habrá ensañado así con ella? ¿Será algo personal? Evidentemente no, no la conoce. Toda la tarde ha imaginado cómo hubiera sido la escena de ella hablando con Edward y dándole sus razones para regresar a trabajar a su restaurante. Todas terminaban igual: ella estrechando las grandes y varoniles manos de Edward, mientras él agradecía su regreso. Y siempre volvía a la realidad de la misma forma: ella, sola, cruzando Central Park desde la 52 hasta la 72.

Ni siquiera pudo verlo. Eso le duele más que todo. No tuvo la oportunidad de explicarle. ¡Estaba dispuesta a suplicar! Pero no fue así, Amanda se lo quitó. Ni siquiera sabe qué hace ahí. No sabe nada de cocina y, aunque diga que es la administradora, no cree que Edward deje que alguien más se encargue de su restaurante. Amanda sobra, no le interesa La Rochette.

Lucía suspira y mira su teléfono, mientras se sienta en el sillón de la sala. El té cumplió con su objetivo: se siente tan relajada que se le antoja una siesta con sabor a limón, solo unos minutos. Cuando despierte verá qué hacer.

———

Los minutos se convirtieron en horas y el día en noche. Lucía despierta justo cuando Ben entra por la puerta y enciende la luz.

—¡Hola, amor! ¿Estabas dormida?

Lucía sonríe con culpa y asiente.

—¿Cómo te fue? —Lucía se estira brevemente y se acomoda en el sillón.

—Muy bien. ¿Y a ti? ¿Hablaste con Mr. Miller?

—No pude, pero no importa. Lo haré después —la frialdad de sus palabras hace que Ben decida no preguntar más y asiente.

—¿Estás más tranquila?

—Muy. Me tomé mi té de limón y me sentí tan bien que me quedé dormida.

Ben se acerca y la besa. Se quita el abrigo, la corbata y desabotona su camisa. Lucía observa su bronceado pecho, cada vez más tonificado y sonríe.

—¿Qué pasa?

—Nada. Me gustas.

Ben se acerca sonriente y la besa apasionado. Se separan.

—¡Uf! Sabes a café.

—Pasé por uno antes de venir. Te escribí, a ver si querías algo.

—¡Estaba muerta!

—Ahora lo sé. Pero te traje una galleta.

Ben toma una galleta de avena de su maletín. Sus sentidos se despiertan desde que desenvuelve el paquete de papel y la observa: puede oler la avena, el chocolate y las nueces.

Finalmente Lucía la prueba y voltea a verlo.

—¿Son de la cafetería de tu oficina?

—Las que te conté, de Levain. ¿Verdad que son deliciosas?

—Muy. No tan dulces, pero el chocolate resalta mucho.

Le dedica una sonrisa mientras Lucía escucha que su celular está sonando. Es Antoine.

—Me llama Antoine.

—¿En serio?

—Sí, no sé qué quiera.

—¡Pues responde! Probablemente te tiene noticias de trabajo.

Lucía lo mira esperanzada y agradecida ante el interés de su novio, sonríe.

—Puede ser —Lucía acerca el teléfono a su oído y contesta—. ¿Hola? ¿Antoine?

Se queda helada. Ben lo nota y se sienta junto a ella.

—¿Qué pasa? —Lucía solo mira a Ben y niega—. ¿Dónde estás?

Ben la mira intrigado.

—Okey. Vamos para allá —Lucía cuelga el teléfono y le dice a Ben—. Mi amor, necesito que me acompañes por Antoine. Se siente mal, muy mal.

Ben asiente y se levanta.

—Paso al baño y nos vamos, ¿está bien?

Lucía asiente y camina hacia la recámara. Lo vio muy mal en la mañana, ¿por qué le hizo caso cuando le dijo que estaba bien?

CAPÍTULO 4

Perder el tiempo

Antoine está acostado en la cama del hospital. Tiene los ojos cerrados, pero permanece despierto. Edward entra, seguido de una enfermera.

—No lo altere mucho, por favor. Tiene que descansar.

—Descuide, solo quiero hacerle compañía.

La enfermera asiente y sonríe compasiva. Sale de la habitación y Edward se acerca a su amigo, siente mucha culpa. Antoine se ha visto desmejorado de un tiempo para acá y él no prestó atención.

—Hola, chef.

Edward sonríe ampliamente con sus dientes blancos y perfectos iluminando su atractivo rostro de una manera muy especial. Pocos son los afortunados en ver a Edward tan expuesto, tan feliz. Se sienta junto a la cama y estrecha con fuerza la mano de Antoine. Él hace una mueca de dolor, pero sonríe.

—¡Qué susto me diste, Antoine! De verdad, sentí que me infartaba.

—Son mis formas de llamar la atención, chef. Salir de la rutina, ya sabes.

Edward cambia el semblante a preocupado, un poco severo.

—¿Por qué no me dijiste que estás enfermo?

Antoine niega y se encoge de hombros.

—No lo creí necesario, todo está bajo control.

—Claro que no. Es grave.

Antoine sonríe y le toma la mano.

—Nada malo pasará, ya verás. Soy más fuerte de lo que crees.

—¿Quieres que le avisemos a alguien?

Antoine se ríe y empieza a toser. Edward le da palmaditas en la mano.

—Tranquilo, era una pregunta.

—No sabía que conservaras tu sentido del humor, chef —Edward niega—. ¿A quién le vamos a avisar? ¿A Claire? ¡Por favor!

—Ya, Antoine. Lo sé, solo pregunté.

—Sabes que no tengo problema con mi soledad.

—Me tienes a mí.

—Sí, es cierto. Y a Lucía.

—¿Quién…?

Lucía irrumpe desesperada en la habitación. Edward voltea alarmado y se sorprende al verla. Nunca la había visto sin filipina, casi no la reconoce. El pelo largo, castaño oscuro y brillante le cae hasta la cintura, bien definida por unos jeans y una camiseta de algodón. La reconoce por sus ojos, sus intensos ojos color café.

—¡Antoine! ¿Cómo estás? ¡Me asustaste mucho!

Lucía lo mira expectante. Antoine le sonríe ampliamente y Edward la mira con curiosidad. Ella se da cuenta de los ojos verde intenso de Edward. Y deja de sonreír. Él se levanta torpemente y extiende la mano.

—Hola…

—…Lucía.

Lucía estrecha su mano y, nerviosa, le da un beso en la mejilla. Edward se sonroja.

—Un gusto en verte, Edward… ¡Perdón! Gusto en verlo, chef.

Edward hace un gesto con la cabeza, restándole importancia y sonríe de nuevo. Amplia y sinceramente. Lucía nunca lo había visto sonreír y también lo hace. Siguen tomados de la mano y Antoine lo percibe, divertido.

Cuando ambos se dan cuenta, se sueltan inmediatamente. Lucía repara en Antoine y se acerca.

—¿Cómo estás?

—Mejor, *ma fille*, mejor. Estaré molestando un rato más.

—Pero, ¿qué pasa? ¿Qué te dijeron los doctores?

—Bueno, los dejo un rato solos —tercia Edward mientras camina hacia la puerta—. Iré por un café. ¿Quieren algo?

—Un latte deslactosado, por favor —responde Antoine, divertido.

Edward asiente hasta que se da cuenta de la broma y niega. Voltea hacia Lucía.

—¿Quieres algo?

—No, chef. Gracias.

Sonríe y él le responde brevemente. Se dispone a salir de la habitación cuando entra la enfermera.

—¿Me podrían dejar un momento a solas con el paciente? Tenemos que tomar algunas muestras.

Antoine abre los ojos preocupado.

—¿Muestras? ¿De qué?

Lucía y Edward salen juntos de la habitación y caminan hasta la sala de espera. Hay tensión, mucha, aunque ninguno de los dos podría describir exactamente qué pasa. Lucía se pregunta si es el momento de hablar con él y pedirle regresar a La Rochette. Edward se pregunta cuál sería el tema indicado para iniciar una conversación o, si es pertinente iniciar alguna. La última vez que la vio fue bastante terminante

—Chef…

—Lucía…

Sonríen nerviosos. Edward le pide que siga con la mano. Ella asiente.

—Chef… ¿me puede decir qué pasa con Antoine? Estoy preocupada.

Edward la mira extrañado. Asiente.

—Está muy enfermo. Lucía, Antoine tiene cáncer.

Lucía se detiene, abre los ojos de sorpresa y se le llenan de lágrimas. Se siente mal, muy mal, ¿por qué nunca se dio cuenta? Ella solo llegaba a la cocina y le contaba sus problemas, esperaba escuchar algún consejo, pero nunca buscaba que él le dijera lo que pensaba o sentía. Otra vez percibe el sabor salado de sus lágrimas, ese sabor que le cala los labios y la debilita. Edward se incomoda al verla llorar y le da una torpe palmadita en el hombro.

Lucía solloza y lo abraza. Percibe su olor, un perfume cítrico con notas de toronja, el aroma favorito de Lucía. Siente sus fuertes pectorales en las mejillas y nota lo trabajados que tiene los brazos. Escucha su corazón, muy agitado y se da cuenta de quién es. Edward la observa, atónito. Ninguno sabe qué decir. Ella carraspea.

—¿Cáncer de qué?

—Estómago.

—Pero… ¿se puede morir?

—Es un tipo de cáncer muy agresivo, pero el tumor está encapsulado. Con una operación, todo puede salir bien. La van a realizar en los próximos días. Solo debemos estar pendientes —Lucía asiente, mientras respira profundo—. Puede morir, sí, pero estamos a tiempo. Él lo sabe desde hace tiempo, así que ganamos algo con eso.

Lucía solloza. Edward hace el amago de darle otra palmadita en el hombro.

—¡Lucía! —grita Ben desde lejos mientras se acerca a ellos. Lleva una botella con agua en la mano. Lucía se seca las lágrimas y le sonríe. La mira con preocupación al verla llorar y lanza una mirada de intriga a Edward.

—Hola.

—Iba a buscarte —dice Ben—. ¿Cómo está Antoine?

—Te cuento más tarde —a Ben—. Mira, él es Edward Miller, dueño de La Rochette —y luego se dirige a Edward—. Chef, él es Benjamin Durán, mi novio.

Edward estira la mano y él se la estrecha, se sueltan casi de inmediato. Ambos sonríen por cortesía, pero Ben lo recorre de pies a cabeza. No le agrada nada. Él se incomoda.

—Mucho gusto. Bueno, los dejo. Iré a la cafetería. Supongo que los veré por aquí. Con su permiso.

Edward se aleja y Ben mira a Lucía, tenso. Quiere evitarlo, sabe que no es el momento.

—Nunca me dijiste que tu jefe era tan guapo.

Lucía se incomoda.

—¿Te parece?

—Sí, bastante. Seguramente todas mueren por él.

Está dispuesta a responder, cuando se da cuenta de la intención de sus comentarios y lo mira severa.

—¡No empieces, Ben! ¡Por favor! Antoine está enfermo. Lo último que necesito es que me hagas una escena de celos.

—Discúlpame, no había mala intención. Solo era un comentario. Te lo prometo.

Lucía niega y vuelve a llorar. Ben la abraza con fuerza.

—¿Qué pasa con Antoine?

—Tiene cáncer. De estómago. El chef dice que estamos a tiempo, el tumor está encapsulado.

—Claro. Eso es bueno, probablemente lo tendrán que operar.

Lucía solloza de nuevo y él la aprieta contra su pecho.

—Todo estará bien, ¿verdad?

Él besa la cabeza de su novia, a modo de respuesta. Ella respira profundo.

=

En la sala de espera, Lucía revisa su celular mientras Ben dormita. Lo ve con ternura y le mueve un brazo. Él despierta.

—¿Quieres irte a la casa?

—No, no. Te espero. Quiero saludar a Antoine, también.

—El chef lleva un rato con él.

—¿Por qué le sigues diciendo chef?

—Costumbre, supongo. No creo que interrumpamos si nos despedimos rápido, ¿o sí?

—Como quieras, no tengo prisa.

Lucía lo mira con ternura.

—Pero mañana trabajas. Quiero que descanses.

Él le resta importancia con un movimiento de cabeza. Se escuchan unos tacones y ambos voltean. Amanda camina hacia ellos y sonríe con la misma falsedad de siempre. Lucía voltea los ojos y Ben la observa con atención.

—Hola, María.

—Lucía —la corrige.

Amanda sonríe con malicia.

—Amanda Miller, mucho gusto.

Ben se incorpora y estrecha su mano. Se fija en su apellido y piensa que Edward es casado. Siente un poco de tranquilidad.

—Benjamin Durán, el gusto es mío.

—¿Edward sigue aquí?

Lucía asiente y señala con la cabeza el dormitorio de Antoine. Justo en ese momento, Edward sale por la puerta. Amanda se acerca y lo saluda con un beso cerca de los labios. Edward la mira molesto.

—¿Qué haces aquí?

—Vine a ver en qué podía ayudar, Panquecito.

Lucía arquea las cejas y sonríe, voltea a ver a su novio y él aguanta la risa. Edward se sonroja y, con una mirada tan profunda y severa, borra la sonrisa de Amanda. Voltea a verlos y ambos cambian el semblante de inmediato.

—¿Puedes pasar un momento, Lucía?

—Sí, chef.

Ben la mira expectante y se levanta de la silla, al mismo tiempo que ella. Lucía lo voltea a ver y se dirige a Edward.

—Chef, ¿hay problema si Ben entra conmigo? Quiere saludar a Antoine y ya casi nos vamos.

Edward niega y los invita a pasar. Amanda se queda fría cuando Edward los sigue y cierra la puerta en sus narices.

Ben se acerca a la cama de Antoine y estrecha su mano.

—¡Ben! Gracias por venir. ¿Cómo te va? ¿Qué dice la oficina?

—Todo bien, Antoine, gracias. ¿Y tú? ¿Te sientes mejor?

—Sí, hijo, mejor. Soy duro de roer.

Ben le sonríe y asiente. Antoine, en un principio, no le agradaba. Pensaba que era uno de esos viejos rabo verde que estaba detrás de Lucía. Después supo su triste historia: Antoine tuvo una hija de la edad de Lucía que murió en un accidente de auto. Su esposa nunca pudo perdonarlo y lo dejó. Cuando él conoció a Lucía, proyectó todo su amor de padre en ella. A Ben le costó un poco de tiempo, y algunas discusiones con su novia, pero finalmente comprendió. Ahora lo aprecia y le agradece estar tan cerca de Lucía.

—Lucía, quiero hablar contigo —Edward la mira serio.

—Sí, chef. Dígame.

Edward toma aire y mira a Antoine. Él le sonríe y hace lo mismo con Lucía. Ella responde con ternura.

—Antoine debe cuidarse mucho, estar en recuperación y enfocarse en mejorar.

Ella asiente.

—No podrá ir a La Rochette un buen rato.

¡No! ¿En serio está pasando esto? ¿Edward dirá lo que ella cree que dirá?

—Te voy a dar otra oportunidad en el restaurante.

Lucía sonríe ampliamente, se acerca a Antoine y lo toma de la mano. Él también sonríe. Ben no, solo se balancea sutilmente en su lugar.

—Chef, muchas gracias. De verdad…

—Tengo algunas condiciones.

Lucía siente como la sonrisa se va borrando de su rostro lentamente. Antoine mira a Edward con desconcierto. Definitivamente, en eso no habían quedado.

—Quiero un compromiso real y completo de tu parte. Debes entender que estarás cubriendo al mejor elemento de La Rochette. Lo mínimo que espero es tu cien por ciento.

Lucía se relaja. Pensó que sería algo más descabellado.

—No quiero que seas impuntual. No puedes volver a llegar tarde. Si lo haces, te vas y no hay vuelta atrás.

—Chef, yo no soy impuntual, ese día…

—No me gusta la gente que discute por discutir, debes aprender a quedarte callada cuando es necesario.

Ben se deja de balancear y observa a Edward, molesto.

—Chef, pero…

—Te he observado, sé que cambias recetas al modificar porciones. Eso está estrictamente prohibido, no es profesional.

Lucía muestra evidente molestia.

—Solo lo hago cuando creo que puedo aportar algo. Es por mejorar las recetas.

—En mis recetas no hay nada que mejorar.

Ahora recuerda por qué no lo soporta: su soberbia es del tamaño del mundo entero.

—¡Siempre se puede mejorar algo!

—¡No! ¡En este caso no! ¿Por qué tienes que discutir todo?

—¡El que discute es usted! ¡No puedo creer que sea tan cerrado!

—¡No hagas que me arrepienta, niña!

—¡Basta! —replica Antoine.

Antoine está incorporado en la cama y observa a ambos con severidad. Lucía reacciona. Ben tiene los puños cerrados y está peligrosamente cerca de Edward. Él se da cuenta de que perdió el control y no soporta esa idea. Para él, es de mala educación demostrar sus sentimientos, sobre todo ante los extraños.

—Bueno, te veo el viernes —termina Edward—. Que estén bien. Antoine, si necesitas algo me avisas. Hasta luego.

Hace un gesto con la cabeza y sale de la habitación.

—*Ma fille*, te suplico, no pelees con él. Ayúdame a llevar la fiesta en paz. Me costó bastante convencerlo. No le des motivos para desconfiar.

—¡Antoine! ¡Yo no soy! ¡Es él! ¡Es insufrible! No entiendo cómo lo has soportado por tantos años.

—Entonces no regreses… —terció Ben.

Ambos voltean a verlo. Él se encoge de hombros, claramente molesto.

—Debo regresar, ahí están mis sueños.

—No necesariamente. Pero, no diré más… —Ben mira a Antoine—. Bueno, los dejo solos para que se despidan. Antoine, espero que te mejores. No dudes en avisarnos si necesitas algo. Cuentas con nosotros.

—Lo sé, hijo. Gracias.

Ben sonríe y acaricia la mano de Lucía. Luego sale de la habitación.

—Creo que vas a tener que lidiar con varias cosas, Lulo. Varias.

—No entiendo, Antoine.

—Ya lo harás.

Antoine le sonríe. Ella lo toma de la mano y le da un beso en la mejilla.

—¿Cuándo regresas a La Rochette?

—Pronto, espero que muy pronto. Mientras tanto, hazme sentir orgulloso, como siempre.

Lucía asiente, sonriendo. Se despide con la mano y Antoine le sonríe. Cuando ella sale por la puerta comienza a llorar.

===

Amanda sigue a Edward en el estacionamiento del hospital. Se nota que está muy molesta y que quiere gritarle de todo.

—¿Cómo te atreves a dejarme fuera? ¡Soy tu socia, Edward! ¡Ese tipo de decisiones las tomamos juntos! ¡No permitiré que me saques de la jugada!

Edward se exaspera y la toma del brazo, mientras siguen caminando.

—¿Puedes guardar silencio?

—¡No! ¡Dame mi lugar!

Edward se detiene en seco.

—¿Cuál lugar? Sí, eres mi socia. No, no tienes nada que ver en mis decisiones con el personal.

—¡Por supuesto que sí! ¡Yo administro el restaurante!

—¡Pero yo decido los perfiles y lo sabes bien! ¡Ya déjame en paz!

—¿Por qué te pones así?

—¡Por la misma razón por la que tú, tantos años después, me vienes con estos reclamos!

Amanda exagera su papel de ofendida por las palabras de Edward. Él, cansado, voltea los ojos y camina de nuevo hacia su automóvil de lujo, negro y recién salido de la agencia de autos. Steve, su joven chofer baja y asiente, mientras abre la puerta trasera. Amanda apresura el paso para alcanzarlo, al ver que él no se detiene a esperarla.

—Esa niña me parece una pésima idea para el restaurante. Es una irres-ponsable, grosera…

Edward pone la mano sobre la puerta del auto, a punto de subirse y la mira.

—Amanda, no me importa. ¡Es más! Ni siquiera entiendo por qué te molesta tanto.

—Me molesta que me restes autoridad. Lo sabes.

—No quiero discutir. De verdad. Estoy muy cansado, tengo muchas cosas en la cabeza y necesito dormir. También tú.

Amanda respira profundo y esboza una de sus falsas sonrisas.

—Okey, corazón. Mañana hablamos.

—No.

Amanda arquea las cejas.

—¿Perdón?

—De esto no vamos a volver a hablar. Se cerró el tema, ¿entendido? Y, por cierto, no me vuelvas a llamar con apodos ridículos y, mucho menos, enfrente de los demás. ¿Estamos?

La sonrisa de Amanda desaparece de golpe. Edward se sube al auto y el chofer cierra la puerta. Arranca el auto. Amanda lo ve irse, tragándose el coraje.

Discutir con Amanda es como ponerse frente a una pared llena de puños robotizados que solo tiran golpes y no sirve de nada pedirle que pare. Las discusiones son algo que Edward evita siempre y con toda el alma, sobre todo las que no tienen sentido. Y esas son las favoritas de Amanda.

Cuando estaban casados solían discutir muy poco. Edward siempre fue alguien a quien le resultaba más cómodo que otra persona se encargara de lo que él considera trivial, como las cosas de la casa o la decoración. Lo único en lo que nadie podía meterse (y sigue siendo así) es con su restaurante.

Pero, al parecer, Amanda no se sentía cómoda con eso. Cualquiera que fuera la respuesta de Edward, ella discutía. El objetivo era pelear. Pareciera como si le encantara el conflicto o, simplemente, tenía una necesidad patológica de tener la razón. Lo que fuera, Edward detestaba pelear y, poco a poco, Amanda le colmaba la paciencia cada vez más.

Curiosamente, esa no fue la razón de su divorcio. Para Edward no hay nada peor que una traición y eso hizo Amanda. Le fue infiel con un hombre mayor que él. Aunque le cueste aceptarlo, Edward todavía no encuentra un motivo real para que ella lo haya engañado.

Edward siempre ha sido muy atractivo y se desvivía por Amanda. Le gustaba consentirla en todo: viajes, ropa, joyas, lo que ella pidiera podía tenerlo. Además, le agradecía mucho la paciencia que tuvo cuando La Rochette apenas iba formándose. Tenían el matrimonio perfecto y sufrió mucho cuando todo terminó.

Aunque Amanda intentó justificar sus acciones, Edward no quedó muy convencido. Él la quiso, demasiado. Desde el corazón, le entregó todo. El dolor fue inmenso, tanto, que juró nunca más volver a ser tan vulnerable ante alguien, nunca volverse a abrir. Se grabó que mostrar lo que sientes es de mal gusto y solo te expone a la traición, al dolor.

Muchos lo han cuestionado sobre la presencia de Amanda en La Rochette. ¿Por qué no disolvió la sociedad? ¿Por qué no la echó de su vida de una vez por todas? Primero, le hubiera salido muy caro. Segundo, tal vez nunca aceptó lo que había pasado. Él conoció a otra Amanda, mucho más allá del ser en apariencia perfecto y superficial que es ahora. No la quería perder por completo.

Además, cuando Amanda y él se separaron, ella estaba esperando un hijo, el sueño de Edward. Pero ella lo perdió y argumentó que fue por el dolor que Edward le causó al dejarla. Eso, aunque nunca lo acepte con los demás, es otra de las razones por las que decidió tenerla cerca: la culpa.

Ahora él es una persona muy solitaria. Su grupo de amigos era el que tenía en común con Amanda, por lo que ya no los frecuenta. Antoine es su único amigo, su mano derecha. Juntos han levantado La Rochette, constándoles desvelos, cansancios, una que otra pelea y pérdidas. Ambos saben que, pase lo que pase, cuentan el uno con el otro siempre.

—Llegamos, señor —le dice Steve, mirándolo desde el retrovisor.

La vista familiar de su edificio lo quita de los recuerdos, y asiente.

—Gracias, Steve. Te veo mañana.

—Que descanse, señor.

Edward baja del coche frente a un hermoso edificio, en el corazón del Upper East Side. Duda en subir, cree que podría haberse quedado más tiempo con Antoine. Tan cansado y vulnerable. El temor lo invade cada vez que recuerda su enfermedad.

¿Por qué las personas más buenas son las que sufren más? No lo piensa por él, por supuesto. Sí por Antoine, que se quedó sin familia, que carga con una responsabilidad enorme. Es bueno, se preocupa por los demás. Siempre tiene una palabra amable. No entiende por qué ahora tiene que lidiar con algo tan horrible, otra vez.

Piensa en La Rochette y su futuro sin Antoine. Regresará a estar más tiempo en la cocina y vigilará todo de cerca ahora que su mano derecha no estará presente.

Sobre todo, hay que vigilar muy de cerca a Lucía. Ver a su amigo tan vulnerable lo obligó a aceptar su propuesta, pero ella es muy temperamental, le falta mucha experiencia. Tiene ganas, pasión y, según Antoine, demasiado talento. Pero le ganan las entrañas y eso se nota.

Edward sonríe: así era él.

CAPÍTULO 5

De dudosa procedencia

Lucía se pasea por la cocina con una camiseta larga a modo de pijama. No puede dormir, se siente intranquila, le gustaría hacer algo más por Antoine, estar con él y ayudarlo. Toma una taza y pone la tetera en la estufa para prepararse un té, mientras mira la página de La Rochette en la guía Michelin que tiene enmarcada. Su cocina y su té de limón: su lugar seguro.

No se perdona no haber estado con Antoine cuando más la necesitaba, él siempre ha estado dispuesto a escucharla y apoyarla. Han pasado meses desde que él sabe que está enfermo y nadie se preocupó, nadie notó si estaba más pálido o si se sentía mal. Pocas veces alguien le pregunta algo personal a Antoine y él tampoco cuenta mucho. Lucía recuerda muy bien que necesitó estar ebrio para contarle lo que había pasado con su familia, en una celebración de fin de año en un bar.

Años atrás estuvo casado con Claire y tenían a Laura, su hija. Él y Claire llegaron a Estados Unidos en su juventud y se establecieron en Nueva York, donde Antoine comenzó lavando platos en pequeñas cafeterías y se fue abriendo paso hasta ser uno de los chefs más reconocidos de la gastronomía francesa local. En ese tiempo conoció a Edward, y desde entonces se hicieron inseparables.

Antoine, Claire y Laura formaban una familia feliz, aunque él pasaba mucho tiempo en La Rochette, pues apenas lo estaban levantando. Edward requería mucho de él, así que Antoine se entregaba al cien por ciento. Su esposa Claire lo aceptaba y entendía, porque sabía que era su pasión.

Un día Claire fue a visitar a su familia a Nantes. Laura tenía dieciséis años y no la acompañó. Tenía exámenes y decidió quedarse. Antoine se comprometió a cuidarla y le pidió unos días a Edward. Pero una noche, llamó a Antoine para que lo ayudara en el restaurante, tenían una emergencia. Corrió a atenderla. Laura escapó con unos amigos a una fiesta y tuvo un accidente de auto. Murió camino al hospital.

Cuando Antoine pudo llegar a ver a su hija, llevaba varias horas muerta, pues no se enteró hasta que salió del restaurante. Claire tomó el primer vuelo desde Francia, pero ya en el aeropuerto le reclamó a Antoine por dejar sola a Laura y lo culpó de su muerte. Después del funeral, Claire volvió a Francia y él nunca más volvió a saber de ella. Cuando regresó al restaurante, decidió dedicarse en cuerpo y alma a La Rochette, se sintió apoyado por Edward.

Ha visto desfilar a muchos chefs que luego abren sus propios restaurantes y llegan a ser muy exitosos. Pero él no, él siente que este es el único lugar al que pertenece. Solo una vez pensó en irse, pero fue cuando Edward se divorció de Amanda y decidió no abandonarlo. Es la única persona cercana con la que cuenta y sabe que, en su soledad, ambos se acompañarán siempre.

Antoine lo grita a los cuatro vientos: cuando Lucía apareció, su vida se llenó de luz y alegría otra vez. Su energía, su química y sus ganas de salir adelante hicieron que viera en ella lo que a él le hubiera gustado ver en Laura, si la vida les hubiera dado tiempo. Antoine descarga todo el amor de padre que se vio interrumpido y roto sobre Lucía. En ella pone sus esperanzas y su orgullo para que alguien más pueda tener el futuro que siempre quiso darle a su propia hija. Por eso le gusta llamarla *ma fille*, "hija mía".

Por el lado de Lucía, ella siempre tuvo una figura paterna en su abuelo, aunque sabía perfectamente que él no lo era. Cuando conoció a Antoine, a pesar de estar en una situación similar de conciencia, no pudo evitar quererlo como si fuera su padre. La ha visto y ayudado a crecer con un amor tan puro e incondicional que ella se imagina que así se sentiría tener un papá.

–¿Amor? –de pronto la voz de Ben interrumpe a Lucía.

Lucía se sobresalta y voltea hacia la sala. Ben se acerca lentamente, con la ropa de dormir puesta y rascándose la cabeza, como siempre que se siente desorientado.

–¿No puedes dormir?

–Discúlpame, no te quería despertar. No puedo dejar de pensar.

–¿En Antoine?

Ben le quita la taza de las manos y le da un sorbo al té. Hace un gesto de desagrado y se la devuelve.

–Limón con extra limón. No sé cómo puedes hacerlo.

Lucía sonríe.

–¿Te preparo uno? ¿O prefieres ir a dormir?

–Me quedo contigo –toma una taza y vierte agua caliente en ella, con una varita de vainilla–. ¿Qué piensas?

–En que no quiero que Antoine se muera.

–Tranquila. Siempre hay muchas posibilidades. Logrará salir adelante.

–¡Es lo que más quiero! No importa el tiempo que pase, pero quiero volverlo a ver entrar en la cocina de La Rochette.

Se queda callada un momento y mira su taza con tristeza. Ben prueba la suya y hace un gesto de aprobación. Mira a su novia con ternura.

–Lucía, de verdad, estoy seguro que Antoine saldrá adelante. Es joven, fuerte y te tiene a ti, que siempre lo has apoyado. No es momento de flaquear.

Ella tarda en responder. Voltea a verlo con los ojos llenos de lágrimas.

—Hay algo más —Ben la observa fijamente—. Sabes que regresar a La Rochette es lo mejor que me puede pasar, pero no así, no me gusta pensar que si Mr. Miller me dio otra oportunidad es por lo que pasa con Antoine. Quisiera volver y verlo a él ahí.

Ben da otro sorbo a su taza y la sigue mirando mientras asiente. Deja la taza a un lado y respira profundo.

—Lu, te entiendo perfecto. Sé que no son las condiciones en las que te gustaría volver, que piensas que no está bien si tu amigo está enfermo. Sé cómo te sientes. Por eso, creo que no deberías hacerlo.

Lucía lo mira extrañada.

—¿Hacer qué?

—Regresar a La Rochette.

Lucía se queda callada. Ben la observa con atención y arquea las cejas, buscando una respuesta. Lucía niega.

—Lu, date cuenta, es lo mejor. Ahí ya no eras feliz, todo el tiempo te quejabas de Miller, que no te daban una oportunidad y…

—¡Pero ahora tengo una oportunidad!

—¡Y tú misma lo dijiste! ¿A costa de qué? ¿A costa de que Antoine esté enfermo? Lucía, no, siento que no deberías hacerlo. No puedes traicionar así a Antoine.

—¡No es traición! ¡Él estaba presente! ¡Sé que él se lo pidió a Edward!

Ben bufa cuando escucha el nombre del jefe de Lucía.

—¿Qué?

—¿Desde cuándo le tienes tanta confianza a ese tipo?

—¿Y desde cuándo le dices "tipo"?

Ben niega. Lucía recuerda las palabras que le dijo en el hospital: "Nunca me dijiste que tu jefe era tan guapo".

—¿Estás armando una escena de celos?

—¿Celos, yo? ¿De quién? ¿De "ese"? ¡No inventes, Lucía!

Se queda callado y abre los ojos.

—¿O debería estarlo? ¿Debería tener celos?

Lucía niega, mientras deja la taza sobre el lavaplatos. Voltea a verlo. Ben está muy molesto.

—¡Respóndeme!

—Estás loco, de verdad.

—¿Ahora me dices loco?

—¡Ben! ¡Ya! No entiendo por qué traes esto, no sé por qué no quieres que regrese a La Rochette. De verdad…

—Lucía, si vuelves a La Rochette nos arrepentiremos. Estoy seguro. No sé realmente de dónde viene la oferta de Miller, ¡pero qué casualidad que ahora quiere tenerte ahí!

Lucía niega y respira profundo.

—No te entiendo. No deberías pensar así. Ben, sabes que esto es mi sueño…

Él abre la boca para protestar, pero Lucía sube el tono:

—¡O el principio de mi sueño! El punto es que La Rochette me llevará adonde quiero estar. Lo sabes.

—Hay miles de restaurantes en Nueva York…

—¡Ninguno como este! ¡Ben! Por favor. Necesito que me apoyes, no quiero tener un problema contigo por esto. Nosotros no somos así, siempre nos apoyamos.

Lucía le acaricia la cara. Él respira profundo, deja su taza en la barra y la abraza con fuerza. Lucía cierra los ojos y descansa en su pecho.

—Pero prométeme que tendrás mucho cuidado, por favor.

No entiende por qué Ben sigue con eso, no sabe de dónde vienen sus celos. Edward ni siquiera recordaba su nombre. Bueno, sí, hace un rato se lo dijo, y varias veces. Recuerda su perfume, toronja. Le encanta. Imagina que sus labios saben a… Lucía abre los ojos sobresaltada y percibe el perfume de Ben.

—Te lo prometo.

═

El apartamento de lujo de Hanna es algo especial. A simple vista, podría parecer desordenado para una *life coach* como ella, pero es porque tiene su propia forma de acomodar las cosas. O eso le gusta decir. Todo en colores pasteles y lleno de flores, es un lugar que te inyecta paz. Por eso Lucía adora estar ahí. Después de la conversación que tuvieron cuando se conocieron en la cena de la compañía en la que trabaja Ben, Lucía decidió ir con ella para explotar su máximo potencial y alcanzar sus sueños más rápidamente.

Tras algunas sesiones, ambas se dieron cuenta de la química existente y se hicieron amigas. Hanna sigue dándole consejos basados en sus conocimientos, pero ya desde un punto de vista más personal, sin perder la objetividad. Eso, y el cariño, hacen que Lucía encuentre en Hanna la luz en el camino que tantas veces necesita.

Tiene una recámara que acondicionó temporalmente para dar sus sesiones, hasta que le entreguen el despacho que renta, y que el dueño decidió remodelar.

Ahí todo es distinto, más profesional. Hay un mueble enorme con libros de psicología, liderazgo y otros temas que ayudan a los clientes de Hanna. Además, ella cree en el esoterismo, por lo que, en ocasiones, les pone música relajante para que sus clientes logren conectarse mejor con ellos mismos. Dos sillones muy cómodos y una mesa con más flores es la cereza del pastel del "cuarto de paz".

Pero Hanna y Lucía no están ahí, sino sentadas en el sillón de la sala, descalzas y con una taza de té enfrente. Hanna observa a su amiga atentamente y, cuando ella se da cuenta, voltea a verla.

—¿Qué pasa?

—Es lo que quiero saber. Llevas diez minutos viendo si tu rodaja de limón se mimetiza con la taza o no sé.

Lucía ríe, inmediatamente se lleva las manos a la cara. Ahoga un grito y las pasa por su cabello. Hanna sonríe.

—Vaya, debe ser peor de lo que pensé. Cuéntame, Lulo la chef.

Lucía se relaja y se carcajea. Hanna sonríe cariñosa.

—Me encanta cómo te acuerdas tanto de eso.

—Yo me acuerdo de todo, cariño.

Cuando Lucía buscó a Hanna por teléfono, después de conocerse en la fiesta, empezó la conversación:

—"¿Hanna? Habla Lulo, la chef".

Hanna se carcajeó porque, al parecer, Lucía había olvidado que ella también tenía su número. Es parte de ellas, convertir algo simple en un asunto sumamente gracioso. Ese es uno de los momentos que Hanna siempre recordará con su mejor amiga.

—Es complicado, Hanna Banana.

—Desmenúzalo en porciones pequeñas. Siempre es más fácil.

—Está bien: Ben, La Rochette, Ben, Antoine, Ben, Edward…

Hanna se atraganta con el té y se lleva una mano al pecho.

—¿Edward? ¿Miller? ¿El superchef?

Lucía asiente.

—Ese mismo.

—¿Y él en qué momento es parte de nuestras conversaciones?

Se encoge de hombros.

—En el momento en que Ben lo hace parte de las nuestras.

—A ver, vamos por partes. Ben, ¿qué pasa con él?

—Sus escenas de celos cada vez son más frecuentes. Me preocupa, porque ha llegado al punto de inventarse cualquier cosa con tal de pelear.

—¿Qué tipo de cosas?

—Duda que el ofrecimiento de Mr. Miller para regresar sea por Antoine, jura que es porque es guapo.

Hanna la mira, dudosa.

—No tiene sentido. Digo, si me lo planteas así, no. Pero creo que el superchef solo es un pretexto, como el móvil. ¿Me explico?

—Poco. A ver, ¿Ben quiere sentir celos solo por sentirlos? ¿Y usa a Edward?

—Sí y no. Dime, ¿cómo van las cosas con él?

—Normal. Como siempre.

—Probablemente ese es el problema. Ben es impulsivo, muy activo y odia la rutina.

—Sí, creo que sí.

—No te estoy preguntando. Escucha.

Lucía sonríe y asiente.

—Mi punto es que a personas como Ben el desinterés los hace sentir inseguros. ¿Me explico? Tú estás enfocada en otras cosas, lo cual es muy bueno… para ti. Puede que para él no lo sea, porque siente que ya no le pones interés a la relación.

Ella asiente y da un sorbo al té. Hanna se levanta y va al "cuarto de la paz". Cuando regresa, trae consigo unas hojas y plumones.

—Disculpa. Ya sabes que debo ponerlo en papel.

Lucía sonríe. A veces Hanna le recuerda mucho a Ben. Ella hace un diagrama en la hoja. En el centro dice: Lulo – Ben, y varias flechas que salen de ahí, que apuntan hacia palabras como inseguridad, celos, desamor…

—¡Oye! ¡No hay desamor!

—Para él sí, cariño. Piensa: te enfocas en otras cosas y tus objetivos no tienen que ver con él. Ben es bueno, muy bueno, pero recuerda que él ha dejado muchas cosas para estar contigo. Te siguió a Nueva York, ha intentado…

—¡Pero yo no lo he obligado! ¡Él ha querido hacerlo! Hanna, tú sabes por todo lo que he pasado también. Me parece injusto que me eches en cara cosas que, la verdad, no tienen cabida aquí.

—Es que no esperas, no escuchas.

Lucía se cruza de brazos y se queda callada. Mira con reproche a Hanna. Le hace una seña para que continúe. Hanna pone los ojos en blanco.

—Mi punto es que Ben es un hombre muy bueno, pero inseguro. Entonces, esa inseguridad puede provocar que él piense que no es importante en tu vida, que todo lo que él ha hecho para estar contigo no tiene relevancia para ti, ¿me explico? Y no es que seas una mala novia o que no lo ames. Solamente es que no piensas en cubrir sus necesidades como él piensa en cubrir las tuyas.

Lucía se da cuenta de muchas cosas, su mente va a mil por hora y no sabe cómo procesarlo.

—Mira, él entiende tus sueños, tus necesidades y no creo que te lo reproche, ni siquiera en su mente, pero nadie es tan bueno, Lulo.

—¿A qué te refieres?

—Que probablemente Ben quiere más reciprocidad de tu parte. Quiere que lo consideres, quiere ser importante para ti. Sabe la gran mujer que eres y por eso está contigo, pero no puedes condenarlo por querer ser importante en tu vida. A él le gustaría que cuando pienses en tus sueños pienses en dos, no solo en ti. ¿Me explico?

Lucía asiente.

—Entonces, ¿Mr. Miller...?

—Es su forma de proyectar su inseguridad. Para Ben eres todo, Lulo. Tiene miedo de perderte. Y el superchef personifica a La Rochette, literalmente. A tus sueños, lo que siempre has querido. Que, al mismo tiempo, es lo que te puede alejar de él.

Lucía toma un sorbo de té. Piensa en Edward y se pregunta: ¿personifica todo lo que siempre ha querido? Sí, si lo ve desde el punto de vista profesional. Y no, porque él es todo lo que jamás le gustaría ser: arrogante, cerrado e intolerante. Es el mejor chef de Nueva York, pero cree que está muy lejos de personificar sus sueños.

—No creo que Miller represente mis sueños.

—Cariño, hay cosas que te las tienes que tomar literal, otras no. Parece que no me escuchas.

—Sí te escucho.

—Entonces no me entiendes.

—Sí te entiendo.

–No y no importa. Lo vas a entender pronto. Solo respóndeme algo: ¿Benjamin te importa?

–Claro.

–Entonces sé más paciente con él. El otro día me decías que te sentías mal por no estar cerca de Antoine, ¿no? Por no darte cuenta de su enfermedad, de sus necesidades. Bueno, entiendo lo que él significa para ti, pero, y esto sí es regaño, no me parece que las necesidades de tu novio sean menos importantes que las de Antoine –Lucía la mira con reproche–. A menos que no lo ames.

Lucía no le puede sostener la mirada y observa su taza de té. Hanna se da cuenta y suspira. Su amiga necesita mucha más ayuda de la que pensaba.

–¿Estás lista para volver a La Rochette?

Lucía se encoge de hombros.

–Ven, vamos a meditar.

Hanna se levanta y se detiene junto a ella, estira la mano y Lucía se la toma a regañadientes. Ambas caminan al "cuarto de la paz".

══

Lucía entra a su apartamento. Ben trabaja en el escritorio. Al escuchar la puerta, voltea y sonríe brevemente.

–Pedí sushi y ramen de Omakasa. Te guardé.

–Gracias.

Ben sigue concentrado y Lucía deja su bolso en el sillón. Se acerca y lo abraza por detrás. Él se estremece y sonríe.

–¿Cómo te fue?

–Bien. ¿Y a ti? ¿Qué haces?

–El proyecto para concursar por el nuevo puesto, ¿te acuerdas?

Lucía se queda callada y Ben ríe. Se separa y la toma de las manos. En las manos de Lucía se puede ver la pasión que tiene por cocinar.

Probablemente no sean las más suaves, sus uñas son cortas, acostumbradas a los movimientos rápidos y flexibles con el cuchillo, y se pueden ver en ellas claramente algunas cicatrices, pero eso a él no le importa. Su novia pone toda su pasión en la cocina, y que eso se refleje en sus manos lo llena de orgullo.

—Perdóname, se me olvidó.

—No pasa nada, has tenido muchas cosas en la cabeza.

Lucía recuerda todo lo que habló con Hanna y se siente peor que nunca. Ben se levanta y caminan juntos hacia la sala, mientras le cuenta.

—Quieren que simulemos la creación de un nuevo modelo de inversión que reduzca los riesgos de ambas partes, tanto de las marcas, como los nuestros. Es un "regalo", por llamarlo de alguna forma, que la empresa quiera hacer a sus clientes más importantes.

—Entonces, ¿el mejor se implementaría?

—Exacto. Además de, evidentemente, ganar la dirección de ese proyecto. Mejor puesto, más trabajo, pero mejor sueldo, ¿sabes lo que eso significa?

Lucía niega sonriendo ampliamente, mientras ambos se sientan en el sillón. Ben pone el bolso en la mesa de centro.

—Me gusta mucho nuestro apartamento, pero creo que es momento de dejar de rentar. Podemos comprar algo juntos. ¿Qué opinas?

Lucía pone cara de sorpresa. Ben la toma de las manos de nuevo.

—Hay que planearlo bien. Pero, piensa, pedimos un crédito y, lo que gastamos en renta, lo damos para pagarlo mensualmente. ¿Te agrada la idea?

Lucía duda y, lo peor, no sabe por qué duda. Ella siempre quiso eso, hacerse de un patrimonio y, sí, compartirlo con Ben. Pero ¿por qué está dudando? Probablemente sus necesidades ya son otras. No le gustaría adquirir una deuda si después no podría invertir en el restaurante. Recuerda la conversación con Hanna: "No me parece que las necesidades de tu novio sean menos importantes que las de Antoine".

—Me parece una gran idea. De verdad. Pero, bueno, no lo tendríamos que hacer ahora, ¿o sí?

Ben sonríe ampliamente.

—No, no, ¿cómo crees? Mira, primero déjame terminar esto y después vemos qué sigue. También, bueno, hay que ver cómo vas creciendo en La Rochette, ¿no? Supongo que vas a tener un mejor sueldo.

Lucía se siente culpable. Ben ya cedió por completo. Siente que debe ser mejor novia. Él se lo merece.

—Sí, sí, también. De hecho, no revisé con Mr. Miller en qué condiciones regresaría y necesito verlo.

—Espera un poco. Por lo menos que pase el fin de semana. Para evitar cualquier conflicto. Digo, ya sabes cómo es…

Se encoge de hombros. Ella ríe y lo abraza.

—Te amo, Lucía.

—Y yo a ti.

Ella se acomoda en su pecho y él acaricia su pelo. Se siente protegida, se siente amada, solo que no entiende qué pasa con ella. No le cuesta nada ceder y no sabe por qué. ¿Estará siendo muy egoísta y de verdad lo está haciendo a un lado?

———

La cocina vacía de La Rochette provoca que Lucía se sienta bien. Como si las cosas pudieran volver a la normalidad. Sonríe ante cada cacerola, cada cuchara y cada espátula que se aparecen frente a ella, como una orquesta muda y perfectamente afinada, esperando las órdenes del director. Como si le dieran la bienvenida después de una larga ausencia. Además, le encantan los sonidos que hacen sus instrumentos cuando los utiliza al cocinar. El globo metálico con el que bate las claras de huevo contra el recipiente de acero inoxidable. La aspereza del rayador cuando se encuentra con la piel de un limón o una toronja. En casa de sus abuelos adoraba acomodar los utensilios de cocina después de lavarlos, incluso escuchar el sutil sonido de las cucharas y molinillos de madera que su abuela compraba en el mercado.

Bajo una paz inmensa, Lucía voltea a la mesa de trabajo que compartía con Antoine y ahora siente un pinchazo en el corazón. Antoine, nuevamente, le está regalando una oportunidad para entrar a La Rochette. Él la eligió la primera vez y la llevó con Edward para que la entrevistara. Y ahora, gracias a él está de nuevo ahí.

—Nos hará mucha falta.

La voz grave de Edward la hace voltear a la puerta. Ahí está, tan impecable y perfecto como siempre. Impasible, la mira con atención. Ella sonríe.

—Así es, chef.

—Eres la primera en llegar.

—Sí, es verdad…

—Espero que así sea todos los días a partir de hoy.

Lucía se sorprende. El día del hospital llegó a verlo diferente, luego discutió con él y volvió a ser la misma persona arrogante de siempre. Hoy lo vuelve a confirmar, aunque esperaba ver otra vez esa sonrisa. Solo para hacer de su regreso algo más fácil. No quiere problemas.

—Así será, chef. No puedo defraudar a Antoine.

Edward la observa atentamente. Lucía se incomoda mucho. Su mirada es muy penetrante, la desarma. No entiende por qué. A pesar de eso, puede sostenerla e incluso llegar a retarlo. Edward se da cuenta y se incomoda también. Camina hacia ella, le da un beso en la mejilla y se da la vuelta.

—Buen día.

Edward sale por la puerta y Lucía se estremece hasta las pestañas. No entiende qué le pasa. Sintió su aroma otra vez, tan cerca que fue como si lo hubiera probado. Podría jurar que tiene ese sabor a toronja en los labios. Niega frenéticamente, mientras frota sus brazos como si tuviera un escalofrío. Es su jefe, su antipático y perfecto jefe. No le gusta, es decir, sí es muy guapo, pero no le parece tan atractivo. No tanto.

—¡Lulo!

Pete entra por la puerta, seguido de Jonathan, el chef encargado de las salsas. Ambos sonríen mientras Pete la abraza con fuerza.

—¡Nos llegaron rumores de que volverías, pero no sabíamos cuándo! –dice Pete mientras se separan.

—¡Pues aquí me tienen! –responde Lucía.

—¿Cómo hiciste para regresar? Convencer al chef no debió ser fácil –le dice Jonathan mientras la abraza brevemente.

—¿Se puso muy pesado? –pregunta Pete mientras le sonríe.

—Todo fue gracias a Antoine –Lucía entristece un poco el semblante.

—¿Por su enfermedad? –pregunta Jonathan, intrigado–. Digo, ¿estás cubriendo su puesto como tal? ¿Eres la nueva *sous-chef*?

—Creo que sí, no he hablado bien con el chef –el semblante de Lucía se entristece un poco. Pete se da cuenta y le acaricia el brazo.

—Ya tendrás tiempo para verlo. Estás de regreso y eso es lo importante.

Lucía asiente cuando de pronto escuchan el sonido de unos tacones. Amanda entra por la puerta, perfecta y malévola como siempre. Lleva un vestido rojo, muy entallado. Todos cambian el semblante de inmediato. Ella se acerca sonriente a Lucía.

—¡Lo lograste! ¡Bienvenida, María!

—Lucía.

—Espero ver mucho más de ti, y no me refiero precisamente a tu linda cara.

La mira burlona. Lucía siente como la sangre le sube a la cabeza y se le enrojecen las mejillas.

—Espero que no cometas más errores.

—Nunca, Mrs. Brown. No se preocupe.

—No, yo no.

Lucía le devuelve la falsa sonrisa y ella la mira triunfante.

—Que tengan buen día, chicos.

—Igualmente, Mrs. Miller.

Amanda sonríe y sale. Lucía respira profundo, Pete le da una palmadita en el hombro y ella sonríe.

—Bueno, no todo podía ser bueno, ¿o sí? —responde Lucía mientras toma la mano de Pete, ante la evidente cara de satisfacción de su amigo.

—¡Vamos, Lulo! ¡La filipina te espera!

Pete señala el camino a los vestidores. Jonathan sonríe y aplaude. Ella los mira con profunda alegría. En definitiva, no hay nada como regresar a casa.

CAPÍTULO 6

Una pizca de pimienta

Una cocina en funcionamiento es como una orquesta en concierto. Hay muchos sonidos aislados que, a pesar de ser tan distintos y con fuerza particular cada uno, forman una armonía que puede emocionar hasta las lágrimas. Así se siente Lucía cuando está en La Rochette. El sonido del cuchillo contra una tabla de picar, las verduras cociéndose, el sartén contra el fuego, una que otra instrucción gritada por ahí y demás hacen que su pasión por cocinar esté más viva que nunca.

Han pasado dos semanas y Lucía es feliz, muy feliz. Se siente apoyada, valorada y, sobre todo, más lista que nunca para alcanzar sus sueños. Ha formado un gran equipo con todos sus compañeros. Pete siempre la respalda en todo y logra que los demás le hagan caso. Antoine fue sometido a cirugía la semana anterior y ha mejorado mucho, aunque reniega de que pronto deba empezar el tratamiento. Ben está más tranquilo con ella, aunque nervioso por su proyecto, y todo transcurre en santa paz.

Bueno, casi todo. Algo ocurre con Lucía cada vez que Edward se aparece en la cocina para supervisar. Su presencia le incomoda y la pone alerta. No ha vuelto a cruzar palabra con él desde el día que regresó. Solo entró, anunció su regreso a todos y que cubriría el trabajo de Antoine, pero no dijo nada de su puesto. Claramente, ella no esperaba un ascenso y aún no entiende muy bien el rol que desempeña. Ella quiere pensar que ese es el motivo que la pone en una posición incómoda.

En estas dos semanas se han notado cambios. Edward va mucho más a la cocina que antes. Evidentemente para vigilarla. Además, por las noches, Amanda también. Obviamente por la misma razón. No entiende por qué tiene una fijación con ella si solo han cruzado un par de palabras en su vida. Pero eso no le atañe. Lucía solo la ignora y se ríe de ella discretamente con sus compañeros, sobre todo porque parece que espera afuera de la puerta a que Edward salga para entrar.

El día transcurre con normalidad y, después de varios esfuerzos, Lucía es la primera en llegar. Ben está fuera de la ciudad y ella, como todos los días, se levantó a correr en Central Park. Eso la llena de vida y aumenta sus ganas de dejarlo todo en la cocina. Ahora que ve a todos llegar y prepararse para la jornada, recuerda la felicidad que la embriaga cuando escucha la orquesta tocar al unísono.

Adora esos momentos en los que todos corren y nadie está quieto. Esa inyección de adrenalina que significa entregar un platillo perfecto en el menor tiempo posible la invade. Siente una felicidad inexplicable. Voltea hacia Pete que está revisando un filete de mero cerca de ella y le grita:

—¡La piel ya está sellada! Si lo dejas demasiado tiempo va a quedar muy seco.

—Sí, ya casi está.

—¿Y las alcachofas?

—¡También!

Lucía se acerca a Pete para cortar un pequeño trozo. Lo prueba. Hace un gesto de aprobación e inmediatamente la mira dudosa. Pete sonríe y se encoge de hombros:

—¿Eso fue un sí o un no?

–Un sí, pero me quedé pensando. ¿Qué pasaría si les ponemos pimienta de Sichuan?

–¿Al mero? –pregunta Pete mientras la mira extrañado.

–A las alcachofas.

–No estoy muy seguro, chef. ¿No es muy picante?

–Creo que la salsa de arándano ayudaría mucho al sabor, ¿no?

Lucía toma la pimienta de Sichuan del recipiente más cercano. Señala la salsa en un sartén. Pete se la alcanza, junto con las alcachofas. Lucía toma un tenedor y combina ambos elementos, añadiendo la pimienta. Cierra los ojos y asiente. Da a probar a Pete.

–¡Me encanta! ¡Muy bien, chef!

–¿Verdad? Viste el plato y cuando quede listo me lo traes, yo pongo la pimienta de Sichuan.

–¿La pimienta en qué? -la voz de Edward la sobresalta y voltea, nerviosa.

–Mero al arándano.

–¿Es picante?

–No, pero…

–¿Si no lleva picante por qué deberías agregarla?

–Porque realza el sabor de…

–No estás entendiendo.

–Chef, déjeme explicarle.

–No. Escucha.

Lucía respira profundo y asiente.

–No debes modificar ninguna receta. ¿Cuántas veces debo decírtelo?

–Chef, pero en este caso, al agregarla a las alcachofas, el sabor de la salsa…

¡Niña! Supongo sabes cuánto tiempo lleva crear un platillo como ese, ¿no? Me tomó años elaborar esa receta.

–Por supuesto, chef, pero…

–Entonces, ¿por qué te tomas atribuciones que no te corresponden?

–Es para que sepa mejor.

—¿Para que sepa mejor? ¡Guau!

Edward aplaude con sorna y sonríe.

—No sabía que tus recetas eran mejores que las mías. ¿Quieres mis estrellas? ¿Mi restaurante? ¡Te los doy de una vez!

—¡¿Por qué tiene que ser tan arrogante?!

Todo queda en silencio. Edward la mira con desprecio. Y dirige la mirada a Pete:

—Termina el platillo y entrégalo ya. Todos pónganse a trabajar —voltea a ver a Lucía—. Tú, acompáñame.

Todos obedecen y Edward sale de la cocina, mientras Lucía lo sigue a pocos pasos. Caminan por un estrecho pasillo que los lleva a los casilleros donde los trabajadores se ponen sus uniformes y registran su entrada. Del otro lado, se encuentra el segundo almacén que no contiene alimentos y en medio está la oficina de Edward. Él la espera con la puerta abierta, la hace pasar. Lucía respira profundo y piensa que deberían hacerle una placa. Llega, se va, regresa y dos semanas después la echan por ofender al jefe. Debe ser un récord.

Edward se sienta detrás del escritorio y la observa con severidad. Lucía no sabe cómo reaccionar, no tiene idea de lo que pasará y, mucho menos, qué postura debe tomar ante el regaño de Edward.

—Chef, yo…

—Quiero que te quede algo muy claro. Regresaste por Antoine, por su enfermedad y porque me insistió mucho.

—Entiendo, pero…

—Guarda silencio. Estoy hablando. Si al terminar, tienes algo que decir, te escucharé.

Lucía asiente y lo mira con atención.

—Antoine dice que eres muy talentosa, que cocinas con pasión y tienes muchas ganas de superarte. Pero eso no es suficiente, niña. Debes entregarte por completo a esto, a tu carrera. Llegando tarde, modificando recetas y retando a tus superiores nunca lo lograrás.

Lucía siente cómo la sangre le sube hasta la cabeza. No la conoce, la juzga sin saber. Es tan arrogante, tan injusto. Le gustaría salir corriendo y dejarlo ahí, con su "magnífico restaurante".

—Probablemente piensas que no puedo hablar sin conocerte. No necesito hacerlo. ¿Sabes a cuántos chefs como tú he visto fracasar? ¿Sabes a cuántos les gana la arrogancia? Todos creen que son el mejor. Y todos terminan poniendo una cafetería en Brooklyn. Tú dices que yo soy así, ¿no? Bueno, creo que tengo todo el derecho de serlo. Tú no. No eres nadie aún. Deja de pensar que tu "talento" es suficiente para ser mejor que yo. Mira a tu alrededor, date cuenta de lo que yo he construido.

Los ojos se le llenan de lágrimas. No puede permitirse llorar ante él. Es cruel, seguramente disfruta haciéndola sentir mal, lastimándola. Edward se da cuenta y se siente mal. La ve tan indefensa, tan pequeña. Se queda callado. Lucía baja la cabeza. Edward intenta levantarse de la silla y se pega con la pata de la mesa. Hace una mueca de dolor y respira. Lucía voltea a verlo y asiente.

—Chef, le ofrezco una disculpa. Cometí un error. No volverá a suceder —Lucía lo mira, decidida. Edward le responde la mirada asombrado y asiente.

—No quiero volver a tener un problema contigo. ¿Entendido? —Edward utiliza un tono más tranquilo.

—Perfectamente, chef.

Ella reacciona bien ante el tono calmado de Edward. Sus ojos ahora son distintos, menos crueles, más brillantes. ¿Es arrepentimiento?

—Tómate un respiro y luego vuelve a la cocina. No quiero que tardes.

Lucía asiente y se levanta de la silla. Camina hacia la puerta y se detiene un momento.

—¿Me permite decirle algo?

Edward accede, un poco sorprendido.

—Es el mejor chef que he conocido, no piense que eso está peleado con un buen corazón. Usted lo tiene, no lo olvide. Con permiso.

Edward la ve salir y se deja caer en la silla. Niega y pasa las manos por su cabello. De un cajón toma un reloj de bolsillo. Es de oro y parece ser muy viejo, aunque muy bien conservado. Lo mantiene en su mano y cierra los ojos.

—

Hanna espera afuera de La Rochette, apoyada en un auto, fumando un cigarro. Viene muy arreglada, tuvo una cita. Fallida, para variar. Hanna es hermosa, simpática y profesional. Pero con muy mala suerte en el amor. Shawn, su exnovio, y compañero de trabajo de Ben, terminó siéndole infiel con alguien que conoció en una aplicación de citas. A Hanna siempre le pasa lo mismo: todos demuestran que no les importa la fidelidad.

Todos sus exnovios la han traicionado. Ella a veces piensa que es el karma que carga porque su padre hizo lo mismo con su mamá, aunque también quiere borrarse eso de la mente y pensar en que la verdadera razón es que no ha encontrado al indicado para ella. Pero es una idea que no la deja en paz: todos los hombres son iguales y terminan aprovechándose de ti.

Su familia era perfecta y muy feliz hasta que su padre se involucró con una mujer más joven. Hanna tenía dieciséis y su hermano Andrew, trece. Su madre, Alice, quedó devastada y decidió buscar a la chica para enfrentarla y Hanna decidió seguirla, sin que su madre se diera cuenta. La otra mujer le dijo que estaba embarazada y dispuesta a quedarse con su esposo. Alice regresó a su casa, llorando amargamente, Hanna llegó unos minutos después y, cuando la vio, se dio cuenta que no había marcha atrás y su familia estaba destruida.

Su padre se fue tras la chica. Dos años después, Alice murió de amor. Su corazón nunca pudo sanar y se dejó morir, sin importarle que sus hijos se quedaran solos. Hanna y su hermano se fueron a vivir con su tía y la herencia que su madre les dejó. Gracias a eso pudieron continuar con sus vidas y convertirse en las grandes personas que ambos son. Drew, como ahora se hace llamar, se dedica a la publicidad y es muy exitoso. Vive en Chicago.

Cuando su padre los buscó, ambos decidieron no verlo y darlo por muerto. Siempre lo culparon por la muerte de su madre y siguieron adelante sin él. Hanna encontró en la psicología la forma de ayudar a las mujeres a tener siempre más opciones, a enfocarse en su futuro y nunca dejarse caer. En memoria de su madre, se propuso ayudar a todas las mujeres posibles.

Hanna sigue esperando a Lucía, tiene muchas ganas de abrazarla y poder tener una noche para ellas solas. Salir con ese chico la hizo recordar a su padre. El tal Sam, como se hizo llamar, resultó tener una "relación abierta", en la que su novia sabe perfectamente que él conoce otras chicas y se involucra sexualmente con ellas. Hanna no creyó ni una palabra. Evidentemente, es otro infiel que usa ese discurso para conquistar a otra ilusa.

Hanna, sumida en sus pensamientos y en una nube de humo de tabaco, ve llegar a Amanda del restaurante. Se miran, y la segunda esboza su clásica sonrisa hipócrita. Hanna no lo puede creer y cierra los puños con odio. La otra se detiene ante su mirada, curiosa.

—Disculpa, querida, ¿nos conocemos? —pregunta Amanda con su falso tono de siempre.

Hanna se queda helada, mirándola de pies a cabeza. Pero enseguida reacciona, nerviosa:

—Perdón, no te escuché. ¿Decías?

—Que si nos conocemos. Digo, no dejas de mirarme.

—Tu rostro me parece familiar, solo es eso —Hanna se ve contenida, con las mejillas rojas a punto de estallar—. Disculpa.

Hanna intenta sonreír y Amanda no le cree nada, aunque su cara también le parece conocida. La mira de pies a cabeza y nota su buen gusto para vestir, un poco soso, pero en general bien. Probablemente le ayudaría a combinar mejor sus zapatos con los otros accesorios, pero nada grave. ¿Quién es? ¿De dónde la conoce?

—Creo que también te conozco de…

—¡Banana! —grita Lucía, que viene saliendo del restaurante—. ¡Perdón! Me entretuve un poco y…

Amanda voltea. Lucía cambia el semblante inmediatamente.

—Buenas noches, Mrs. Miller.

—Hola, María.

Lucía pone los ojos en blanco y mira a Hanna. Se da cuenta de lo extraña que es la escena. ¿Por qué su mejor amiga y la insufrible exmujer de su jefe estaban hablando?

—¿Se conocen? —pregunta Lucía con evidente sorpresa.

—No, Lulo, no. Justo estábamos diciendo eso, que nos resultamos conocidas pero no sabemos de dónde —Hanna sonríe brevemente, un poco nerviosa.

Lucía asiente, no muy convencida. Amanda las mira sonriente y les dice:

—Bueno, chicas, las dejo. Tengo una cena muy especial con Edward y no le gusta que lo hagan esperar.

—Lucía la mira extrañada y se despide con un gesto rápido de la mano. Hanna asiente, con lágrimas en los ojos. Amanda la observa por última vez y entra. Lucía y ella se abrazan torpemente y sonríen. Empiezan a caminar.

—¿Taxi o metro, Banana? —pregunta Lucía divertida.

—Caminemos un poco y luego un taxi, ¿no? Fue día pesado.

—¡Con esos tacones, cómo no! —Lucía mira los zapatos de su amiga y ríe, sin obtener respuesta de ella.

Lucía asiente. Hanna la mira con duda y, discretamente, se seca las lágrimas a punto de salir, pero intenta preguntar de una forma muy casual:

—¿Quién es ella?

—¿Quién? ¿La rubia insoportable? —Hanna sonríe y hace un gesto afirmativo con la cabeza—. La exmujer y socia de Mr. Miller, ¿por qué?

—Dios, ¿de verdad? ¿Hace cuánto se divorciaron?

—Creo que hace mucho tiempo —Lucía la mira extrañada—. ¿Por qué?

—¿Cuánto tiempo duraron casados? ¿Mucho?

—Hanna, ¿qué te pasa? ¿Desde cuándo te interesa saber eso? ¡Ni yo lo sé!

Hanna sonríe nerviosa, niega y responde:

—Curiosidad —Lucía la observa incrédula. Hanna finge no darse cuenta—. Bueno, ¿y cómo te fue hoy?

—Bien, es decir, me peleé con Mr. Miller.

—¿Con el superchef? ¿Y ahora por qué?

—A ver, no nos desviemos. Primero, lo más importante, ¿cómo te fue con este chico? ¿Sí era el de la foto? ¿No es un psicópata asesino?

Lucía ríe. Hanna también, pero haciendo cara de hastío y encogiéndose de hombros.

—Pues no era un psicópata asesino, o al menos hasta donde pude ver y… sí era el de la foto. El problema es que tenía novia.

—¿Tenía novia? ¿Y qué hace en la aplicación?

—Tienen "una relación abierta" —Hanna abre comillas imaginarias.

—¡Por Dios! ¡Eso no existe! —Lucía levanta los brazos al cielo. Hanna la mira divertida—. El tipo anda pintando los cuernos, es todo. No hay más que saber.

—¡No! Que esas parejas existen, existen, pero…

—Sigue siendo infidelidad. Consensuada, pero infidelidad.

—No sé, creo que va más allá. Pero, en este caso, simplemente no va conmigo.

Lucía asiente mientras siguen caminando. Hanna se queda callada, pensando en el chico, en la infidelidad, en Amanda…

—Lu, ¿sabes por qué se divorciaron el superchef y Mrs. Miller?

—No. Digo, sé que fue algo muy fuerte, aunque no tanto para que sigan siendo socios. Antoine nunca me ha dicho. Es algo muy personal. Pero ¿qué pasa contigo? De verdad que tanto interés no es normal.

–¡Tranquila! ¡No! Esa mujer me causó curiosidad. Solo eso. Ponerle cara al fin fue extraño, supongo –pero Hanna está a punto de llorar de nuevo. Lucía la mira fijamente y niega.

–La extraña eres tú. ¿Crees que me puedes engañar? ¡Estás a punto de llorar!

Hanna hace un gesto restándole importancia, mientras se pasa la mano por los ojos y se queda callada un momento.

–Es la alergia. ¿Cenamos por ahí o pedimos en tu casa? –responde al fin, mientras siguen caminando. Lucía no le cree nada, algo pasa y es muy extraño que no le quiera contar.

–En la casa, ¿no? –Lucía se da por vencida–. Estoy mu-er-ta y lo que menos quiero ver en este momento son restaurantes.

–Espero que un día me cocines…

–¡Lo he hecho muchas veces!

Ambas ríen, mientras Hanna toma su teléfono para pedir el auto. Lucía confía en que durante el transcurso de la noche su mejor amiga decida contarle todo. Probablemente el chico infiel le removió recuerdos que Hanna procuraba esconder.

═══

Amanda espera afuera de la oficina de Edward, impaciente. Le disgusta mucho que le hagan ese tipo de desplantes, y más frente a todos los trabajadores del restaurante, sobre todo si es él. Le da vergüenza pensar que quede uno que otro rezagado y la encuentren ahí, esperando como si fuera uno de ellos, en lugar de estar sentada frente al escritorio, como corresponde a su jerarquía.

Ella solía tener una pequeña oficina en La Rochette que se convirtió en la segunda parte del almacén. Fue lo único que Edward le pidió cuando se divorciaron. Acordaron no disolver la sociedad y que ella no tuviera un espacio en el restaurante. Va cada vez que puede, sí, pero ya no puede tener su propio espacio. Ni siquiera tiene la llave del almacén para esperarlo dentro. Amanda aguanta todo eso con la esperanza de que algún día vuelva a atraparlo.

Evidentemente, una mujer como ella siempre tiene alguien con quien salir y pasar el rato. O la noche. Amanda satisface sus necesidades, argumentando que el corazón solo se lo ha dado a Edward. Eso se dice a sí misma y a sus amigas para evitar ser juzgada. No le gusta estar en medio de rumores negativos, aunque adora divulgarlos.

—Pete, debes decirle a Lulo, ya. Si no, esto te consumirá y después saldrá peor.

—Jon, no. Lulo tiene novio y es muy feliz. El tipo es un arrogante, no lo soporto. Y sé que yo podría ofrecerle más, pero siento que no es el momento.

Amanda se distrae de sus pensamientos y escucha con atención. Se acerca a la puerta de los vestidores sigilosamente, pues está entreabierta. No logra identificar las voces, para ella todos los cocineros son iguales. Pero sabe que están hablando de la chica mexicana que no le cae nada bien. Ese apodo ridículo lo ha escuchado varias veces cuando se refieren a ella.

—Pete, dicen que el amor correspondido puede ser muy mal consejero.

—¡No seas ridículo! ¡Se lo voy a decir! Solo que no sé en qué momento.

Amanda sonríe con toda la malicia posible. Esto puede servirle de algo. Solo debe encontrar la mejor manera de utilizarlo. ¿Quién será ese tal Pete? ¡Ah! Seguro es el muchachito rubio con cara de afectado que siempre está pegado a la mexicana. ¿Y la otra voz?

—No entiendo por qué quieres esperar, no pierdes nada. Solo el tiempo.

—Te equivocas, estoy ganando tiempo, mi estimado Jonathan. No presiones.

La puerta se abre por completo. Y Amanda, Pete y Jonathan se encuentran cara a cara sin saber quién está más sorprendido. Pete se adelanta.

–Mrs. Miller, ¿la podemos ayudar en algo?

Amanda sonríe como siempre y niega.

–No, niño. Gracias. Espero a mi esposo.

Jonathan arquea las cejas y ella se da cuenta. Lo mira con desprecio y él baja la cabeza de inmediato.

–Bueno, nos vamos. Hasta luego, señora –Pete se despide con una breve sonrisa.

–Con permiso –Jonathan lo sigue, aún con la cabeza inclinada.

Amanda hace una seña con la mano y ambos caminan, mientras pegan sus cabezas y susurran. Ella los ve irse cuando Edward sale de la oficina, dándole un susto de muerte. Le pega en el brazo y él la mira sorprendido.

–¿Se puede saber por qué no me dejabas entrar? –Amanda finge una voz infantil y sonríe ampliamente.

–Estaba en una llamada importante –Edward la mira con una mezcla de sorpresa y desprecio.

–¿Y no podía escuchar? –Amanda sigue fingiendo la voz, aunque ya no es tan infantil.

–Evidentemente no –Edward la mira de pies a cabeza–. ¿Qué haces aquí?

Edward empieza a caminar y Amanda lo sigue, ofendida.

–¿Cenamos juntos?

Él abre la boca para inventar el pretexto perfecto cuando suena su celular, lo saca del bolsillo, mira la pantalla y pone cara de preocupación.

–¿Hola?... Sí, él habla… Entiendo, pero ¿ya lo están viendo…? Claro, voy para allá en cuanto… ¿A quién…? Claro, la conozco perfecto. Vamos para allá.

Edward regresa y Amanda lo sigue desconcertada. Entran a la oficina y él se sienta en su silla y comienza a buscar algo en uno de los cajones, desesperado.

–¿Qué pasa? ¿Qué buscas?

—Una dirección —Edward responde sin prestarle atención mientras sigue revolviendo papeles con las manos.

—¿De quién?

—Ve a cenar. Tengo cosas que hacer —Edward mira detenidamente una hoja y le toma una fotografía con su teléfono. Vuelve a guardar los papeles.

—¡Edward!

Amanda lo sigue con la mirada mientras él se levanta y camina hacia la puerta, la mira severo y sale de la oficina. Amanda se sienta sobre la silla y mira a su alrededor, ansiosa y desesperada.

—

Lucía y Hanna están sentadas en la sala, sin zapatos y con ropa cómoda. La chef le prestó ropa para dormir y pidieron sushi. A Lucía le encanta el sushi, no le gusta prepararlo, pero sí comerlo. Lo probó cuando tenía dieciocho años y pudo volver a ver a Coco. Emily, la hija de Linda, fue la encargada de llevarla por primera vez a un restaurante japonés. Ahora le fascina.

—¿Y cuándo regresa Ben? —le pregunta Hanna mientras acomoda los palillos en sus manos.

—El martes, creo —Lucía le responde desde la cocina, con el refrigerador abierto.

—¿Ya te contó cómo le fue?

—Nada. Y estoy muy intrigada. Estaba muy entusiasmado con su proyecto. Espero que le den la dirección. Le haría muy bien.

—¿No has hablado con él?

—A diario, pero me dice que aún no sabe nada.

Lucía regresa, se sienta y exprime un poco de limón en sus rollos de sushi. Hanna la mira con desagrado.

—No puedo creer que le pongas limón hasta al sushi. Estás loca.

—Lo mismo me dice Ben —Lucía sonríe divertida mientras toma una pieza de sushi y espolvorea encima un poco de furikake, lo que aumenta todavía más la acidez del limón–. Es que el limón me hace sentir muchas cosas. Primero, bueno, lo obvio. Me gustan los sabores ácidos, cítricos. Todo lo que haga que mis papilas trabajen al cien por ciento.

Hanna la mira fascinada mientras también come.

–Pero, además, me recuerda mucho a México, cuando vivía con mis abuelos –Lucía sonríe con nostalgia–. Cuando era pequeña me costaba mucho trabajo comer verduras, casi no me gustaban. Entonces, mi abuela me decía que con limón podrían saber mejor, que me engañaba un poco.

–¡Y ahora ningún sabor te engaña!

–¡Exacto! –Lucía juega con los palillos como si tocara una batería invisible–. No sé, el limón me ha acompañado siempre. Creo que es mi sabor favorito.

–¿Más que el chocolate?

–Probablemente, pero menos que la toronja –Lucía sonríe y se encoge de hombros ante la mirada de su amiga–. Cambiando de tema, ¿ya me vas a decir qué tienes, Hanna Banana?

–¿Qué tengo de qué?

–¡Estás muy rara! –Lucía come otra pieza de sushi.

–¡Ya te dije! Me desespera que los hombres sean así, que no se puedan comprometer realmente con alguien.

–Pues sí. Pero ¿sabes de quién es la culpa? ¡Nuestra! ¡Todas deberíamos exigir el mismo respeto siempre!

–¡Claro que no! ¡Lulo! ¡Las mujeres no tenemos la culpa de nada! Nos tienen que respetar por quienes somos, simplemente.

Lucía lleva otro rollo a su boca y asiente, mientras mastica y exprime un limón dentro de un pequeño recipiente con salsa de soya.

–Mejor tú dime, ¿por qué te peleaste con superchef?

–Por una "pizca de pimienta".

Hanna ríe ante el gesto exagerado de Lucía. Suena el timbre.

—¿Pedimos algo más?

Lucía niega y se levanta, se acerca a la puerta y mira por el ojillo. Se lleva las manos a la boca y corre hacia Hanna.

—¡Es Mr. Miller!

Hanna se levanta de la sorpresa y susurra como su amiga:

—¿Qué hace aquí?

—¡No tengo idea! —dice Lucía mientras apura el maki que tiene en la boca.

El timbre vuelve a sonar. Corre hacia la puerta, se mira al espejo junto a ella y se acomoda el pelo. Abre muy intrigada. Edward la mira preocupado.

—Buenas noches. Disculpa la hora Lucía y, sobre todo, la insistencia.

Hanna se aparece atrás de ella. Edward la mira:

—Buenas noches —mira de nuevo a Lucía—. Necesito que me acompañes.

Lucía y Hanna se miran extrañadas.

—Disculpe, ¿a dónde?

—Antoine está muy mal y pidió vernos —Lucía abre los ojos de sorpresa—. Me dijeron en el hospital que delira, no deja de repetir tu nombre —Lucía se lleva las manos a la boca y Hanna la toma por los hombros—. Lucía, necesitamos darnos prisa.

Lucía siente un terrible hoyo en el estómago y mira a Edward con miedo. Él asiente y, sorprendentemente, le devuelve la misma mirada. Hanna los mira a ambos sin saber qué hacer.

CAPÍTULO 7

Un lugar mejor

Steve conduce el lujoso automóvil de Edward, mientras él y Lucía van muy nerviosos en el asiento trasero. Lucía mira por la ventanilla, estrujando sus manos sin saber qué hacer o decir. Su jefe hace lo mismo, pero lanzando breves miradas a su acompañante, buscando las palabras para relajar el ambiente, sin éxito. La preocupación de ambos es demasiada.

Lucía voltea a verlo, pocas veces ha podido estar tan cerca de él y por tanto tiempo. El dejo de anís que siente en la garganta se desvanece por momentos al oler el perfume cítrico de Edward. Él siente su mirada y voltea. Ambos se miran por unos instantes:

—Lucía…

—Chef…

Sonríen brevemente y Edward hace un gesto para cederle la palabra. Ella asiente agradecida.

—¿Cómo fue que Antoine llegó al hospital?

Edward respira profundo.

—Parece que, antes del desmayo, sintió un dolor muy fuerte. Buscó a los vecinos de al lado, los pudo alertar y se desvaneció en la puerta. Ellos lo llevaron al hospital.

–Chef, eso es muy peligroso –Lucía niega con preocupación–. ¿Y si vuelve a pasarle y no alcanza a pedir ayuda?

–Ya lo pensé, contrataré a alguien para que lo ayude, lo cuide y esté pendiente de cualquier eventualidad, mientras nosotros no podemos hacerlo.

Lucía sonríe con tristeza.

–No va a querer. Ya sabe que él es muy independiente.

–No le voy a preguntar, aunque se moleste y me deje de hablar. Lo único que me interesa es que esté bien, que no pase por esto solo.

–Lucía sonríe de nuevo y él hace lo mismo. No es malo, se preocupa por Antoine, se percibe el afecto que siente por su gran amigo. Pero una preocupación nubla el descubrimiento. Él la cuestiona con la mirada.

–¿Cree que salga de esta crisis? –Lucía pregunta tímida.

–Estoy seguro. Y tú deberías estarlo también. Antoine es fuerte, solo necesita un poco de ayuda.

–Chef, quiero que sepa que puede contar conmigo siempre. Yo haría lo que fuera por Antoine.

–Lo sé y te lo agradezco, Lucía.

Steve se detiene frente a la puerta del hospital.

–Llegamos, señor.

–Gracias –Edward se baja del auto de inmediato. Lucía mira a Steve.

–Gracias, Steve.

–De nada, señorita.

Lucía intenta abrir la puerta, pero Edward ya lo hizo primero. Le ofrece una mano para ayudarla a bajar. Ella agradece el gesto y la toma. Siente una breve descarga, que le da escalofríos. Ambos se ven nerviosos y, cuando están frente a frente, él evita su mirada y cierra la puerta. Steve se lleva el auto mientras ellos atraviesan la puerta del hospital hacia el mostrador. Al llegar, Edward se acerca a la recepcionista:

–Buenas noches, ¿Disculpe? ¿Antoine Carême?

Ella asiente mientras busca en su computadora. Lucía observa el nerviosismo de Edward, evidente en los saltos que da su sien.

–Quinto piso, del lado derecho encuentran el mostrador y ahí le darán más información.

–Gracias –responden Lucía y Edward al unísono mientras salen disparados al elevador.

Edward y Lucía se miran, dándose valor uno al otro, sintiendo como si el elevador tardara una eternidad en llegar.

=

Ben entra por la puerta y encuentra a Hanna recogiendo la mesa. La mira con desconcierto y busca a Lucía sin éxito. Deja la maleta a un lado mientras ella se acerca y lo besa en la mejilla.

–¡Hola, Ben! ¿Cómo te fue?

–Bien, muchas gracias. ¿Qué pasa? ¿No está Lucía?

Hanna sonríe brevemente, pero la preocupación se le nota en el rostro. Ben siente como si una cubeta de agua fría le cayera encima.

–¿Qué pasó?

–Lucía salió, fue al hospital.

–¿Por qué?

–Antoine está muy mal. Edward vino por ella.

–¿Miller?

Hanna asiente mientras percibe como el enojo surge en el rostro de Ben. Se adelanta:

–No, Ben. Ni lo pienses. Lucía y él son las únicas personas que Antoine tiene, él pidió por ellos. Edward solo facilitó las cosas al venir por ella.

–¿Edward? –Ben bufa–. ¿Ya también tú le tienes confianza?

–¡Relájate! ¿Cómo quieres que le diga? ¿El jefe de Lucía?

–¡No estaría mal! –Hanna niega–. ¿Por qué no me avisó?

—Se fue muy rápido y su teléfono estaba descargado, por eso me quedé, para avisarte.

Él respira profundo.

—Voy al hospital, no quiero que esté sola. ¿Sabes en cuál están?

Hanna asiente.

—Yo voy contigo.

—Gracias. Dejo mi maleta y vamos.

Hanna lo mira caminar hacia el cuarto, mientras niega. Ahora entiende un poco mejor lo que Lucía le dice sobre su relación.

———

Lucía permanece sentada en un sillón de la sala de espera. Edward camina hacia ella.

—¿Ya le dijeron algo? —le pregunta Lucía.

—Está dormido. Me dijeron que podíamos pasar a verlo, pero no sé si tú quieras pasar primero.

Ella lo mira agradecida y asiente.

—¿Pero le dijeron cómo está?

—Muy mal. Lucía, Antoine está sufriendo mucho. Esperan que pase la noche, pero los pronósticos no son muy buenos.

Lucía siente de nuevo ese sabor a anís que le seca la garganta. Se levanta de inmediato y lo abraza. Edward reacciona sorprendido y también la abraza, con toda su fuerza. Ella comienza a sollozar y él percibe el olor de su pelo. Un aroma cítrico. ¿Menta? ¿Limón? Recarga su cabeza en la de ella. Se separan y Lucía lo mira con profunda tristeza.

—Chef, Antoine no se puede morir. No así, no ahora —Lucía llora con fuerza y él le pone la mano sobre el hombro. Ella lo mira con sorpresa—. Chef, sé que no puedo cambiar la salud de Antoine, pero le prometo que no volveré a cometer ningún error, seré la mejor chef que ha visto. No volveré a fallar. Lo único que quiero es que él regrese con nosotros.

Edward la abraza con fuerza de nuevo. Es una gran mujer, con nobles y desinteresados sentimientos.

–Lucía, aprecio mucho que me digas esto. Verás que todo saldrá bien –Lucía sigue aferrada a él sollozando con fuerza–. Yo te lo prometo, aunque se me vaya la vida en ello.

Lucía se separa y lo mira sorprendida. Él la mira fijamente y la toma de la mano.

–¡Lucía! –Ben y Hanna se acercan rápidamente, mientras Edward suelta a Lucía y ambos los miran, nerviosos. Lucía camina a su encuentro y Ben la abraza fríamente, sin dejar de mirar a Edward. Él le responde con desconcierto.

–¿Cómo te fue? –Lucía le pregunta a Ben mientras se separan. Él no responde y se acerca a Edward, que estrecha su mano.

–Buenas noches, Mr. Miller. ¿Se acuerda de mí? Soy Benjamin, el novio de Lucía –el tono de Ben es tan pesado y amenazador que Hanna y Lucía voltean a verse desconcertadas. Edward, por su lado, lo mira impasible.

–Por supuesto que te recuerdo. Gusto en verte –mira a las dos chicas–. Iré por agua, ¿quieren algo? –ambas niegan y él mira a Ben, que no responde. Edward arquea una ceja y se separa de ellos–. Con permiso, ahora vuelvo.

Los tres lo ven irse. Lucía voltea hacia su novio y lo mira enojada:

–¿Me puedes decir qué te pasa?

–¿Qué me pasa de qué?

–¿Por qué le hablas así a Mr. Miller?

–¿En serio? ¿Es todo lo que puedes decirme después de días sin vernos?

Hanna se adelanta:

–¿Cómo está Antoine, Lulo?

Lucía y Ben se siguen mirando, con la furia en sus ojos. Ella desvía la mirada hacia su amiga y entristece el semblante.

–Muy mal. Aún está inconsciente. Nos dijeron que esta puede ser su última noche.

Ben abre los ojos y Hanna niega, mientras abraza a su amiga con fuerza. Ella solloza.

—Lulo, no. Verás que no será así.

—Ten fe, mi amor. Antoine despertará y saldrá de esto —Ben utiliza otro tono, lleno de amor y comprensión.

Ellas se separan y Lucía mira a Ben con los ojos llenos de lágrimas. Se acerca y ambos se abrazan.

—Te extrañé mucho —Lucía lo dice llena de sinceridad. Ben la besa en la cabeza.

—Yo más, pero ya estamos juntos. No te dejaré, Lu. Aquí estaré siempre.

Hanna mira la escena y sonríe.

—Creo que también iré por algo de tomar. Ahora vuelvo.

Ambos asienten y, mientras ella se aleja, se vuelven a abrazar.

=

Ben y Lucía dormitan en la sala de espera mientras Edward revisa su celular, en el sillón de enfrente. Lucía despierta y lo ve fijamente, algo desconcertada. Él levanta la cabeza y la mira, con una mirada tranquila que no refleja la tensión que lo invade.

—¿Le han dicho algo, chef?

—Nada. Ya amaneció y no tenemos novedad alguna. Decidí esperar diez minutos más e ir a buscar a alguien que nos dé respuestas. Llevo seis.

Lucía asiente mientras una enfermera se acerca a ellos.

=

—¿Lucía López y Edward Miller?

Ambos se levantan de inmediato, mientras Ben despierta sobresaltado. Edward se adelanta:

—Somos nosotros. ¿Antoine está bien?

—El paciente despertó y pide verlos. Aseguró que estaban aquí —los mira tranquila—. Veo que no se equivocó. Acompáñenme.

—Señorita, ¿cómo está Antoine? —Lucía le pregunta con preocupación mientras Ben también se levanta.

—Fuera de peligro —Edward y Lucía suspiran mientras se sonríen. Ben los mira con desconfianza y la abraza por los hombros. Ella recarga la cabeza en una de sus manos, sintiendo la disminución de la presión en el estómago—. Ahora mismo llamo al médico para que los vea en la habitación del señor Carême. Vamos, es por aquí.

Ambos asienten y la siguen. Ben se queda en su lugar y Lucía voltea hacia él. Edward la espera.

—Aquí estaré —dice Ben, y la mira con aparente tranquilidad, pero su tono refleja molestia.

—¿Puedes preguntarle a Hanna si llegó bien a su casa?

—Seguro —Ben intenta neutralizar el tono y ella asiente, agradecida. Camina junto a Edward, detrás de la enfermera.

Al llegar a la puerta, Edward cede el paso a Lucía cuando, justo antes de entrar, suena su teléfono. Se da cuenta de que es Amanda y rechaza la llamada. Entra a la habitación de Antoine y Lucía ya se encuentra de pie junto a la cama, sosteniendo su mano. Edward y él se sonríen. Se acerca a saludarlo:

—¿Cómo estás, viejo?

—Mejor, chef —los mira asustado—. Pensé que era el final, nunca había sentido un dolor tan grande. Siento algo de vergüenza con mis vecinos.

—No deberías, también están muy preocupados. Te aprecian —Lucía lo dice en un tono pausado y amable, para tranquilizarlo.

—No han dejado de preguntar por ti —Edward muestra su teléfono, mientras la pantalla vuelve a encenderse y ven que es Amanda. Él pone cara de hastío y apaga el teléfono—. ¿Te das cuenta de la gravedad de todo? —Edward lo mira con severidad mientras él asiente con tristeza—. Antoine, es muy peligroso que estés solo y te pase eso. ¿Desmayarte de dolor? ¿Qué pasaría si un día no alcanzas a pedir ayuda?

—No puedo hacer mucho —Antoine lo mira muy avergonzado.

—Te contrataré una enfermera que se quede contigo las veinticuatro horas —y al ver que abre la boca para replicar, Edward pone la mano sobre su hombro—. No te estoy preguntando, viejo amigo. Mañana mismo me encargo de eso.

Antoine asiente y unas lágrimas resbalan de sus ojos. Lucía se acerca a él y lo besa en la mejilla.

—No, Antoine. No llores, es lo mejor para ti. No podemos correr riesgos.

—*Ma fille*, no quiero ser una carga para nadie. De verdad.

—No digas tonterías —le dice Edward.

Lucía mira a Edward e intercambian una mirada cómplice. Antoine se da cuenta. Él intenta relajar el semblante:

—Nunca serás una carga, Antoine. Pero, y supongo que hablo también por Lucía al decir esto, debes prometer que nos vas a avisar cualquier cosa, la más mínima, a cualquiera de los dos. ¿Entendido?

Antoine asiente y pregunta:

—¿Ya son un equipo ahora?

Lucía se sonroja y sonríe. Edward le dirige una mirada rápida y luego a Antoine.

—Eso parece —responde Edward, con un tono que le resta importancia al asunto.

—Pues más les vale, porque no se han dado cuenta de todo lo que pueden hacer juntos.

Ambos se miran sin saber qué decir. Lucía aventura una sonrisa, pero Edward la mira serio e impasible, como siempre. Aunque su mirada es distinta.

═══

La habitación de Edward es azul marino con gris, lo que aumenta la sensación de frialdad de las ventanas cerradas, cancelando la imponente vista de la ciudad que nunca duerme. Su cama es grande y sin una arruga en las sábanas. Siempre ha sido muy exigente respecto al orden y limpieza, sobre todo en donde duerme. Si se viera a simple vista, podría parecer una de esas recámaras en exhibición en una tienda de muebles, perfecta e inhabitada.

En pequeñas repisas hay algunos libros, como la colección de Stephen King o los cuentos de Edgar Allan Poe. De este último, le gusta recolectar distintas versiones de sus narraciones. Le gustan mucho este tipo de autores, porque siente que, ante situaciones extremas como la exposición al miedo, las personas externan su verdadero yo. En su mesa de noche tiene *El pan de los años mozos* de Heinrich Böll que, por el momento, solo sirve de adorno porque últimamente no tiene cabeza para leer. Ese es un gusto que muy pocos conocen: le encantan las novelas románticas, en las que puedes vivir todo el proceso junto a los protagonistas.

Se acerca a su cama y enciende la pequeña lámpara de noche. Lo invade el frío. Es algo que disfruta, pero hoy no. No puede concentrarse y siente que, en cualquier momento, puede perder el control de las cosas. Odia perder el control.

Edward entra al vestidor y se mira en el espejo. Se empieza a desnudar. Cada uno de sus músculos, arduamente trabajados, se estremece por el frío de la habitación. La rutina que ha llevado desde el divorcio le ha dado el cuerpo que tiene: despertar a las cinco de la mañana, correr y hacer ejercicio; después, desayunar algo preparado por Rosy, la persona que lo ayuda. Al mejor chef de Nueva York no le gusta cocinar en su propia casa.

Llega a su cama, helada como el vidrio de las ventanas, y se recuesta. Utiliza solo un pantalón de pijama, no le gusta dormir con mucha ropa, sin importar la época del año. Aunque hoy, particularmente hoy, siente un frío que le perfora el pecho, que lo deja vacío. Y, aunque no tenga que ver con el hecho de dormir unas horas durante el día, para ir a trabajar, prefiere pensar que es eso antes de aceptar el origen de su cansancio y mal humor.

A veces se siente muy solo, como si en cualquier momento pudiera estallar. Pero no solo de enojo, se mantiene alerta y a la defensiva. Siente que su corazón da vueltas cuando tiene a Lucía cerca. ¿Lucía? ¿Por qué está pensando en Lucía? Inevitablemente le llega el aroma de su cabello, un aroma cítrico que le encanta, provoca que quiera volver a olerlo de cerca.

¿Qué le sucede? Ahora que pasa más tiempo en la cocina, entiende lo que todos dicen de ella: es talentosa y apasionada. Nació para lo que hace, vive para cocinar. Le recuerda tanto a sí mismo en sus inicios que le gustaría protegerla del mundo, de todos los que puedan dañarla y convertirla en un ser frío y distante como él. Ese novio que tiene no se ve de fiar, no la trata bien.

¿A él qué le importa? ¿Será que desarrolla su instinto paterno desde que la tiene cerca? Recuerda su cintura, como se le forma una silueta perfecta cuando no trae la filipina. Sus ojos, castaños y expresivos. No, no la ve como hija, definitivamente. Aunque le hubiera gustado tener un hijo, es uno de sus grandes sueños frustrados, pero las circunstancias no lo permitieron. Él no lo permitió.

¿Cómo será la vida familiar de Lucía? ¿Conservará a sus padres? ¿Tendrá hermanos? Sabe que es de México, pero no sabe mucho más. Una vez fue a ese país, recuerda sus sabores intensos y apasionados. Allá nada es suficiente, siempre puedes agregarle algo más. Sobre todo, si es picante. Recuerda con alegría como la gente a su alrededor vaciaba grandes cantidades de salsa picante en la comida y disfrutaba el picor, el incendio que se provocaba en sus bocas.

El picante es lo que más le llama la atención de México, cómo su gente siente la necesidad de agregar pequeñas gotas de fuego a todo lo que comen y, al abrazar su sabor, lo convierten en parte de su identidad. Lo impresiona mucho que, de verdad, la mayoría de los mexicanos no pueda disfrutar al cien por ciento de su comida si no hay picante en ella, una tradición que comienza desde la infancia.

Suspira. Observa su ejemplar de *El pan de los años mozos* que tiene junto a él y lo hojea. El olor a libro viejo es otro de sus favoritos, le encanta ir a librerías con ejemplares viejos y comprar historias clásicas para su colección. Niega y vuelve a ponerlo sobre la mesita de noche, y piensa en Antoine: debió haberse quedado con él. Seguramente, juntos hubieran logrado que la habitación del hospital fuera menos fría que esa cama. A sus casi cuarenta años una sola pregunta no deja de dar vueltas en su mente: ¿se quedará solo el resto de su vida? En ocasiones, le gustaría volver a sentir en carne propia el amor intenso e incondicional que encuentra en sus novelas favoritas.

——

Lucía despierta entre sus cálidas sábanas. Voltea y no ve a Ben junto a ella, se fija en la hora y se da cuenta de que ya debe de estar en la oficina. Se siente un poco culpable porque apenas durmió. Voltea a su mesita de noche, donde tiene un portarretrato de madera con una foto de ella cuando era pequeña, con Coco y sus abuelos, donde cuelga su medalla de la Virgen antes de dormir. Esa fotografía es de sus favoritas. Unas semanas después de que fuera tomada, su madre se fue a Estados Unidos y tardó muchos años en volver a verla.

Lucía piensa mucho en eso: aunque Coco y ella han procurado ir a México varias veces, sus abuelos cada vez están más grandes, más enfermos y muy lejos. La última vez que habló con ellos por teléfono, les prometió ir a verlos pronto y eso fue el fin de semana pasado. Duda que pueda cumplir su promesa pronto, menos con todo lo que ha pasado con Antoine.

—Mi amor, no supe si despertarte o no —Ben entra a la habitación poniéndose el abrigo mientras sonríe—. ¿Descansas hoy?

—Sí. ¿Y tú? ¿No deberías estar allá?

—Sí, pero pedí permiso para llegar más tarde. Además, tengo que contarte algo.

Lucía lo mira expectante y se sienta sobre la cama. Sonríe.

—Cuéntame, ¿qué pasó?

—Pues, ¿adivina quién se quedó con la dirección del nuevo proyecto?

Lucía se levanta de un brinco y corre a abrazarlo. —¡Muchas felicidades, Ben! ¡Sabía que sería tuya!

Se separan y ambos sonríen.

—Muchas gracias, mi amor. Fue duro, pero lo conseguimos.

Lucía asiente.

—¿Y cuándo entras en funciones? ¿Ya tienes equipo asignado?

—No. Aún no. Supuestamente, tomo posesión en un mes. Es el tiempo perfecto para armar mi equipo y consultar a quién le gustaría formar parte de él.

Lucía se lleva las manos a la boca, emocionada. Él la observa con atención. Le encanta verla con tan poca ropa. Ella sonríe:

—¿Qué me ve, señor director?

—Me encantaría hacerte mía en este momento —se acerca y la besa.

Pero Lucía se aleja divertida.

—No me he lavado los dientes.

—No me importa.

Ben la sigue besando. Ella se quita y lo abraza, él la toma con fuerza entre sus brazos.

—¿Ya te sientes mejor?

—Mejor. Antoine va mucho mejor también, y tú me acabas de dar la mejor noticia de todas —su novio asiente mientras sonríe—. Ayer lloré mucho y no me gusta.

—Fueron momentos difíciles, pero me encanta que te sientas mejor.

—Sí y estoy un poco sensible, se acercan esos días complicados. Ya sabes. ¡Hormonas!

Ben asiente.

—Pues deberíamos suspender pronto esos días, ¿no? Un tiempo, nueve meses, quizá.

Ben se aleja y entra al baño. Lucía queda tan sorprendida que se sienta en la cama, dejándose caer. ¿Le está proponiendo lo que ella entendió?

—

Han pasado dos días desde la propuesta disfrazada de comentario gracioso que hizo Ben. Ahora, en La Rochette, Lucía le ha dado vueltas y vueltas en su cabeza todo el tiempo. Él no ha vuelto a mencionar nada, lo que la tranquiliza y le hace pensar que solo quiso decir que suspendieran esos días. Pero ¿entonces por qué especificó los nueve meses?

La misma pregunta que le hizo Hanna se hace ella todo el tiempo. No, es un no definitivo. No está lista para ser madre. Es más, tampoco sabe si quiere ser madre en algún momento. ¿Por qué Ben estará pensando en eso? ¡Pero ni siquiera sabe si quiere casarse o no! ¿Cómo ponerse serio? No quiere ni pensar en eso. Se da cuenta de que no vio a Edward al final. Siempre llega a supervisar el cierre. ¿Se habrá sentido mal?

—¡Lulo! —Pete la observa divertido.

Sale de su ensimismamiento y lo mira.

—¿Te sientes bien? Has actuado rara todo el día.

—Sí, sí, todo bien —Lucía sonríe cordialmente, inmersa en sus pensamientos—. ¿Cómo van? ¿Ya está lista la cocina? —repara en el ramo de flores que Pete tiene en la mano—. ¿Y esas flores?

—Son tuyas, Rachel me las acaba de entregar.

—¿Rachel?

—La nueva *hostess*. Toma —le entrega el hermoso ramo de rosas rojas y Lucía las huele.

Se incomoda un poco, no le gustan los regalos en público. Se avergüenza y no sabe cómo reaccionar. Pete la observa atentamente.

—¿Te las envió Ben?

—¿Quién más? —Lucía mira a todos lados, ansiosa—. Ya me quiero ir.

—Yo te hubiera mandado flores más bonitas, menos obvias, pero bueno, el buen gusto no se da en todos lados.

Lucía no le hace caso y ambos caminan al área de vestidores. Amanda los sigue muy de cerca. Lleva dos días preguntándose qué dirección buscaba Edward con tanta insistencia. ¿A dónde se fue corriendo? Espera a que cierren la puerta y se aventura a abrir la oficina de Edward. Para su sorpresa, está abierta. Entra sigilosamente y enciende la luz.

Evidentemente, la oficina volvió a estar en el orden de siempre, ella estaba ahí cuando él salió. Pero seguro hay alguna pista que la ayude a saber a dónde fue tan noche y con quién. Edward cada vez está más distante y no le dice nada. Escucha ruidos afuera y apaga la luz. Se acerca a la puerta y distingue la voz de Lucía:

—Pete, olvidé mi celular, te alcanzo afuera, ¿sí?

Pete asiente y sale por la puerta trasera. Lucía encuentra el celular en su bolso y, antes de levantar la mirada, choca con Edward, que iba distraído en su teléfono hacia su oficina.

—¡Con cuidado! —Edward responde agresivo.

Cuando él se da cuenta de que es Lucía y tiró su ramo de rosas, se inclina para recogerlo. Su altura hace que se vea muy gracioso en esa posición. Evita reír y recibe el ramo.

—Lindas flores.

—Gracias, chef —ella se da cuenta de que la tarjeta está en el suelo, no sabía que venía una.

Ambos se inclinan para recogerla y se golpean. Edward sonríe brevemente y le entrega la nota.

—Creo que no podrán pasar por ti hoy.

Así es, la nota era de Ben y decía:

Lu, no podré pasar por ti hoy. ¿Te veo en la casa? Discúlpame.

—¿Quieres que te lleve? —la interrumpe Edward—. Steve seguramente recuerda dónde es.

Dentro de la oficina, Amanda ahoga un grito. ¿A ella fue a la que vio tan tarde aquella noche? No, no lo puede creer. Es una atrevida. ¡Y Edward! ¿Cómo se atreve a fijarse en alguien tan bajo? Por otro lado, Lucía no sabe qué responder y sonríe. Pete se asoma por la puerta y mira a ambos, extrañado:

—¿Lulo? ¿Vienen por ti?

—No, me voy contigo —le responde, y luego se dirige a Edward—. Chef, muchas gracias, pero Pete me acompaña. Con permiso.

Edward hace un gesto con la cabeza y se siente el ser más estúpido del mundo. ¿Cómo pudo proponerle eso? Lucía camina hacia Pete y salen juntos del restaurante. Edward hace el amago de entrar a la oficina, pero se arrepiente y se va. Amanda respira profundo, agitada ante el peligro de ser descubierta. Espera a no escuchar ningún paso, sale por la puerta y dice:

—Eres más peligrosa de lo que me imaginé, mexicanita.

—En el rostro de Amanda no se puede distinguir ni una señal hipócrita ni auténtica. Su rostro refleja desconcierto y maldad pura. Tiene que hacer algo, definitivamente tiene que hacer algo pronto. No es buena señal que Edward se ofrezca a llevar a una empleada. Algo muy extraño está pasando aquí.

CAPÍTULO 8

La propuesta

Amanda Brown fue educada para obtener lo que quisiera. Le enseñaron que solo tenía que abrir la boca para que sus peticiones, hasta las más simples, fueran cumplidas de inmediato. Ella siempre fue una buena estudiante, por lo que se sentía aún con mayor derecho de exigir. Sus padres se veían obligados a compensar al triple cada petición que no era cumplida cuando y como ella quería.

Así fue con Edward también. Eran jóvenes y se conocieron en Francia, en la fiesta de año nuevo de un amigo en común. Él le contó sobre su sueño de poner el mejor restaurante del mundo en Nueva York. Venía de una familia que no estaba acostumbrada a las carencias, pero quería abrirse paso por sí mismo. Amanda viajaba por el mundo mientras encontraba a qué dedicarse, pues a pesar de haber estudiado derecho, tenía una meta más grande: encontrar un millonario que le diera todo a lo que siempre estuvo acostumbrada.

Se enamoraron perdidamente y en unos días se hicieron novios, en un par de meses se comprometieron y, en otros tres, se casaron. Tenían veinticinco años. Cuando Edward regresó a Nueva York, enfrentó a sus padres, pues no había elegido a una mujer de abolengo, como ellos siempre quisieron. Le dieron la espalda, pero su abuela lo heredó en vida. Así fue como nació el proyecto de La Rochette.

Esos primeros años estuvieron llenos de cosas que retaban su amor: los padres de Edward murieron en un accidente, y sus abuelos poco después. Él se fue quedando solo, con su hermano viajando por el mundo, pero con Amanda a su lado. Ella invirtió capital en el restaurante y Edward solo se enfocó en sacarlo adelante. Luego, gracias a la tenacidad de Edward, pero sobre todo a su innovadora visión de una comida tan conservadora como la francesa, comenzaron a llegar las críticas positivas, las entrevistas, las portadas en revistas, las invitaciones a programas de televisión y, una a una, las tres estrellas Michelin, el más alto reconocimiento al que puede aspirar un restaurante en el mundo. Si la calidad del restaurante disminuye, pueden perder las estrellas. Antoine decía que recibir una estrella era un honor, dos, un lujo, pero tres, una responsabilidad. Edward obviamente estaba de acuerdo.

Ahí fue cuando Amanda se sintió desplazada. Es lo peor que puede pasarle, sentir que no le importa a los demás como ella cree que merece.

Por eso le fue infiel. Encontró a un hombre un poco mayor que ella y fue suficiente. Ese hombre le daba todo, pero, lo más importante, es que le ponía la atención que Edward no. Estaba casado, pero no importaba. Ella también. Y así, poco a poco se fueron involucrando más y más hasta que los descubrieron. El hombre dejó a su familia, pero ella no estuvo dispuesta a ir tan lejos: estaba embarazada y tenía que quedarse con Edward.

Cuando Edward se enteró, juraba que el hijo de Amanda no era suyo, sino de su amante, aunque ella afirmara lo contrario. A pesar de querer culparlo de todo, Edward sabía hasta dónde llegaba la responsabilidad de cada uno y, cuando estuvo a punto de perdonarla para darle una familia a su hijo, Amanda perdió al bebé y quedó estéril. Él decidió no volver como pareja, pero sí mantenerse cerca. Algo que ella ha sabido aprovechar al máximo desde entonces.

Y ahora que en la cabeza de Amanda no deja de dar vueltas que Edward está interesado en Lucía, no los deja ni un segundo, sobre todo a Lucía, a quien está llevando al límite de su paciencia poco a poco. Todo empezó muy inocente, cuando se aparecía en la cocina y se quedaba junto a ella, supervisando. Después comenzó a opinar y un día hasta se atrevió a darle instrucciones.

Lucía, mientras tanto, se mantiene en su papel de chef responsable y, como bien le dijo Antoine la última vez que hablaron por teléfono: "A ver quién se cansa más rápido". Lucía ya se lo tomó personal y se juró no dejarse vencer por Amanda, aunque aún no logre entender qué tipo de guerra están librando, si por ingenuidad o bondad no es capaz de reconocer el campo de batalla que Amanda conoce tan bien.

Y es así como un día normal transcurre en la cocina de La Rochette. Todos corren, pidiéndose cosas a gritos, combinándolas con el tintineo de los utensilios. Lucía prepara la maravillosa Crema La Rochette (de queso, poro y langosta) que Antoine perfeccionó y se ha convertido en un éxito.

—¡Pete! —grita Lucía—. No me sirven los trozos de poro, debes picarlos más fino.

Lucía mira a Pete mientras le devuelve un plato con poro. Se le nota cansada. A pesar de todo está concentrada, por lo que decide aprovechar el tiempo y le dice:

—¿Sabes qué?, mejor tómale la temperatura al agua de la langosta mientras yo pico el poro, ¿de acuerdo?

Pete asiente mientras Lucía toma una tabla de picar y un cuchillo grande y filoso. El sonido que hace el cuchillo al tocar rítmicamente la tabla de picar se combina con el de los tacones de Amanda, quien se acerca lentamente.

—Hola, María.

Lucía no pierde la concentración, a pesar de la grosería evidente, y sigue cortando el poro.

—Me llamo Lucía, señora.

—Da igual. ¿Qué haces? Te veo algo alterada.

—Señora, algunos trabajamos todos los días arduamente.

—¿Qué insinúas? —Amanda la mira con una amplia sonrisa.

A Lucía le recuerda al Gato de Cheshire de *Alicia en el país de las maravillas*, ¡o no!, más bien a la cruel Reina que quiere cortar cabezas.

—Nada, señora. ¿Puedo ayudarla en algo?

—No, solo superviso. Me han reportado que no haces bien las cosas y, bueno, no puedo dejar que tu ineptitud nos termine afectando a todos, ¿no crees?

—¡Auch!

Lucía se corta un dedo con el cuchillo y empieza a sangrar abundantemente. Amanda la mira divertida. Lucía se lleva el dedo a la boca y siente el sabor de la sangre. Sabe a hierro, como si pusieras la lengua sobre un metal oxidado. Le recuerda a unos niños que se burlaban de ella en la escuela porque no tenía papás y vivía con sus abuelos. La molestaron tanto que la hicieron caer en el patio de la escuela. Lucía no pudo meter las manos y se abrió el labio, experimentando, sobre todo, el sabor a derrota. Y ese sabor siempre le recordará la humillación. Se empieza a enojar, Amanda no deja de sonreírle. Pete se le acerca con un trapo limpio y ella lo pone en su dedo.

—Ve y lávate —le ordena Amanada—. Se te puede infectar y después lo tomarás de pretexto para no cumplir con tu trabajo.

Lucía espera a que el comentario se diluya en el aire y camina hacia el lavabo, pero Amanda la jala del brazo. Eso es más de lo que puede soportar y se suelta bruscamente:

—¡No me toque!

Lucía mira a Amanda con todo el odio posible. Ella sonríe triunfal.

—¿Quién te crees que eres para hablarme así?

—¡Deje de molestarme! ¿Qué le he hecho para que me acose todo el tiempo?

—Niña, no tienes idea de con quién hablas…

—¡La que no tiene idea es usted! ¡Ya me tiene harta!

Por un instante, todos interrumpen sus labores. Nadie hace nada de lo que debería estar haciendo, observando con atención. Pete se acerca con cuidado. Amanda sonríe mientras niega y arquea las cejas para decir:

—A ver, mexicanita, ¿sabes dónde estás? ¿Sabes con quién hablas? Te lo recuerdo: soy Amanda Miller, socia de este restaurante. Tengo todo el dinero que quiero y el poder suficiente para que no vuelvas a trabajar en un lugar decente en lo que te queda de vida. ¿Por qué no aceptas tu destino? Vete a Texas con tu madre y crucen el río de regreso a tu país. Allá pueden abrir un lugar de tacos, no niegues que es para lo que naciste.

Lucía la mira con sorpresa, ya ni siquiera le duele el dedo. ¿Cómo sabe que su mamá está en Texas? Y, lo peor: sabe que era ilegal. Amanda se da cuenta y sonríe con más fuerza:

—¿Ya estás entendiendo con quién te metiste? —se acerca a ella, hasta que Lucía puede percibir su perfume, muy dulce, repulsivo, repulsivo a su parecer—. Date cuenta: no perteneces aquí. No naciste para esto. Vete y déjanos en paz.

A Lucía se le llenan los ojos de lágrimas de tanta rabia que siente. Quiere hacerle todo el daño posible a Amanda, quiere vengarse. Siente la mano de Pete en su hombro y voltea a verlo. Él niega y la aprieta con fuerza. De pronto, Edward aparece en la puerta.

—¿Qué está pasando aquí? ¿Por qué están perdiendo el tiempo? ¿Qué les pasa? —Edward señala el gran reloj que tiene colgado en la pared de la cocina—. ¡Vamos! ¡Muévanse!

Todos vuelven a sus labores, mientras Edward se acerca a Amanda y Lucía.

—¿Qué haces aquí, Amanda?

—Supervisando. Edward, esta niña es una inepta. Te pido que la despidas de inmediato.

Edward la analiza de pies a cabeza, repara en el trapo empapado en sangre que le cubre el dedo y le toma la mano. Lucía hace un gesto de dolor, pero la cálida mano de Edward la hace sentir bien. Amanda los mira atónita.

—¿Cómo te cortaste? —le pregunta Edward a Lucía.

—Cortando el poro, chef.

—Lávate bien y revísala. Ve al botiquín y ponte algo, ¿de acuerdo?

Lucía asiente, al tiempo en que Amanda se interpone entre los dos:

—Edward, ¿sabes por qué se cortó?

—¿Por qué? —pregunta él con voz cansina.

—¡Porque no deja de modificar recetas! ¡La vi! ¡La descubrí! ¡Siempre hace lo mismo!

—¡Eso no es cierto! —Pete se adelanta muy molesto—. ¡Es porque usted no deja de molestarnos! ¡Se la pasa aquí dando vueltas como mosca!

Edward lo mira severo, él se da cuenta del error que cometió, pero no baja la cabeza. Lucía lo mira con agradecimiento mientras Edward se acerca a él y le dice con voz firme:

—No quiero que vuelvas a hablarle así, ¿entendido, niño? Es la socia de este restaurante y debes tratarla como tal. Si no te gusta, puedes irte.

Pete asiente, articula palabras que nadie entiende y toma unas enormes pinzas con las que extrae una roja langosta de una cacerola hirviendo.

—Eso también va para ti —ahora Edward se dirige a Lucía, con la mirada fría de siempre.

Lucía, atónita, mientras ve como Amanda sonríe detrás del jefe, niega y se adelanta al lavabo.

Siempre que Mr. Miller hace algo lindo, que demuestra que tiene corazón, él mismo se contradice haciendo algo frío y déspota. Amanda mira a Lucía lavarse la mano y abre la boca para decir algo, pero él la calla con una mano:

—Deja de causar problemas, Amanda, por lo que más quieras. No te quiero volver a ver en la cocina, no tienes nada que hacer aquí. Este no es tu lugar. ¿Está claro?

Amanda solo lo mira con coraje. Edward se adelanta a la puerta y replica:

—¡Perdimos siete minutos! ¡Quiero que los recuperen en menos de tres! ¿Entendido?

Después de que Edward sale, Amanda voltea a ver a los cocineros de manera triunfal. Se siente intimidada por las miradas de odio de todos, pero sonríe como siempre. Mira a Lucía y le manda un beso. Ella enrojece de rabia cuando la ve irse y golpea la mesa con la mano herida. Se queja. Pete se acerca y la abraza.

—Gracias por defenderme, Pete. De verdad. Pero no quiero que te metas en problemas.

—Siempre estaré para ti, lo sabes.

—Y yo para ti. Eres mi mejor amigo.

Pete pone los ojos en blanco, mientras la abraza con fuerza. Lucía se incomoda y se separa poco a poco. Le sonríe, mientras él toma un pañuelo en la mesa de trabajo cercana y la coloca en su mano herida.

=

Lucía no recuerda haber sentido tanto coraje hacia nadie en toda su vida. Probablemente contra esos tres niños que molestaban a un perro que vivía en un terreno junto a la escuela, los mismos que la molestaban a ella por no tener padres. Cuando era hora del receso, el perrito siempre se acercaba a ver si los niños le daban algo de comer. Pero esos tres siempre le lanzaban piedras y lo molestaban. Un día, Lucía se enojó tanto que comenzó a lanzarles piedras a ellos, lastimando a uno. Fue suspendida de la escuela y su abuelo tuvo que ir por ella.

Cuando ella le explicó todo, su abuelo le dijo que no la castigaría, pues está bien ayudar a los que no pueden defenderse y, sobre todo, si no han hecho nada malo. El perrito, al salir de la escuela, se acercó a ellos y lamió la mano de Lucía. Lo llevaron a casa y lo nombraron Pepe.

¿Por qué recuerda todo esto? Porque le hubiera gustado que alguien hubiera salido a lanzarle piedras a Amanda en ese momento.

Lucía detesta las injusticias y, aún más, si son contra ella. No puede entender por qué Amanda la odia tanto, por qué se metió con su madre y, sobre todo, por qué Edward no hizo nada para defenderla. Bueno, en el sentido estricto de las cosas, él no tendría que haberla defendido. Eso está claro. Pero, entonces, ¿por qué la atacó? Si por lo menos no la hubiera amenazado como lo hizo, ella se sentiría más tranquila.

Ilusamente, Lucía se sentía más cerca de Edward. Sentía que podían compartir cosas y que podrían llegar a ser hasta cómplices en la cocina. No por reemplazar a Antoine, pero ella esperaba que en algún momento Edward la considerara su mano derecha. Ahora ve que nunca será así, ella nunca podrá estar cerca de alguien como él: tan frío, tan injusto, tan perfecto… ¿Perfecto?

Lucía espera afuera del restaurante mientras estos pensamientos pasan por su mente. Su celular suena, es Hanna, sonríe y responde:

–¿Hola?

–Lulo, corazón, perdóname, tuve un día de locos. Sí vi tu mensaje, pero hasta ahora no he podido llamarte. ¿Ya saliste del restaurante? –se escucha una agitada Hanna detrás del teléfono y entre mucha gente.

–Sí, ya, estoy afuera esperando a Ben. Me dijo que no tardaba, pero ya tiene un rato.

–¿Quieres que pase por ti? Dile a Ben que lo ves en la casa.

–¿Dónde estás?

–En un taxi, pero convencí al chofer y abrí la ventanilla para fumar un cigarro. Voy por Times Square.

–Pero el tráfico es horrible. No creo que llegues pronto.

–Bueno, está bien, como quieras. Pero mientras cuéntame, ¿cómo te sientes?

–Extraña, muy extraña. Acabo de tener una escena en la cocina y me siento muy decepcionada de Edward.

—Ajá… —Hanna nota que Lucía lo llamó Edward.

—Pero al mismo tiempo, sé que no tengo motivos para sentirme así. Que solo es mi jefe, mi frío y distante jefe. Y es obvio que él siempre se pondrá del lado de sus intereses, y del lado de su exmujer, por ejemplo. ¡Hanna! ¡No la soporto! ¡La odio! ¡La odio porque me odia! ¡Y no tengo idea por qué!

—Creo que eso es lo primero que debemos revisar. Lucía, cuídate mucho de esa mujer. Es mala entraña, traicionera y no se tienta el corazón para quitar a quien le estorbe en su camino. ¿Me explico? Ten mucho cuidado. Pero, dime, ¿qué te hizo?

—A ver, calma, ¿la conoces?

—No, no. Para nada. Pero sí a mujeres como ella. Me bastó verla unos minutos y lo que tú me has contado para saber que es una arpía y de las grandes. Por favor, solo sé cautelosa. No vayas a confiar en ella nunca.

Hanna no se escucha muy convencida, algo esconde.

—¿Y por qué tendría que desconfiar de ella en primer lugar?

—Eso, así. Ahora, Lulo, cuéntame qué pasó.

—¡Pues llegó a la cocina solo a molestarme! ¡A humillarme! Me hizo sentir tan acorralada que terminé lastimándome con un cuchillo.

—¿Estás bien?

—Sí, fue un corte sin importancia. Pero, el problema es lo que me dijo: Hanna, sabe que mi mamá fue indocumentada, que vive en Texas.

—¿En serio?

—¡Te lo juro!

—Lulo, esto es importante. Lo que me preocupa es que…

Lucía ya no alcanzó a saber qué le preocupa a su amiga, pues vio llegar a Ben en un taxi y lo único en lo que pudo pensar fue en colgar con Hanna. Ben no puede saber de esa clase de conversaciones. Pero ¿por qué? No están hablando de algo malo.

—Han, acaba de llegar Ben. ¿Nos hablamos mañana?

—Okey, Lulo, cuídate mucho. Te quiero.

–Yo igual. Un beso.

Lucía se acerca al taxi. Él le sonríe desde adentro. Lucía entra y se acomoda en el asiento. Se besan. Lucía mira al chofer, un anciano que lleva un turbante enredado en la cabeza:

–Buenas noches, señor –él le sonríe a través del espejo retrovisor, Lucía voltea y mira a su novio–. Hola, Ben.

–Hola, mi amor, ¿cómo te fue? ¡Discúlpame por llegar tarde! Tuvimos una emergencia que atender y, además, mucho tráfico. Ya sabes.

–Sí, hablaba con Hanna por teléfono. A ella también le tocó pesado –nota que Ben la mira muy emocionado–. ¿Qué te pasa?

–¿De qué? Estoy feliz de verte, mi amor –toma su mano y Lucía hace un gesto de dolor.

Ben repara en la venda que trae en el dedo y cambia la expresión:

–¿Qué te pasó?

–Me corté, pero ya me hice una curación.

–¿Segura? ¿No quieres ir al hospital?

Lucia ríe y él se encoge de hombros.

–¡No! Es innecesario. ¿Qué me van a decir? Ridícula, váyase a su casa.

Ambos sueltan una carcajada. Ben toma su mano y la besa con cuidado. Ella sonríe tiernamente y él vuelve a poner su cara de travesura. Lucía le da un golpe en la pierna.

–¡Ya! Dime qué pasa. Estás muy extraño.

–Señor, ¿podemos irnos?

–Claro.

Él sonríe sin responderle, y ella insiste:

–¡Ya! ¡Dime!

–¿Segura?

Lucía empieza a reír de los nervios, él se acerca y le besa el cuello, se estremecen. Se besan apasionadamente hasta que ella lo empuja, divertida.

–Benjamin Durán, ya, dime.

Él sonríe y toma su abrigo, que tiene sobre las piernas. Busca en el bolsillo y toma el estuche de… ¿un anillo? Lucía se queda pasmada y suelta una risita nerviosa.

—Quería que fuera un momento más especial, pero ya no puedo más.

Lucía sonríe sin saber qué hacer. ¿Qué le responderá? No le puede decir que no, aunque tampoco que sí. No están listos. Llevan un tiempo viviendo juntos, pero no pueden casarse. Además, él no se lo ha propuesto todavía. Pero está a punto de hacerlo. ¿O no? Les faltan muchas metas por cumplir, mucho por pensar. El chofer los mira con curiosidad desde el espejo.

—Lucía López…

—Ben, ¿qué haces?

Lucía utilizó el peor tono del mundo. Él lo nota. ¿Es decepción? Ya es demasiado tarde, el estuche está abierto. Lucía se quiere morir: es una placa para perro que dice Pepe. Pero Ben la observa claramente molesto:

—Quería proponerte tener un perro y que se llamara Pepe, como el que tuviste en México. Pero… veo que fue una mala idea —está fúrico.

—¡Ben! ¡No! ¡Espera! Te explico.

Él niega y avienta el estuche por la ventanilla.

—¡Ben! ¿Qué te pasa?

El taxi sigue en movimiento. Lucía siente como se encienden sus mejillas.

—¿Ben?

Él mira hacia la ventanilla, ni siquiera la voltea a ver. Nunca lo había visto tan enojado, nunca la había mirado así.

=

Fue el trayecto más incómodo que ha tenido en su vida. Más, incluso, que en el coche de Edward camino al hospital. Ben ni siquiera volteaba a verla, mucho menos le dirigió la palabra. Está asustada. Al llegar al apartamento, todo sigue igual. Parece que Lucía no viene con él, poco le falta para cerrarle la puerta en la cara. Ben camina directo al cuarto. Esto no se puede quedar así.

—¡Benjamin! ¡Necesitamos hablar!

Voltea a verla, realmente molesto.

—¿De qué?

—¿Por qué te pones así? ¿No creíste que yo podría pensar que era otra cosa muy diferente a la placa de un perro?

Ben se acerca a ella bruscamente, Lucía se hace para atrás. La mira con el rostro desencajado en furia.

—¿Y qué pensaste que era, Lucía? ¿Un anillo de compromiso?

Ella asiente lentamente.

—¡Ese es el problema! ¡Me importa un demonio si quieres tener un maldito perro o no! ¿Sabes qué es lo que me importa? ¿Lo que me duele? Tu cara, Lucía. ¡La expresión que pusiste cuando pensaste que era un anillo de compromiso!

Lucía se encoge y baja la cabeza. Ben se queda callado unos momentos y ella alza el rostro para verlo. Él llora, llora amargamente, con mucho sentimiento. Llora como ella nunca lo había visto llorar, sollozando como un niño. Intenta abrazarlo y él se hace para atrás:

—Ya estoy cansado. Todo es el restaurante, todo eres tú, tus horarios, tus recetas. ¿Te has preguntado qué quiero yo? Lucía, el día que regresé de mi viaje jurabas que me adelanté. ¡Pero no! Ya te había dicho cuándo regresaría y no te importó —nunca había escuchado ese tono en él, de profundo dolor, desesperación.

Lucía niega e intenta tomarlo de las manos, pero él retrocede otra vez:

—Ya me harté, Lucía. Ya me harté de que a cualquier signo de dar un paso adelante, de comprometernos más, te alejes. Ya no me abrazas, ya no me besas, ya no hacemos el amor y estamos estancados en la rutina.

Lucía abre la boca pero es incapaz de hablar. Ben, desolado, le pregunta:

—¿Sabes por qué siento celos de cualquier cosa? Porque parece que te encantaría estar en cualquier lado menos conmigo.

—Ben, no, no es así. Lo sabes bien. Sabes que te amo, y mucho. Es que han sido muchas cosas con las que he tenido que lidiar y…

Ben la interrumpe con un gesto de su mano.

—"He tenido que lidiar"… Sí, Lucía. Siempre tú, todo tú. Y yo no tengo que lidiar con nada nunca, ¿verdad? Todo está bien conmigo. ¿Sabes? Cuestiónate por qué te cuesta tanto trabajo pensar en dar otro paso conmigo. Llevamos casi diez años juntos, pregúntate por qué lo ves como algo tan alejado, tan fuera de nuestro alcance.

Lucía niega. Él sonríe con tristeza:

—Voy a cambiarme. Hoy duermo en el sillón.

—Ben…

—No, no quiero hablar contigo. De verdad, quiero que pienses si realmente quieres estar conmigo el resto de tu vida o si ya cambiaste de plan… chef —hace énfasis en la última palabra y da la media vuelta.

Lucía lo ve alejarse, mientras se pasa una mano por el cabello. De verdad está muy enojado. Nunca lo había visto así. Nunca le había fallado tanto. Siente náuseas, las mismas que le provoca el olor del anís. Lo siente en la boca, bajando por su garganta. Respira profundo y llora con más fuerza.

=

La cocina de La Rochette está a toda máquina. Lucía, alejada en su mesa de trabajo, está cortando alcachofas y revisando la cocción de un salmón. No ha hablado con nadie ese día.

Ben dejó la casa sin despedirse. Cuando ella se levantó de la cama, él se había ido a trabajar sin hacer ruido. Confiaba en que pudiera verlo en la mañana y abrazarlo para que se reconciliaran, como siempre que discuten. Pero ahora no pudo, ahora es diferente.

—¿Sabes qué le pasa a Lulo? —Pete pregunta a Jonathan con mucha curiosidad, mientras ambos la observan a lo lejos cortando papas en finas rebanadas con ayuda de una mandolina–. No ha dicho ni pío hoy. Está muy extraña.

–Tiene el rostro hinchado, como que lloró mucho.

–¿Habrá terminado con Benjamin? ¿Será mi oportunidad? –Jonathan se encoge de hombros mientras él lo mira expectante.

–¿Por qué no le preguntas?

–Mejor pregúntale tú, no sé si podría lidiar con la respuesta.

Jonathan niega y le arroja pedacitos de papa, discretamente, y con una amplia sonrisa.

–¡No seas ridículo! ¡Debes acercarte sí o sí!

Pete camina hacia el almacén y Edward entra por la puerta. Lucía voltea a verlo de reojo. Se ve mejor que ayer. ¿O será su imaginación? Edward se pasea por la cocina, apurando a todos y mirando su reloj. Voltea de vez en cuando hacia la mesa de Lucía. La ve pasar junto a él para entregarle el plato a un mesero. Edward percibe el olor del platillo y la mira con dureza cuando regresa a su lugar.

–¡Lucía! –ella se asusta el escucharlo gritar y da la media vuelta.

–Dígame, chef.

–¿Qué le pusiste a la salsa tártara? Tráela.

–Le puse emulsión de huevo, aceite, sal, un poco de limón, mostaza Dijon, alcaparras, pepinillos, cebolla… y albahaca, chef.

Lucía se acerca con el recipiente y se lo entrega. Edward lo huele y la mira con dureza.

–¡Esta salsa no lleva albahaca! ¡Tiene que ser perifollo!

– Chef, pero el sabor de la albahaca…

–¡No lo puedo creer! –Edward la mira enfadado y ya todos en la cocina los miran también. Pete se acerca poco a poco.

–Chef, señor, yo…

–¿Cuándo, Lucía, cuándo vas a entender que no puedes cambiar las recetas? ¡Nunca! –Lucía se hace para atrás–. Parece que no te importa, que tu único objetivo es retarme y salirte con la tuya. ¿No entiendes lo que te digo? ¿Te cuesta trabajo procesar la información? ¿No te cabe aquí arriba? —Edward golpea su propia sien con un dedo.

Lucía lo mira fijamente, pero no puede responder. Lo tiene muy cerca, percibe su aliento, su olor cítrico.

—¡Responde!

—Chef, pensé que sería buena idea. Que el sabor de la albahaca realzaría los demás ingredientes —Lucía lo mira a los ojos con firmeza y él se lleva las manos a la cabeza.

—¡De verdad que no entiendo! ¿Qué tienes aquí? —se señala la sien de nuevo—. ¡Ya me cansé de repetirte lo mismo tantas veces! —Edward la mira con severidad.

—Discúlpeme, chef. Yo solo busco la excelencia —Edward arque las cejas—. Busco que cada platillo sea único, más de lo que ya lo son. Que nuestros comensales los recuerden porque no se parecen a nada que hayan probado anteriormente.

Edward relaja el semblante un poco. Nadie se atreve a acercarse. Abre la boca para decir algo, cuando Joe, un mesero más alto de lo normal, irrumpe en la cocina y mira extrañado a todos, completamente quietos y mirando a Edward y Lucía. El mesero se dirige a Edward:

—Chef, un comensal quiere hablar con usted.

—¿Qué comensal? ¿Qué ordenó?

—El salmón con alcachofas.

Lucía abre los ojos con sorpresa. Edward respira profundo. Piensa en que quizá debería mandarla a ella para que el comensal la ponga en su lugar, para que entienda la gravedad de sus equivocaciones. Pero él es el único que debe enfrentar estas situaciones. La Rochette es su vida y con la misma velará por él.

—Espero que esto no tenga graves consecuencias o tendrás que responder por ello.

Lucía asiente mientras él sale por la puerta con Joe. Pete llega e intenta abrazarla, pero ella se quita, con el semblante endurecido. Él la mira extrañado. Tiene que enfrentar las consecuencias de sus actos y, si para el chef más afamado y talentoso de Nueva York, no es suficiente el esfuerzo que realiza para llegar a ser la mejor, tendrá que esforzarse el doble para hacerlo entender. Solo espera que no la eche de La Rochette cuando vuelva a cruzar por la puerta.

CAPÍTULO 9

Igual y distinto

Pero no. No la despidieron. Ese día, Lucía ya no vio regresar a Edward. Cuando salió a buscar a Joe, el mesero más alto de lo normal, ya no lo encontró. Pensó en buscar a Edward en su oficina, pero Pete y Jonathan insistieron en que no, en que dejara las cosas así y mejor se tranquilizara. También Edward tendría tiempo para relajarse y ser menos agresivo. Les hizo caso y salió del restaurante más tarde, con la idea de irse en metro con sus compañeros, cuando vio a Ben en un taxi estacionado donde la esperaba siempre, y sonrió. Se acercó y él le abrió la puerta desde el interior.

–Hola. ¿Cómo te fue? –le dice sonriendo tímidamente.

–Bien, ¿a ti?

Ben es cortante, pero amable. Lucía no sabe qué hacer, no soporta ese tono en él. Preferiría que le gritara todo su enojo a que la tratara así. Cuando Ben no muestra emociones es que ya no le importan las cosas, es que dejó de prestarle atención por completo.

–Bien, bueno… –se queda callada, no quiere hablar del restaurante con él. Prefiere esperar hasta ver en qué terreno está pisando. Ben arquea las cejas, cuestionándola–. Nada, todo bien. Me dolió un poco el dedo por el corte, es todo.

Él asiente y mira por la ventanilla, mientras el chofer arranca. Una cosa es segura: no terminaron, ¿o sí? Están tomando el camino de siempre, sabe que van a la casa. Pero, ¿y si solo es por última vez? No quiere pensar en eso. No, con Ben tiene todo: estabilidad, un hogar al cual volver, compañía. Mudarse ahora le quitaría tiempo y dinero que no puede gastar en esas cosas. ¿Lo mejor será ceder para que Ben no se vuelva a enojar?

Llegan al apartamento y, al cerrar la puerta detrás él, Lucía se abalanza y lo abraza con todas sus fuerzas. Ben se sorprende, pero deja a un lado su maletín y la carga mientras empieza a besarla. Lucía siente como Ben se excita de inmediato y casi le arranca la blusa, besando su cuello y bajando por el pecho. Tropiezan y caen en el sillón, entre risas, no dejan de besarse. Ella también lo desnuda, sintiendo sus músculos trabajados encima de ella y disfrutando cada centímetro de ellos.

Hacen el amor como hace mucho no lo hacían. Siente como Ben la aprisiona con sus piernas y no la quiere dejar ir. Lucía se deja llevar y disfruta extasiada. Le encanta sentirlo tan apasionado, tan ansioso por tener más de ella. Ya no existe nada, no existen los reclamos, ni los malos entendidos. Solo ellos y sus manos acariciando mutuamente sus brazos, espaldas, pecho. Toda la pasión que desbordan, solo ellos y un sillón. No necesitan más.

=

Es una mañana calurosa de verano y Lucía camina por la 5ta Avenida con una enorme bolsa de donas y bagels de Mike's, una docena surtida que siempre le gusta compartir con su mejor amiga. Le encanta pasar por ahí y ver los escaparates de las tiendas de lujo, mientras piensa en comprarse toda una tienda. Eso le encantaría. Ella nunca ha sido de necesitar cosas materiales pero, por supuesto, no se negaría varios gustos si tuviera la oportunidad. Le va bien en La Rochette, muy bien. Aunque sabe que podría irle mejor. Ansía que llegue ese día, en el que no tenga que pagar renta y no tenga que pensar en cómo hará después para pagarse un gusto caro.

Antes de llegar a la calle 34, se detiene frente a un hermoso edificio, muy alto y con una fachada gris que conserva lo clásico de la ciudad. Es donde vive Hanna. Ella tiene mucho dinero. Su tía la ayudó a invertirlo bien y Hanna, sin problema, podría no dedicarse a nada y vivir sin preocupaciones por el resto de su vida. El apartamento es suyo, así que no sabe lo que es pagar una renta ni sufre por molestos arrendadores.

Lucía toca el timbre y Hanna responde desde el citófono:

—¿Quién?

—Soy Lulo, la chef —responde Lucía con una risita.

—Eres una tonta —Hanna también ríe y la puerta se abre. Lucía entra y saluda con una mano al conserje, con evidente familiaridad, y llega al elevador.

Al llegar a la puerta del apartamento, la encuentra abierta. Hanna la espera. Señala las donas y niega:

—Te odio porque no me ayudas a seguir mis dietas —ambas ríen mientras se dan un beso en la mejilla—. Tengo café, ¿quieres?

Lucía asiente mientras entra y la sigue hacia la amplia cocina.

—¿Estás a dieta otra vez? Creo que eres el ser más delgado que conozco.

Hanna le sonríe mientras trae una bandeja con una cafetera italiana y un par de tazas.

—Quisiera tener tu cuerpo, ese es el punto. Me encantan los cuerpos latinos —señalando sus caderas y haciendo el amago de tenerlas más grandes.

—¡No todas somos Jennifer López! —responde Lucía mientras se acomoda frente a la mesa de centro.

Hanna se sienta en el suelo, sobre una mullida alfombra. Lucía se descalza y la imita.

–Por el apellido podría ser tu tía –se encoge de hombros mientras sirve café.

–¡Ojalá! –Lucía no puede ni sentarse bien de la risa.

Hanna siempre ha sido encantadora y sabe cómo obtener una sonrisa hasta de la persona más hosca. Pero hace el gesto de acordarse de algo y se levanta. Lucía se sirve su café y no le pone nada más. Como buena mexicana, sabe disfrutar los sabores intensos. El chocolate amargo, el chile muy picoso, el tequila solo y el café negro.

–Así me gusta el café: "Negro como mi alma", como diría mi abuela –dice Lulo tras darle un sorbo a su café.

Ese olor a café caliente, recién hecho, le recuerda mucho al pueblo y a sus abuelos. Porque lo que más disfruta Lucía es la comida sin tantos adornos. Le encanta saborear su esencia, sentir en el paladar cómo cada papila despierta para identificar los sabores. Para Lucía, la mejor cocinera del mundo es Meche López, y ella siempre decía: "Hay que saber comer y comer bien". Lo recuerda mientras acomoda las donas en un enorme plato de porcelana con detalles azules y dorados, y sonríe con nostalgia.

Lucía siempre recuerda cada palabra de su abuela con mucho cariño. Ha sido su máxima maestra y, sobre todo, su más grande cómplice. A ella siempre pudo contarle todo, incluso cosas que no podía hablar con Coco. ¿Una viejecita de pueblo puede dar consejos de sexualidad? Seguramente no, pero doña Meche es la mejor hasta para eso.

Su abuelo, por otro lado, era el estricto. El que le pedía que le recitara las cosas que había aprendido en la escuela y revisaba sus tareas. Años después, cuando Lucía supo que él solo había cursado la mitad de la primaria porque tuvo que trabajar, se llenó de ternura, pues nunca flaqueó ante las revisiones escolares con su adorada nieta. Lucía necesita ir pronto a México, solo debe resolver su situación laboral y después verá. ¿Edward accedería a darle vacaciones?

–¡Listo! –le dice Hanna sentándose frente a ella.

–¿A dónde fuiste? –Lucía sonríe al verla.

—Envié un correo importante que ya tenía escrito en la computadora. Ayer tuve una sesión con una abogada muy necesitada de luz en su camino.

Lucía asiente y le acerca el plato con las donas, mientras da otro sorbo al café. Hanna toma una de cajeta, su favorita y la muerde, haciendo un gesto de placer. Lucía la observa con atención, no sabe por dónde empezar, pues a pesar de nunca ser juzgada por su mejor amiga, teme que tome a mal la razón principal por la que está ahí en su día de descanso. Eso le encanta de Hanna, que se organiza para arreglar sus citas y asuntos de trabajo los demás días de la semana para estar con ella en su día de descanso, mientras Ben está en la oficina.

—Pues, tuve un sueño —inicia Lucía.

Hanna asiente y le pregunta:

—¿Qué sueño?

—Estaba en un laberinto —Hanna asiente mientras da otra mordida a la dona—. Bueno, pues se supone que yo estaba en la cocina de La Rochette, pero no era la cocina de La Rochette. Digo, sí era porque yo sabía que era, aunque físicamente no se parecían.

—Okey, okey... Sigue.

—Entonces, yo salía de ahí y, en lugar de ver el pasillo que lleva a los vestidores, era un laberinto. Uno horrible y oscuro, donde yo tenía que correr a todos lados. Por el sonido de unos tacones que venían tras de mí, sabía que alguien me perseguía. Pero yo suponía que era Amanda —Hanna abre los ojos con sorpresa y asiente—. Y luego de dar vueltas y vueltas por ahí, llegaba al final, pero no era el final. Había dos puertas, justo como si estuviera enfrente de los vestidores y el almacén en la cocina de La Rochette. En una estaba Ben y en la otra Edward.

Hanna levanta la vista de inmediato y la mira con curiosidad. Lucía sabía que llegarían a este momento en el que Hanna estaría a punto de juzgarla.

—¿Y luego? —Hanna la observa atentamente.

—Pues, sabía que me tenía que ir con Ben, pero me terminaba yendo con Edward.

Su amiga niega con los ojos cerrados. Lucía se queda callada un momento, hasta que ella abre los ojos de nuevo:

—¿Y luego?

—Desperté.

—Ay, Lucía, Lucía... ¿En qué estás metida?

—¡Pues dime tú! ¡Por eso te cuento! ¡A ver si tú entiendes lo mismo que yo!

Hanna da un sorbo al café y la mira con atención, haciendo una mueca de concentración extrema. Se levanta y camina para sentarse junto a ella.

—Sin saber mucho de sueños ni nada, yo entiendo que te gusta tu jefe y te sientes atrapada porque sabes que no debes hacerlo. Además, te sientes obligada a irte con tu novio, aunque te encantaría irte con el otro —Lucía la mira con desconcierto—. ¡Ah! Y una perra en tacones te persigue, cuidado.

Lucía ríe ante lo último y se queda pensando. Hanna solo respira junto a ella.

—No me gusta Edward.

—Lulo, te encanta —Hanna lo dice con voz triste. Voltea a verla y ella la observa con solemnidad.

—No, es guapo, sí.

—Muuuy guapo.

—Okey, muuuy guapo. Pero es arrogante, es grosero y somos muy diferentes. ¡Imagínate! Simplemente, nuestra cultura es distinta.

—Lucía, solo debías responder: no, no me gusta. No necesitabas darte tantas explicaciones.

Lucía voltea a ver con reproche y se queda callada.

—Aquí el problema es, mi querida Lulo, que tienes que tener clara tu mente pero, sobre todo, tu corazón. Debes saber qué sientes exactamente por cada uno, es decir: ¿qué sientes por Edward y qué sientes por Ben?

—A Ben lo amo.

—No, Lulo, no lo amas. Ya no. Corazón, los cariños se transforman y ustedes llevan mucho tiempo juntos. Es normal, aunque no lo ideal. Puedes ver a un chico en la calle, en una revista, o a un actor… ¡lo que quieras! Y puedes pensar: "¡Uy! ¡Qué guapo es!". Pero cuando sueñas con alguien, cuando te mueve todo lo que te mueve Edward, ya no es normal y, eso significa, que en tu mente y tu corazón ya hay un lugar disponible para él, un lugar que antes ocupaba Ben.

Lucía la mira extrañada y suspira.

—En lo de Ben, puede que tengas razón. Probablemente el cariño se ha transformado y ahora siento otra cosa, pero lo de Edward no.

—¿Lo besaste? —Lucía la mira extrañada—. En el sueño, me refiero, ¿besaste a Edward en el sueño?

Lucía duda, pero niega sin sostenerle la mirada. Hanna la abraza y Lucía se recarga en su mano.

—Date tiempo para pensar bien las cosas. A veces, el corazón se da cuenta antes que la mente.

—Hanna, no, puede ser que ya no ame igual a Ben, pero eso no tiene nada que ver con Edward. No es igual.

—Claro que sí. Es igual y distinto al mismo tiempo.

Lucía se queda más confundida que antes, da otro trago al café y suspira.

—¿Quieres ver una película? —le pregunta Hanna.

Ella asiente, mientras Hanna la abraza. ¿Será cierto? Ella ama a Ben, es el hombre ideal. ¿Cómo no amarlo? Por otro lado, que Edward le guste no es verdad. ¿Cómo va a gustarle alguien tan distinto a ella? No, ella no siente nada por él. ¡Es más! Si no fuera por Antoine ya estaría fuera de La Rochette. No, eso no es cierto. Lo que sí es que tiene miedo de regresar, no ha visto a Edward desde el episodio con el comensal. ¿Seguirá enojado?

Lucía, sentada en el sillón de su casa, lee *¿Jugamos?* de Samantha Young, un libro en el que la protagonista decide lidiar con la pérdida del amor enfocándose en sus metas y, justo en este momento de su vida, se siente muy identificada con Nora, la heroína. Le encantan las historias románticas. Desde pequeña le gustaba leer ese tipo de historias en las que los príncipes rescataban a las princesas y vivían en hermosos castillos felices para siempre, vencían a las fuerzas del mal con amor, y hasta los animalitos del bosque celebraban su unión limpiando las casas.

¡O telenovelas! Lucía veía las telenovelas con su abuela Meche por las tardes. La dejaba ver la televisión con ella si hacía su tarea bien. Ella tejía y Lucía disfrutaba ver cómo los hombres más guapos siempre se quedaban con las muchachas más hermosas. Ahí aprendió que, aunque sufrieras mucho, el amor llegaría para salvar tu vida.

Recuerda una en particular, *Nunca te olvidaré*, en la que la protagonista sufre el abandono de su gran amor sin saber que los malvados antagonistas fraguaron un plan para separarlos. Meche y ella vivían y sufrían con Esperanza todas las noches, esperando que Luis Gustavo regresara por ella y pudieran vivir su amor libremente. Durante la comida, ella y su abuela se sentaban a pensar diversas teorías de lo que pasaría en la emisión de ese día. El amor triunfaba y borraba todos los errores. ¡Patrañas! ¡Eso nunca pasa en la vida real! ¿O sí?

El amor romántico existe, ese amor que te llena el pecho y no sabes qué hacer porque la emoción se te filtra por los poros. Ese amor que hace que dejes de lado todos tus defectos, porque tu pareja ideal te complementa y te hace sentir la más bella de todas. El amor que no necesita grandes citas o mucho dinero para sacarte sonrisas. Ese amor que te hace querer ver como la persona a tu lado se va haciendo vieja junto a ti.

Y eso lo aprendió de sus abuelos. Esos seres que se aman con toda el alma y que estuvieron dispuestos a compartir todo: amor, alegría, tristezas y las más grandes adversidades. ¿Tienen problemas? ¡Muchos! Lucía recuerda con ternura a sus abuelos discutiendo por las cosas más simples de la vida. Algunas veces, no se dirigían la palabra, pero la abuela seguía cocinando para los dos y él lavaba los trastes después.

Ella siempre soñó encontrar un amor como el de sus abuelos, aunque pensando que jamás lo conseguiría. Tenía miedo de tropezar con un hombre como su padre, que la abandonara a su suerte y no le importaran las promesas hechas en los momentos de furor. Esos hombres que se olvidan de lo que las mujeres pueden sentir al verse desplazadas y que solo satisfacen sus propias necesidades.

Hasta que encontró a Ben, un poco parecido a Luis Gustavo, con una camiseta ceñida a sus músculos y actitud de príncipe encantador, pero con más enseñanzas. Él le ha demostrado que el amor es paciencia y tolerancia. El verdadero amor implica un poco de sacrificio, pero nunca te hace llorar. El amor que Ben le enseñó la ayudó a curar heridas ajenas que la mantenían fría y escéptica.

Pero, al parecer, también está aprendiendo que el amor acaba.

Suena su celular y deja el libro a un lado. Es Coco. Sonríe. ¿Cómo le hacen las mamás para saber que sus hijos las necesitan? ¿Ese sexto sentido se adquiere con el embarazo?

—Hola, mami —mientras la pone en altavoz.

—Hola, mija. ¿Cómo estás?

¿Por dónde empezar? ¿Por la verdad? ¿Y preocuparla? ¿Mejor mentirle?

—Bien, ma. Todo bien, ¿tú?

Okey, decidimos empezar por la mentira.

—También. Algo cansada, hoy no abrimos el restaurante.

—¿Y eso?

—Pues fuimos a comprar unas cositas para cambiar de adornos. Ya sabes que Linda está loca y todo el tiempo quiere hacer cambios.

—¿Y qué cosas compraron?

Lucía ríe. Cada vez que habla con su mamá, se la imagina perfecto. Refunfuñando porque no quiere gastar, preocupándose por ella a la distancia y lidiando con su poco compromiso para responder los mensajes.

—Compramos unas servilletas muy bonitas, unos floreros y flores. Falsas, claro. No como las que tiene tu abuela en sus mesas, ¿te acuerdas? Bien bonitas y recién cortadas.

—Me acuerdo muy bien. De hecho, he estado pensando mucho en ellos. Voy a pedir vacaciones para ir a verlos. ¿Cómo lo ves?

—¡Muy bien, hija! ¿Y si antes te pasas a Austin para vernos? Me encantaría abrazarte.

Lucía comienza a llorar. Coco se da cuenta y se queda callada, Lucía solloza con fuerza.

—Hija, ¿por qué lloras? ¿Estás bien?

—Mami, te extraño mucho. Quisiera abrazarte todos los días. Que me dieras consejos, que me dijeras que todo va a estar bien.

—¡Es que así será! ¿Qué te preocupa? ¿Otra vez tienes problemas con Ben?

—Algo de eso y problemas en el restaurante. Mi jefe me presiona mucho. A veces me gustaría regresarme a Austin y quedarme en el restaurante contigo. Me evitaría muchos problemas.

—¡Óyeme, no! Suficientes sacrificios hemos hecho todos como para que tires la toalla. Mija, así no eres tú. Tú eres luchadora, te gustan los retos y tienes sueños muy altos que, escúchame, estoy segura que alcanzarás. No me salgas con estas cosas.

Lucía llora con más fuerza. Su mamá es genial. Es la mejor de todas.

—Si te veo aquí será para abrazarte y desearte buen viaje de vacaciones. Nada más, ¿entendido?

—¿No me recibirías en tu casa? —Lucía suelta una risita.

—Siempre, hija. Pero no así, no para rendirte.

—Te amo mucho, mamá. Con todo mi corazón.

—Y yo te amo con el alma, hija. Ya sabes.

—Como dice el abuelo…

—Exacto. Porque mi corazón se detendrá cuando me muera, mi alma no. Así que podré seguir amándote.

Ambas se quedan calladas unos momentos. Lucía se seca las lágrimas, sonríe y pregunta:

—¿Me compraste algo en tu *shopping*?

—Un vestido muy bonito. Lo vi y pensé en ti. Es amarillo, tu color. Ya te tengo varias cosas para cuando vengas. ¿O quieres que te las mande?

—No, iré pronto, mami. Te lo prometo.

—Eso espero. Me haces mucha, mucha falta.

—Y tú a mí.

—¿Me hablas mañana?

—Sí, ma.

—No, sé que no lo harás. Yo te hablo mañana mejor.

Lucía ríe. Nadie la conoce como su madre.

—Adiós, mami.

—Adiós, hija.

El vacío que tenía en el pecho desapareció. ¿Amor incondicional? Ese lo conoció con Coco. Ese amor que te hace luchar contra todo y todos por el ser que amas. Ese amor que sientes con el alma y no con el corazón, que va más allá de lo físico y por el que estarías dispuesta a dar la vida sin pensarlo. Definitivamente, es muy afortunada. No tiene nada más que hacer que seguir luchando. Mañana enfrentará a Edward y su destino en La Rochette.

====

Pero justo cuando llega con los puños arriba, lista para la gran batalla, Edward es otro con ella. La saluda con una actitud distinta, más cordial de lo normal, aunque no lo suficiente como para romper la barrera que siempre pone entre cualquier ser humano y él. De hecho, está muy sonriente y Lucía se siente intrigada. ¿Habrá conocido a alguien? ¿Estará enamorado?

—Buen día, chef.

–Hola, Lucía.

Edward se acerca y la besa en la mejilla. Ambos sienten una ligera descarga de electricidad recorriendo sus cuerpos. Sus rostros se encienden y se miran sin saber qué hacer. Lucia sonríe nerviosa y pasa una mano por su cabello. Edward se siente el más estúpido de todos. ¡Parece un colegial! Carraspea como para regresar a la realidad:

–¿Querías decirme algo?

Edward la mira, curioso, y ella niega:

–No, bueno, quería desearle un buen día.

–Te agradezco. Igual para ti.

Ella se queda sin saber qué más decir. Él se nota muy incómodo y termina:

–Bueno, con tu permiso.

Lucía asiente y Edward camina hacia su oficina mientras ella entra en los vestidores. ¿Qué fue lo que pasó? Mr. Miller nunca es así, definitivamente le debe estar pasando algo muy bueno. ¿Qué será? ¿Antoine sabrá? Bueno, él no suelta nada de Edward aunque lo torturen. Está muy intrigada, se ve muy diferente. Jonathan se acerca a ella:

–¡Lulo! Me da tanto gusto verte –le da un beso en la mejilla y un pequeño abrazo.

–Hola, Jonathan. ¿Qué? ¿Pensabas que me habían despedido?

Lucía ríe ante la sorpresa que a ella misma le causa eso. ¿Por qué sigue ahí? El mesero muy alto entró muy nervioso y Edward salió muy enojado esa noche. Parece el mundo al revés.

–La verdad sí, pensé que te habían despedido cuando no te vi. Luego recordé que descansabas. Sinceramente, estaba muy intranquilo. Y Mr. Miller tampoco decía nada.

–¡También yo! ¡Pero ya lo vi! Y todo bien. ¿Tú sabes algo que yo no?

Lucía se da cuenta: ¿por qué él tendría que saber qué pasa con su jefe?

–¿No has hablado con Pete?

–No, no lo he visto. ¿Qué pasa con él?

—Cámbiate y vamos a la cocina, seguro ya está ahí.

—¡Dime! —Lucía lo mira impaciente.

—¡No! Que te lo diga él. ¡Corre!

Lucía se cambia con la mayor rapidez posible. Cuando regresa a la cocina, Jonathan la espera. Pete está muy contento conversando con Javier, uno de los chicos que lava la loza. Parece que tienen la misma afición por las motocicletas. Cuando llegan a él, Pete se levanta nervioso y se apura en saludarlos.

—Pete, me dijo Jonathan que tienes algo que decirme —dice Lucía tan ansiosa que no se preocupa por saludar.

Pete la voltea a ver con evidente nerviosismo en el rostro. Jonathan pone los ojos en blanco y niega lentamente. Lucía no entiende nada.

—¿Qué le dijiste, Jon? —la voz de Pete asusta a Lucía.

—Nada, idiota. Cuéntale lo que te dijo Joe —responde Jonathan, muy divertido ante la confusión causada en Pete.

—¿Quién es Joe? —Lucía parece no entender nada, mientras Pete respira aliviado ante la aclaración de Jonathan.

—Es el mesero que parece medir tres metros, al que el comensal pidió hablar con Mr. Miller —explica Pete más tranquilo.

—¿Entonces? ¡Ya dime! —Lucía apura con evidente nerviosismo en el rostro.

—Bueno, siéntate. Es algo largo —voltea a ver el enorme reloj arriba de la puerta—. Tenemos tiempo.

Lucía se sienta en una silla que Javier le alcanza. Lucía sonríe para agradecer.

—Yo me voy, muchachos. Tengo que dejar todo listo —Javier se despide con un gesto, mientras los tres asienten. Pete mira a Lucía, haciéndose el interesante.

—¡Ya, Peter!

—Bueno, pues Joe me contó que, supuestamente, el comensal que pidió hablar contigo es un crítico gastronómico, de esos expertos que escriben libros y artículos de cocina, ¿ajá? Bueno, pues reconoció el cambio que hiciste en la tártara y…

Se queda callado a propósito. Lucía se tarda en reaccionar y le pega en el brazo. Él ríe divertido, Jonathan también.

—¡Eres el peor!

—¡Le gustó mucho, Lulo! ¡Mucho! Pidió felicitarte porque el cambio que hiciste nadie hubiera imaginado que iba a quedar tan bien.

—¿De verdad? ¡No puedo creerlo! —Lucía se lleva las manos al rostro.

—¡Te lo juro! Tuviste un gran acierto y Mr. Miller estaba muy contento.

—¿Y por qué no me dijo nada?

—¡Porque es Mr. Miller! ¡El señor hielo! —tercia Jonathan divertido.

Lucía no puede dejar de sonreír. Entonces, todo salió bien. Le hubiera gustado recibir una felicitación o disculpa por parte de Edward, pero eso es pedir mucho. Sabe que jamás pasará. ¿Por eso lo vio tan contento? ¿Hablarán bien de ellos en la televisión?

—¿Sabes cómo se llama el crítico? —pregunta Lucía.

—Ni idea. Puedes preguntarle al jefe —responde Pete con picardía.

—¡Claro! Corro en este momento.

—O puedes esperar a que llegue, no tarda en entrar… —dice Jonathan mientras señala a la puerta.

Pete y Lucía lo imitan y en ese momento entra Edward. Mira hacia el centro y no necesita decir más. Todos se mueven de donde están y se concentran frente a él, como una tropa que se cuadra cuando un oficial de mayor rango entra al cuartel. Asiente cuando el último toma su sitio y se coloca en la parte de atrás. Lucía queda en medio de Pete y Jonathan.

—Buen día. Les tengo noticias.

Todos lo miran, expectantes.

—Ayer acompañé a Antoine con el médico y todo va muy bien. Los médicos están determinando cuál es el mejor tratamiento para atacar la enfermedad, por eso le siguen realizando estudios, para saber la etapa en la que se encuentra el cáncer. Pero, por su parte, él se siente muy bien y con mucho ánimo. Quiere luchar y estamos seguros de que muy pronto volverá a estar con nosotros.

Lucía y Pete se miran emocionados. Edward continúa:

—Sin embargo, tenemos que tomar ciertas medidas.

El semblante de todos se transforma de inmediato, así como el tono de voz de Edward. Amanda se asoma perfectamente arreglada y jurando que nadie verá su rubia cabellera detrás de la puerta. Jonathan y Lucía voltean a verse y ponen los ojos en blanco.

—Lucía, acércate por favor —la llama Edward.

Lucía abre los ojos de sorpresa y toma aire. Da unos pasos y queda delante del grupo.

—Así como sé marcar errores y reprender enfrente de todos, también me gusta reconocer cuando las cosas salen bien.

¿Qué? ¿Pasará lo que ella cree que va a pasar?

—Sé que fue un accidente lo que pasó con las hierbas, pero quiero decirte que el comensal nos felicitó. Resultó ser Carter Jones, el afamado crítico gastronómico. ¿Lo conoces?

Lucía asiente, emocionada. Edward sigue:

—Eso, y una consulta con Antoine, me hicieron ver que necesito poner orden. No podemos perder el tiempo. ¿De acuerdo?

—La verdad no entiendo, chef. No del todo —responde Lucía un poco apenada.

Edward la mira condescendiente.

—Vas a ocupar el puesto de Antoine mientras él regresa. Después, ya veremos. ¿Entendido?

Lucía no puede de la emoción. Pete silba de alegría y los demás empiezan a aplaudir. Ella voltea a verlos feliz. Amanda ya está dentro de la cocina, ya no procura pasar desapercibida.

—Lucía… —insinúa Edward.

Pero nadie lo escucha, la celebración es muy grande. Se aclara la garganta y replica:

—Lucía —todos guardan silencio y lo miran—. Quiero que entiendas que tienes una gran responsabilidad en tus manos. Has demostrado que puedes, no flaquees. Muchas cosas dependen de ti. ¿Entendido? No quiero más equivocaciones y, si quieres hacer algún cambio… consúltalo conmigo primero, ¿entendido?

Ella asiente emocionada. Luego de pensarlo un segundo, lo abraza. Para su sorpresa, él le devuelve el abrazo. Siente como sus manos aprietan su espalda y su corazón queda a la altura de su oído. Ese abrazo la hace sentir bien. Todo está bien. Por un instante, todo es aroma a limón y toronja. Se separan entre la sorpresa de todos y se sonríen brevemente. Pete los mira, desconcertado, y Amanda también, con un profundo odio.

CAPÍTULO 10

Cuestión de tiempo

Los días transcurren con una nueva normalidad. Edward no deja de supervisar a Lucía, pero con otra actitud. Ella recuperó la confianza en su trabajo y cada vez ve más cerca la oportunidad de ser una gran chef en Nueva York. Además, siente el cariño de todos y una sostenible armonía después de que Edward le asignara nuevas responsabilidades. Parece que todos son felices, todos menos una que ya se encargó de recordarle todo su desprecio.

Fue la misma noche en que Edward dio las noticias. Lucía esperaba a que Ben pasara por ella, pero había salido antes y se quedó dormido en la casa. Amanda salió a encontrarla, solo a eso. La miró de arriba abajo, como suele hacer, y se le acercó. Ella sabía perfecto a lo que iba:

—¿Estás feliz, mexicanita?

—¿Sabe que cuando me dice eso es la persona más racista del mundo?

Amanda se encogió de hombros, con una gran sonrisa.

—María, ya te lo dije de muchas formas, y creo que aún no lo entiendes, querida: ¡no perteneces aquí! ¡El sueño americano no es para todos! ¡Vete a tu país a hacer tortillas y frijoles! Este no es tu lugar.

Lucía negó y sonrió con malicia:

—Señora, creo que la que no entiende es usted. Claro que pertenezco aquí. He luchado mucho por estar donde estoy y tener el lugar que tengo.

—Que no es tuyo, por cierto. Es prestado —Amanda tuvo el tino de parecer la maestra más despreciable que cualquier persona pudo haber tenido—. No te lo mereces.

—Edward no piensa lo mismo.

Amanda la miró sorprendida, mientras ella sonreía.

—Mr. Miller para ti.

—Entendido, Mrs. Brown —haciendo énfasis en lo último, recordándole que ya no le corresponde que la llamen por el apellido de Edward.

Se acercó a ella, ya no procurando fingir una sonrisa, sino amenazante, como cuando una serpiente se acerca a su presa mostrando la lengua:

—Disfruta la subida, porque la caída te dolerá mucho. Y yo estaré ahí para pisarte lo más que pueda.

Lucía la miró impasible hasta que se fue. Sí, lo hizo con todo la intención. La prisa con la que Amanda entró a la cocina después del abrazo que le dio a Edward la hizo darse cuenta de la verdadera razón de su odio y desprecio: no soporta los celos cuando él está cerca de ella. Sabe que hizo mal en declararle la guerra, porque eso es justo lo que acaba de hacer, y lo tiene claro. Pero no la soporta, cada vez menos. Su sola presencia y su perfume dulzón le revuelven el estómago.

====

Ahora que han pasado algunos días, hay varias cosas que le gustaría que Amanda entendiera. Primero, el hecho de que desde hace mucho tiempo Edward ya no es su esposo; segundo, que ella no tiene ningún interés romántico en él y, evidentemente, él en ella tampoco. ¿Será que solo busca un pretexto para expresar todo su racismo? ¿O estará tan vacía por dentro que busca molestar a los demás todo el tiempo?

—¿Vienen por ti?

Lucía voltea al escuchar a Pete y asiente sonriendo.

—¿Te acompaño a esperar?

—Claro, ven. ¿Te vas solo hoy?

—Sí, ¿ves que Jonathan descansó? Sé que te avisó —toma de la mochila una cajetilla de cigarros y le ofrece uno a Lucía, ella niega sonriente. Enciende uno y exhala la primera bocanada de humo con un gesto de placer—. ¿Segura que no quieres?

—No, gracias, no fumo. Solo le di una fumada ese día porque estaba muy nerviosa. Pete, me preocupa Jonathan, ha pedido muchos descansos en estos días. ¿Sabes cómo van las cosas en su casa? —Lucía lo mira con gesto de preocupación.

—Pues su hermanito no mejora y su mamá está sola. Él tiene que estar al pendiente, pero se complica mucho por La Rochette. La verdad, me duele. Porque, a pesar de todos sus esfuerzos, Jonathan no logra mejorar la situación de su familia —Pete suelta otra bocanada de humo.

—Se conocen desde niños, ¿verdad?

—Así es. Ambos somos chicos de Nueva Jersey. Es como un hermano, mi mejor amigo.

—¿Te confieso algo? —Pete la mira esperanzado y ella continúa—. Yo pensaba que se gustaban, que eran pareja —ante la mirada de desconcierto de Pete, Lucía niega con las manos, sonriente—. ¡Eso fue al principio! ¡Como todo el tiempo están juntos! Y, bueno, no te conozco ninguna conquista.

Pete se le queda viendo y la sonrisa de Lucía se le va borrando poco a poco. Su expresión la desconcierta un poco. No quería ofenderlo, pero no está segura de haberlo hecho. Siempre ha pensado que a su amigo le gustan los hombres.

—Discúlpame, ¿dije algo malo?

—No, bueno, no, tú no tienes la culpa. No sabes.

Pete la mira nervioso y da otra fumada al cigarro. Exhala el humo y respira profundamente:

—No me conoces ninguna conquista, porque no me interesa tenerlas. A mí solo me gusta alguien.

Lucía lo mira con curiosidad. ¿Joe, el mesero larguirucho, será ese alguien? También es muy cercano a Pete.

—Cuéntame, confía en mí. Es más, yo puedo ayudarte —le da un codazo, cómplice.

Pete la mira nervioso, respira profundo y le dice:

—Me gustas tú, Lulo. Me gustas mucho.

Lucía se queda anonadada sin saber qué decir. Se esperaba todo menos eso. Sonríe nerviosa. ¿Qué se dice en estos casos?

—Bueno, Pete, tú sabes que tengo novio. Vivo con él y…

—Lulo, perdóname que te lo diga, pero no eres feliz. Yo lo sé, te he visto muy extraña y preocupada. Siento que te peleas mucho con él… Además, ¡mira! Ya siempre tarda en pasar por ti.

Eso es cierto. Pero, no, Pete está muy confundido.

—Pete, yo te quiero mucho, pero solo eres mi amigo. Mi mejor amigo, pero no puedo verte como algo más.

Él la mira decepcionado y asiente. Ella continúa:

—Independientemente de los problemas que pueda o no tener con Ben, es mi novio y no me interesa nadie más.

Pete asiente, cabizbajo. El cigarro se consume solo, mientras a Lucía se le parte el corazón. Ella le da una palmada en el hombro.

—¡Pero tranquilo! Encontrarás a alguien muy pronto, estoy segura.

—Gracias —Pete responde cortante—. Lulo, ya me tengo que ir. Se me hará tarde. Nos vemos mañana.

Lucía asiente y se acerca para besarlo en la mejilla, pero él se va y no le da oportunidad de hacerlo. Lo mira irse con pesar, no quería que se sintiera así, pero necesitaba ser sincera. Necesitaba que entendiera. El taxi en el que viene Ben se acerca a la acera. Lucía espera a que se baje a abrirle la puerta, pero recuerda que desde que pelearon no lo hace más. Se encoge de hombros y sube.

—Buenas noches, señor —dice Lucía al chofer. Él saluda con un gesto. Lucía mira a Ben.

—¿Cómo te fue? —pregunta él, sonriendo, después de darle un breve beso en los labios.

—Muy bien, ¿y a ti?

—También.

La relación ha cambiado desde que pelearon. Ben dejó de fijarse en los pequeños detalles, para bien o para mal. Lucía no piensa que todo es malo, siguen teniendo muy buenos momentos juntos, pero los silencios incómodos cada vez son más frecuentes. Siguen haciendo el amor tan apasionados como siempre y solo se sienten incómodos al terminar.

—¿Ya pediste permiso para salir temprano el jueves? —él le pregunta.

Lucía asiente lentamente. ¿Qué hay el jueves? Dios, fechas, fechas. Ben es el bueno para eso. A ver, el jueves es 9, entonces…

—Sí te acuerdas, ¿verdad, Lucía?

—¿De nuestra cena de aniversario? ¡Por supuesto que sí! Y obviamente ya pedí permiso, pero necesito que me digas adonde iremos para saber qué ponerme.

Está mintiendo y con todas sus letras. No recordaba y, evidentemente, no ha pedido permiso. Mañana en cuanto llegue al restaurante buscará a Edward. Ben niega, divertido:

—El jueves que te mande la dirección verás. —Está bien, está bien. Confiaré en ti.

Le toma la mano y la besa. Lucía sonríe, siente que algo le falta y que, como le dijo Pete, "ya no es feliz". ¿Qué puede hacer para recuperar esa parte?

——

Es jueves por la mañana y el apartamento de Antoine se ilumina con los primeros rayos del sol veraniego. Es un estudio similar al de Lucía y Ben, en una muy buena zona de Nueva York, pero muy pequeño. Siempre dice que no necesita más. Tiene pocas cosas y todo está en perfecto orden. En la sala tiene un sillón reclinable que ahora utiliza para pasar los días viendo la televisión o leyendo algún libro. Cuando Lucía aparece por la puerta, Antoine se alegra:

—*Ma fille*! ¿Cómo estás? ¡Qué bueno es verte!

Lucía se acerca y lo besa en la mejilla:

—Qué bueno es verte a ti también. ¡Perdóname por tardar tanto en venir! Mira, te traje algo.

Lucía toma de su bolso una cajita de chocolates amargos. Antoine los ve y aplaude.

—No te hacen daño, ¿verdad?

—No, no. Digo, no me puedo comer todos de una vez, pero daño no me hacen. Muchas gracias, hija.

Lucía sonríe y se sienta en el sillón frente a él, mientras Antoine abre la caja y desenvuelve un chocolate.

—¿Qué noticias me tienes? ¿Cómo te has sentido con tu nuevo puesto?

Lucía sonríe nerviosa y se encoge de hombros:

—¡Bien! Muy bien. Digo, creo que es lo mismo que ya hacía, solo que ahora…

—Tienes el respaldo de Edward, ¿no? —la interrumpe.

Ella asiente y Antoine comienza a desenvolver otro chocolate. Lucía lo observa divertida.

—Tengo que agradecerte por intervenir para que eso pasara. Bueno, tengo que agradecerte todo lo bueno que me ha pasado ahí.

—No, *ma fille*. Sabes que lo hago con gusto y porque te lo mereces. Aunque me gustaría que estuvieras más relajada o convencida. Es un gran paso. Poco a poco irás subiendo. Pero ¿qué pasa?

Lucía voltea en todas direcciones hasta que cruzan miradas.

—¡Siento que no lo merezco! ¿Sabes? El chef me dio la oportunidad porque estás aquí, Antoine, solo porque no puedes ir a trabajar…

Antoine la mira divertido, ella continúa:

—No sabemos qué va a pasar conmigo después... ¡Ni él mismo lo sabe! Siento que estoy usurpando tu lugar.

—Es que no tiene validez nada de lo que me dices. ¿Me dejas responderte? Pero no quiero que me interrumpas, solo que escuches y entiendas. Abre tus oídos y tu mente y no pienses en responderme nada. ¿Estamos?

Ella asiente, y él continúa:

—Primer punto: estás en La Rochette por tu talento, yo conozco a Edward. Si no sirvieras, si tu trabajo no le gustara, no estarías ahí. Por más que yo le hubiera suplicado. Él es así: no le sirves, no estorbes. Suena cruel, pero es la manera en que él funciona. Ha visto algo en ti que le gusta, estoy seguro.

Lucía se incomoda un poco con el último comentario, Antoine se da cuenta, pero decide no hacerlo notorio:

—Entonces, no debes dudar de por qué estás donde estás. Ahora, ¿qué pasará contigo? Eso sí que nadie puede decírtelo.

Lucía asiente y abre la boca para decir algo.

—Segundo punto...

Antoine sonríe mientras la interrumpe. Ella le devuelve la sonrisa.

—Deja de buscar problemas donde no los hay. *Ma fille*, tú no eres así. No sé qué te está pasando, si lo de Ben es más grave de lo que me has contado, o si tienes más problemas, pero tú no eres así de insegura. Nunca hubieras pensado que no merecerías algo por lo que has trabajado tanto. ¿Recuerdas que hace unas semanas me dijiste que querías hacer más? ¿Que te sentías desaprovechada? ¡Aquí está tu oportunidad! ¿Y qué haces? ¿Pensar que no la mereces?

Antoine niega, mientras Lucía lo mira con asombro. Tiene razón en todo. Ella pedía a gritos una oportunidad, que la voltearan a ver y pudiera demostrar su talento y de lo que está hecha. Ahora la tiene en sus manos y la está dejando ir por pensamientos negativos que ella misma alimenta.

–¿No te gusta la forma? Pues es la manera en que se dieron las cosas, fue lo que la vida puso en tu camino para que puedas crecer. Créeme que yo tampoco quería enfermarme, pero si puedo sacar algo bueno de todo es esto… ¡Adelante! Lucía, no te conviertas en tu propio enemigo. No dejes de lado la fuerza que tienes para transformar las cosas a tu favor. Actúa y ya irás viendo qué pasa después. No pierdas el tiempo en tonterías.

Lucía asiente. Antoine siempre ha sido un gran consejero para ella. La mejor opinión de todas, además de la de Coco. Recuerda que el día en que se conocieron la química fue inmediata. Lucía fue de Texas solo para la entrevista y necesitaba trabajo en el mejor restaurante. Uno de sus compañeros de la escuela acababa de dejar La Rochette y era el momento idóneo. Antoine fue bueno con ella desde el principio.

Después de entrevistarla, Antoine le pidió que regresara en una semana para una nueva entrevista con Edward. Ella le explicó que solo iba de paso, que no tenía planeado quedarse y no podía costearlo. Antoine se compadeció de ella y logró que Edward la recibiera más tarde, muy a pesar de su agenda. Fue la primera persona en confiar en ella ciegamente y en darle una oportunidad. La mejor de su vida.

Antoine siempre ha representado la fuerza familiar que tenía en México, el abrazo de consuelo cuando las cosas iban saliendo mal y las palabras de aliento que la hacen entrar en razón. Sabe que no puede fallarle, a nadie de los suyos, pero, sobre todo, no puede fallarse a sí misma.

El camino que ha recorrido, desde la fonda de sus abuelos hasta el mejor restaurante de Nueva York, ha tenido muchos tropiezos, muchos agujeros en los que ha caído sin ganas de volver a levantarse, pero siempre lo hace. Esa es Lucía, no la insegura que se siente cohibida porque Amanda busca hacerle daño o porque Edward le exige demasiado. Lucía López cae y se levanta con más fuerza.

Finalmente, ella sonríe y le da un beso en la frente a Antoine. Las lágrimas brotan de sus ojos como si alguien hubiera abierto una llave. Él, con poca fuerza, presiona su mano. Parece que la verdadera Lucía sigue ahí, con toda la fuerza de siempre. Con todos sus sueños impulsándola a volar.

—Arriésgate, *ma fille*. Estás lista.

Ella asiente. Sabe perfecto qué camino tiene que seguir. Suena su teléfono y ve un mensaje de Ben con la dirección del restaurante en Midtown. DeGrezia Ristorante fue el escenario de su primera cita. Además, sirven un ravioli exquisito, relleno de espinaca y queso ricotta. Diez años después, ahí estarán de nuevo.

==

Pete no habla con Lucía desde la noche que le declaró su amor. A Lucía le duele, pues siempre lo consideró su mejor amigo y un gran apoyo en la cocina. Se siente muy mal porque, además, Pete ha estado distante con todos. Quiere hablar con él, pero no encuentra la forma de acercarse. Jonathan está con ella, terminando de limpiar la mesa de trabajo y guardando los ingredientes que no fueron utilizados. También está más callado que de costumbre, pero por lo menos le habla. Es su último día en La Rochette y ha estado cabizbajo todo el día.

—Jonathan, ¿puedo preguntarte algo?

Él finge estar muy concentrado acomodando zanahorias peladas en un recipiente y solo asiente.

—Ya hablaste con Pete, ¿verdad?

Jonathan voltea a verla y asiente.

—Quiero acercarme y pedirle que no me deje de hablar. Jonathan, me siento muy mal. Los tres somos amigos, los Tres Mosqueteros de La Rochette. ¿Recuerdas que Antoine nos decía así?

El otro le responde con una sonrisa.

—No quiero perderlos, me sentiría muy mal —Jonathan hace un gesto de dolor. Lucía se da cuenta y niega—. Sé que lo tuyo es diferente. Tienes que regresar con tu mamá y apoyarla, no nos dejas solo porque sí. Pero, nos harás mucha falta –él la mira melancólico–. Sobre todo ahora que Pete se alejó de mí.

–Lulo, no te preocupes –responde Jon–. A Pete se le pasará. Mira, es muy fuerte para él. Desde el segundo en que te vio le gustaste, te empezó a conocer y ahora también te admira.

Lucía lo mira a lo lejos, Pete carga un costal con papas y lo lleva de regreso al almacén, cabizbajo. ¿Cómo no se dio cuenta antes?

–Nunca ha tenido novia y depositó todas sus esperanzas en ti –continúa Jon–. Hasta que supo que eras novia de Ben y, bueno, todos sabemos que tú no estás nada bien con él. Por eso sus esperanzas crecieron, pensó que podía ser el caballero de brillante armadura que podría rescatarte del dragón.

Lucía voltea a verlo. Nunca imaginó que alguien pudiera sentir algo así por ella.

–Y, no porque sea mi mejor amigo, pero sé que él puede estar a la altura de Ben, te puede hacer igual o más feliz que él.

–Jonathan, no lo dudo, pero no es tan simple.

Lucía se queda pensativa. A ella le pasó una vez en preparatoria: se enamoró de su mejor amigo y nunca pensó en tener una oportunidad con él. Era el chico deportista y popular que enloquecía a todas y siempre estaba con las chicas más lindas. ¿Por qué eran amigos? Porque Lucía siempre fue más de tener amigos que amigas y, sobre todo, ella lo ayudaba a obtener buenas notas. Nunca le confesó su amor y se dejaron de ver, así Lucía pudo sanar su corazón.

–No lo quiero lastimar, quiero que todo sea como antes –Lucía continúa mientras mira a Pete de nuevo.

–Ya te dije: déjalo fluir, deja que te guarde luto un rato y ya encontrará a otra chica. Al final, todo estará bien.

Lucía ríe y él se encoge de hombros, sonriente.

–Te voy a extrañar, Jonathan –Lucía pone la mano en el hombro de su amigo.

–Nueva Jersey está muy cerca. Podremos vernos seguido.

–¡Claro! Pero ya no será lo mismo.

–¡No! Pero espero me guardes mi lugar –Lucía asiente divertida–. Cambiando de tema, hoy no te ibas…

Se interrumpe cuando ven entrar a Edward muy serio y yendo directo con Lucía:

–¿Cómo estás, Lucía? –le pregunta rápidamente.

–Muy bien, chef. ¿Se le ofrece algo?

–Sí. Necesito tu ayuda. Tengo que empezar a pensar en los cambios que haremos en el menú para el siguiente año y eso siempre lo hago con Antoine –Lucía lo mira con sorpresa–. Así que supongo que esta vez te corresponde a ti.

Lucía sonríe emocionada y él le responde con una breve pero sincera expresión de alegría:

–¿Vamos?

Ella se quita el gorro y lo acompaña a la salida. Pete los ve irse con coraje y Jonathan niega desde lejos. Parece que Lucía olvidó su aniversario.

＝

Ben está sentado en una mesa de DeGrezia. Quedan pocos comensales y a él le queda muy poco del Ruggeri que pidió. Es un excelente vino y quería sorprender a Lucía con la botella abierta en cuanto llegara, así que no pudo dejar que se desperdiciara. Todavía no puede creer que Lucía le haya hecho esto. No llegó a su cena. Simplemente no le importó, ni siquiera responde su celular. Toma el suyo y lo revisa: le ha mandado más de veinticinco mensajes y la ha llamado diez veces. Niega. Su relación se está yendo al carajo y a Lucía no le importa.

¿Qué ha hecho mal? La complace en todo. Dejó una excelente oportunidad en Austin por seguirla a Nueva York. No puede negar que le ha ido muy bien, pero habiéndose quedado con su tío y la oportunidad que le ofrecía, le hubiera costado menos trabajo ganar más en menos tiempo. Todo lo que ella necesita lo tiene, sobre todo su paciencia. Y hasta se ha aguantado muchas veces las ganas de proponerle matrimonio porque sabe que ella no lo considera.

Llevan diez años juntos y es la primera vez que Ben cree que Lucía puede estar pensando en alguien más. Nunca ha sido muy cariñosa o detallista, pero llegar al nivel de importarle tan poco su aniversario significa que hay un factor externo. ¿Ya estará saliendo con él? Siempre pone de pretexto el restaurante. Debería llegar de sorpresa un día para ver si está ahí como dice.

De pronto, una mujer se acerca a él con un vestido azul entallado que realza su figura, toma su celular y mira una foto de Ben. Sonríe. Le toca el hombro y él voltea esperanzado.

–Hola. ¿Estás solo?

Ben la mira de pies a cabeza y asiente. Ella indica con una seña que quiere sentarse. Él se levanta torpemente y le abre una silla. Ella se alegra mientras lo ve sentarse enfrente de nuevo. Es Amanda.

–¿Me invitas una copa?

–¿Te conozco?

Amanda dibuja una sonrisa en su rostro:

–Sí, bueno, nos hemos visto. En el hospital, cuando fuiste a ver a Antoine.

Ben se da cuenta: es la misma mujer que iba con Edward en el hospital, a la que él no trató bien. Conoce a Lucía y se llevan muy mal las dos.

–¿Qué haces aquí?

–¿Me vas a invitar una copa o no? De todos modos, no creo que Lucía llegue. Está muy entretenida con su jefe.

Ben siente como le hierve la sangre. Sabía que ese tipo tenía otras intenciones con Lucía. ¿Por qué le devolvería el trabajo? Y ella negándolo. Escondiendo el atractivo de su jefe. Escondiendo que muere por él. ¿Podrá creerle?

–Te invito una copa, pero no aquí. Conozco un lugar.

Amanda asiente mientras sonríe malévola y Ben pide la cuenta.

Lucía y Edward están sentados frente a frente en el escritorio de su oficina. Sobre la mesa hay un cuaderno de anotaciones, libros y una tableta electrónica. Lucía la revisa lentamente, mientras Edward hace más anotaciones en el cuaderno. Ella lo mira de vez en cuando: su concentración en el trabajo le parece muy interesante. Se ve... hasta tierno.

—Chef, por favor —¿escuchó bien? ¿La llamó chef?—. Busca algo de las nuevas tendencias en medio oriente. Sé que somos franceses, pero algo podemos tener de otros lados, ¿no crees? —levanta la mirada—. He pensado que el siguiente año podemos agregar elementos extranjeros, algo que sea apabullante. Los críticos cada vez son menos condescendientes. No nos podemos permitir perder una estrella, ¿estás de acuerdo?

—¿Podríamos? —todavía no se repone de haber sido llamada chef por él.

—No, pero nunca hay que estar en riesgo.

Lucía sonríe y él le responde. Ella clava la mirada en la tableta electrónica mientras escribe algo. Él la observa atentamente cuando ve el reflejo de su reloj y le dice:

—Gracias por quedarte conmigo.

Lucía sonríe tímida. Edward se sonroja y reacciona:

—Digo, sé que trabajar hasta tan tarde en jueves en la noche no ha de ser fácil. Espero no hayas cancelado otros planes por quedarte.

Lucía abre los ojos con terror. Él la mira asustado. ¡La cena con Ben! ¡Debe estar enfurecido!

—Chef, tenía una cena, es mi aniversario y... —se busca entre los bolsillos. No trae su teléfono. ¡Ben debe estar vuelto loco!

—¿Quieres que te lleve a algún lado?

—No, chef, gracias. Discúlpeme, por favor. Sé que no es profesional, pero, ¿podemos continuar esto mañana? Podemos vernos temprano si usted quiere.

—Tranquila —toma su mano y la suelta casi de inmediato cuando se da cuenta. Esa pequeña descarga los recorre a ambos de nuevo–. Te pido un taxi, por lo menos.

–No, gracias. Así está bien.

Lucía se levanta rápidamente y él la imita en automático. Lo mira, apenada, y sale de la oficina. Edward se queda viendo la puerta cerrada. Lucía corre hacia los casilleros y ahí encuentra su celular. Es muy extraño, pues ella lo tenía en el bolsillo. Tiene muchas llamadas y mensajes de Ben. Lo llama y entra el buzón de voz directo. Lucía niega mientras se lleva las manos al cabello. Benjamin la debe estar odiando con toda su alma y con justa razón.

CAPÍTULO 11

Cercanía

Lucía entra a su apartamento muy tensa. Todo está apagado y, al parecer, Ben no ha regresado. No ha respondido a sus mensajes ni llamadas. Cuando fue a buscarlo al DeGrezia, ya no estaba ahí. Enciende la luz.

—¿Ben?

Nadie responde. Lucía camina deprisa hacia la habitación. Nada, todo vacío y en oscuridad. Sabe que era un día especial y que Ben no la perdonará, o al menos no tan fácil. Lo olvidó por completo, aunque no pudo negarse a la solicitud de Edward. Siente que poco a poco él va confiando más en ella. Recuerda la sonrisa de su jefe, su tacto. Niega frenéticamente. ¿Y si algo le pasó a Ben? ¿Y si por su culpa tuvo un accidente? ¿Y si mejor Lucía va a la policía o a un hospital? Tal vez llamar a Adam, hermano de Ben. Pero no, no debe alertarlo sin antes saber a ciencia cierta que él no está bien.

La puerta se abre y entra Ben tambaleándose. Lucía suspira aliviada y se acerca lentamente. Él la mira con rencor, una mirada que Lucía nunca había visto. Cuando intenta abrazarlo, él la rechaza con un brazo. Ella se queda helada:

—Déjame explicarte.

Lucía se acerca lentamente y él hace un gesto con la mano para que se aleje. Apesta a alcohol, nunca lo había visto así.

—Benjamin, por favor. Escúchame. Fue una emergencia, no podía…

—¿No podías negarte a quedarte con él?

Ben articula con mucha dificultad. Ella abre los ojos con sorpresa. ¿Sabe que se quedó con Edward?

—¡Responde! ¿Te costaba mucho celebrar conmigo? ¿Preferías estar con él?

—No sé de qué hablas, Ben. Me quedé trabajando.

—Con él, ¿no?

Lucía lo mira con vergüenza, tanto por ella como por el estado en que llegó. Ben apenas puede sostenerse y enfocar la mirada. Hace gestos con las manos, como animándola para hablar, pero no logra coordinar del todo.

—¡Responde!

Lucía asiente lentamente. Él da una palmada, o al menos lo intenta, y sonríe con sorna, negando con la cabeza.

—Me quedé trabajando, Ben. Estábamos hablando de los nuevos platillos para el próximo año.

Ben se tambalea y se deja caer en un sillón. Lucía se acerca a ayudarlo y él vuelve a rechazarla. Se sienta frente a él y lo observa intentar quitarse los zapatos. Ben se recarga en el respaldo y cierra los ojos. Lucía siente como las lágrimas recorren sus mejillas e intenta tomarlo de las manos, pero él la vuelve a rechazar.

—Te voy a preparar un café.

—No quiero nada.

—Ben…

Se incorpora y la mira. Pero no como ella esperaba, no con rencor o enojo. No, Ben la mira con tristeza, una profunda y genuina tristeza que le eriza la piel. Siente un intenso vacío en el pecho y que baja hasta el estómago, dejándola helada.

—Ben, por favor, necesito que me escuches…

—¿Sabes qué… pasa? Ya no sé si yo nece… quiero algo de ti. Estoy cansado, Lucía… Estoy… Sí, cansado, muy cansado. Me pesas… mucho. Siento que… —Ben empieza a llorar y ella lo hace con más fuerza—. Ya no puedo más… Siempre te he apoyado… He estado para ti… Si necesitas algo, lo tienes… ¿Por qué me tratas así?

—Ben, no…

—Estoy cansado de suplicarte amor… Estoy harto de pedirte una caricia como si fuera un… un perro desamparado… Lucía, te da pereza hablarme… Estar conmigo… ¿Recuerdas lo último que te conté? ¿De la oficina?

Ben se queda callado, mirándola con interés. Ella intenta recordar, ¿qué fue lo que le contó el día anterior? Estaba muy emocionado, pero… Ese fue el primer día que logró hacer tres platillos en menos de 40 minutos. Ben la sigue observando, tranquilo mientras las lágrimas caen. Ella niega y él sonríe:

—Claro que no… No es importante para ti porque no tiene que ver contigo… con el restaurante… Lo entiendo, Lucía, de verdad que lo entiendo. Pero ya no puedo seguir así… Todos los días intento acercarme y todos los días te siento más lejos… Antes hablábamos sin parar cuando pasaba por ti… Ahora… Ahora parece que vamos solos.

Ella niega.

—Y no solo en ese trayecto… en la vida… parece que estamos solos. Lucía, ¿por qué te quedaste con él? ¿Por qué lo preferiste a mí? ¿Lo amas? —ella niega frenéticamente y abre la boca para responder—. Me quedé esperándote ahí… como imbécil… Soy un idiota… ¿Qué habrá pensado la gente de mí? ¡Plantado!

Hace el amago de levantarse y Lucía se hace para atrás, asustada. Él comienza a reír.

—No, Lucía. No lo merezco… La verdad… Las cosas como son… No merezco que me estés viendo la cara de estúpido… ¿Por él? ¿De verdad?

—¡Escúchame! ¡Estaba trabajando!

Ben niega y sigue riendo.

—Deja de tratarme así… Te lo suplico… Deja de tratarme como… como si no me diera cuenta de las cosas, como si no pensara… No me insultes así, Lucía, por favor. Desde que volviste al restaurante… desde que… Ahora están muy cerca y a ti te gusta estar cerca.

—Benjamin…

—Y te gusta estar lejos de mí… Ya no me hagas esto… Te amo… Más de lo que crees… Soy capaz de todo por ti pero… no, Lucía, así no… Estoy cansado de suplicar por amor, no creo merecerlo… Nadie lo merece… Estoy harto de suplicarte que me ames como yo a ti.

Se levanta con dificultad y camina hacia el baño. Lucía lo ve irse con tristeza. Ahora no la escuchará, mañana aclarará las cosas con él. Mañana podrá dejarle claro que lo ama, pedirle perdón y dejar esto atrás. No sabía que Ben se sentía así por su culpa. No quiere que se sienta así y menos por la razón equivocada. Él tiene que entender que su futuro depende de eso y, si para seguir triunfando tiene que estar cerca de Edward, así será. Pero no como él cree.

===

Ben ya no está en la cama. Lucía abre los ojos y, al no sentirlo junta a ella, como todas las mañanas, se levanta de golpe. ¿Se habrá ido ya? Escucha ruido en la cocina y corre hacia allá. Él prepara café y siente como ella se acerca. Lucía ahora camina lento hacia él. ¿Cómo puede iniciar la conversación? Ayer se quedó dormida y él no había regresado a la cama, sospecha que nunca durmió ahí.

—Hola.

Ben no responde y unta un poco de mermelada en un pan tostado.

—Ben…

—Te dejo pan y mermelada. También hay café.

Ben nunca prepara café, siempre lo compra camino al trabajo. A Lucía le gusta, pero solo en ocasiones. Y las mañanas no son de esas ocasiones. No le gusta el sabor del café tan temprano, le recuerda al día que, por error, se tomó el café de su abuelo en lugar de su leche con chocolate. ¡Fue lo peor! Ahora no soporta algo tan amargo a esas horas y él lo sabe.

—Gracias. Ben, ¿podemos hablar?

—No.

Lucía se queda callada y él reacciona. Voltea a verla, tiene muy mal semblante y aún huele un poco a alcohol:

—La cabeza me va a estallar y no quiero llegar tarde, ¿de acuerdo?

—¿Entonces?

—¿Entonces qué, Lucía? —responde muy agresivo.

Ella siente otra vez como si un golpe frío le bajara por el pecho al estómago.

—¿Cuándo hablaremos? —ella baja la voz.

Ben se encoge de hombros, mientras da una mordida al pan.

—Tengo que procesar muchas cosas, Lucía. Será cuando tenga que ser.

—Yo no quiero estar así, no me gusta estar así. ¡Odio que me trates así!

—Yo lo odio, pero contigo no me queda de otra.

Él toma su abrigo y su maletín del sillón, y camina hacia la puerta.

—Ben…

—Ya, Lucía, por favor. No insistas. Te dije que ahora no. Nos vemos después.

Sale por la puerta, mientras Lucía siente ese vacío en el estómago ahora llenándose de coraje. No soporta que le hable así. ¿Por qué no la dejó hablar? Piensa que es muy tonto de su parte que siga tan enojado si no la ha dejado explicarse. ¡Que siga enojado después de haber hablado lo comprendería más! No soporta verlo así con ella, menos después de todo lo que le dijo.

Le dio vueltas a sus palabras toda la noche hasta que consiguió dormir. No entiende en qué momento Ben comenzó a sentirse así, en qué momento ella falló tanto que él siente que tiene que suplicarle por amor. ¿Por qué no se dio cuenta antes? Hanna aparece en su mente. Niega. Es diferente, Ben habla con mucho dolor. Dolor que nunca pensó que ella podría causarle. ¿Y ahora?

Lucía llama a su madre por teléfono, pero no le responde. Toma un sorbo de la taza que Ben dejó y lo escupe de inmediato. Él siempre endulza mucho el café y tampoco le gusta así. Respira profundo. Ella no ha cambiado en nada. Sí, está más enfocada en su trabajo, pero eso no puede recriminarlo. Siempre está para él, siempre lo escucha. No es su problema no tener la misma memoria privilegiada que su novio. No la puede culpar por eso. Lucía niega mientras se sienta en el sillón y observa la página de la guía Michelin enmarcada en la pared. ¿Y Edward? ¿Qué habrá pensado de ella saliendo del restaurante como loca?

———

Edward corre por Central Park vestido con ropa deportiva ajustada. Todas las mujeres voltean a verlo y, en ocasiones, se acercan a decirle algo. Pero a él no le interesa, responde cordial y se aleja casi de inmediato. No le gusta que nada lo distraiga de cumplir sus objetivos y menos si se trata de hacer sus cinco kilómetros diarios al aire libre.

Disfruta mucho esa parte de su ejercicio matutino, sentir la poca brisa de verano que le pega en el rostro mientras escucha música en los auriculares. Central Park es, definitivamente, su sitio favorito en Nueva York. Es ideal para esos momentos en los que no quiere pensar más, solo despejarse. Cuando se siente atrapado corre y se concentra en su música, que casi siempre es la discografía entera de Queen y parece aleccionarlo sobre el camino que debe seguir.

Ahora no puede dejar de pensar en Lucía. Ayer se fue corriendo. ¿Dijo que era su aniversario? Bueno, si realmente quiere brillar, debería olvidarse de todas esas cosas o, por lo menos, no darle la importancia que él percibió que le dio. Se detiene y mira su reloj inteligente que le cuenta los pasos, las calorías quemadas y los latidos de su corazón. Asiente complacido, se sienta en una banca mientras se estira y toma un poco de agua.

El novio de Lucía debe haberse enojado mucho. Benjamin, según recuerda. ¿Por qué estarán juntos? No siente tanta química entre ellos, percibe que son muy distintos. No recuerda a qué se dedica, ¿alguna vez lo supo? El caso es que seguramente deben estar enojados. ¿Se metió en un problema por su culpa? Niega. ¡Por favor! ¿A él qué le importa? Respira profundo y…

Lucía se acerca lentamente. Abre los ojos sorprendida. Él se levanta de inmediato. Sonríen brevemente y ella lo saluda:

—Buen día, chef, ¿cómo está?

Lucía se aproxima y extiende la mano. Él la estrecha y la besa en la mejilla, sintiendo el calor en el rostro. Lucía igual.

—Bien, Lucía, ¿y tú?

—Bien. Gracias.

Ambos asienten y surge un silencio incómodo. Ella lo recorre de pies a cabeza. La ropa deportiva le sienta muy bien, sus músculos de las piernas resaltan mucho y, ahora que lo piensa, nunca lo había visto con tanta piel al descubierto. Es pálida, pero a ella le genera una sensación de calidez inexplicable. Él la mira también. Su vestimenta denota su estilizada figura. Además, algo que le gusta de ella es que casi no utiliza maquillaje y su belleza es natural. Sobre todo en ese momento.

—¿Aquí haces ejercicio?

—Como medio Nueva York, ¿no? —responde Lucía.

Edward hace una señal para que ella se siente en la banca. Lucía se sienta, y él la imita. ¿Sería prudente preguntar cómo le fue con Benjamin?

—Lucía…

—Chef, ayer…

Ambos hablan al mismo tiempo y se miran divertidos. Edward hace una seña para que ella continúe.

—Me quedé pensando en lo que me dijo anoche. Que quiere probar nuevos sabores.

Edward asiente y la mira fijamente. Ella continúa:

—¿Conoce la comida mexicana?

—Un poco, sí. No soy muy adepto al picante, a ese picante. Tuve una muy mala experiencia hace algunos años. Seguramente tú eras muy niña.

—¡Para nada! ¡No hay tanta diferencia de edad como usted cree!

Edward la mira divertido.

—Tengo veintiocho años. No muy lejos de usted.

Edward sonríe tiernamente y ella le corresponde.

—¿Sabes cuántos años tengo yo?

—¡Treinta y nueve! —Edward la mira sorprendido—. ¿No sabe que soy una gran admiradora suya? ¡Sé todo de usted!

Ambos se sonrojan. Lucía voltea hacia otro lado y vuelve a mirarlo rápidamente:

—Bueno, me iba a contar su experiencia con el picante.

—Claro. Viajé a una playa mexicana hace tiempo.

—¿De verdad? ¿A dónde?

—Cabo. Es hermoso. ¿Conoces?

Lucía asiente emocionada.

—Bueno, pues yo quedé muy enamorado. Los colores, las personas, la comida, todo. Pero, no conforme con eso, decidí rentar una camioneta e ir a un pueblo pesquero cerca de ahí. Y descubrí los…

Hace una pausa y Lucía lo mira intrigada.

—¡*Ahua-shiles*!

Lucía suelta una carcajada. Edward la mira divertido. Su jefe se refiere a un plato típico del norte de México, el aguachile: camarones abiertos en mariposa, crudos, que se dejan cociendo en jugo de limón y a los que se les agrega pepino, cebolla, cilantro, sal, pimienta y una generosa cantidad de chile serrano. A ella le gusta mucho. La mezcla de esos condimentos, junto con el golpe de limón y serrano, y la frescura de los mariscos, le recuerdan al mar de vacaciones, a la paz que se siente cerca del océano.

—¿Lo dije mal?

—Sí.

—¿Y cómo se dice?

—Aguachile, sin las eses.

Edward repite en silencio y Lucía se divierte oyéndolo. Él la toma de la mano, emocionado:

—¡Me quería morir! ¡Sentí fuego en la boca! ¡En la garganta! Tomaba agua y solo avivaba más el picor.

Ambos ríen divertidos, ella lo imagina perfecto.

—Solo recuerdo al mesero diciendo: "¡El gringo se quema, el gringo se quema!". Hasta después supe que así nos dicen a los norteamericanos. Ese día conocí el picante.

—¿Y lo volvió a probar, chef?

Edward niega frenéticamente.

—¡Debería! No todo es tan picante. Depende mucho de su preparación. Hay que desvenar los chiles antes, quitarles las semillas y dejarlos remojando unos minutos en jugo de limón para que no sean tan picosos. ¡Yo puedo prepararle un día! La primera vez que Ben…

Ambos se quedan callados y, como por acto de magia, descubren que siguen tomados de la mano. Él la suelta de inmediato y las sonrisas de ambos se borran lentamente.

—La primera vez que Ben probó picante ocurrió algo similar. Pero yo puedo preparar algo no tan fuerte.

Edward asiente lentamente y ambos se quedan callados.

—¿Por qué me preguntabas si había probado la comida mexicana?

Lucía lo observa y respira profundo:

—Chef, ¿me dejaría probar algo nuevo? ¿Algo que tenga que ver con mis raíces? Me encantaría poder aportar algo tan mío a La Rochette. Usted sabe que…

—Te encanta experimentar. Sí, lo sé. La raíz de, prácticamente, todos nuestros problemas.

Lucía asiente, apenada.

—Pero eso fue antes.

Ella lo mira, intrigada. Él le sonríe:

—Prepara algo y ya veremos, ¿de acuerdo?

Lucía se emociona de tal manera que pareciera que le pusieron estrellas en los ojos. ¿Es en serio lo que acaba de escuchar? Se abalanza sobre Edward y lo abraza. Él abre los ojos sorprendido y le responde el abrazo tiernamente. La piel de ambos se eriza, pueden sentir el aliento del otro en el cuello y el aroma de cada uno. No importa el sudor, no importa nada. Se siente bien estar así, muy bien. El ladrido de un perro los hace reaccionar. Se sueltan. Ambos se sienten muy incómodos. Lucía observa al perro que los asustó jugando con su dueño cerca del lago. Edward mira sus manos y se da cuenta de la hora. Se levanta con rapidez.

—Me tengo que ir. Tengo muchas cosas que hacer y el tiempo apremia. Nos vemos mañana…

—No, chef, hoy me toca…

—No, mañana. Imagino que tienes cosas que resolver… Cosas personales.

Lucía se incomoda y lo mira sorprendida.

—Tómate el día, mañana nos vemos.

Ella asiente y él se aleja lentamente. ¿Qué le está pasando? ¡Es su jefe! ¡El antipático de su jefe! Se lleva las manos al cabello y respira profundo. ¿Por qué lo abrazó otra vez? Lo único que debe interesarle de él es lo que pueda enseñarle en la cocina. Además, tiene que resolver las cosas con Ben sí o sí.

=

A diferencia de Lucía, Hanna adora el café por las mañanas. Siente que no ha comenzado su día si no ha tomado por lo menos una taza. Ya es medio día, así que va por la segunda. Entra a Moonlight Coffee, su cafetería favorita por el ambiente tranquilo y la preparación personalizada. Observa a un chico y una chica enamorados que, seguramente, deberían estar en la escuela en ese momento. Sonríe y piensa en la entrevista que tiene en un par de horas.

Ella es feliz con lo que hace, le encanta la idea de ayudar a los demás y, por eso, siente que siempre puede hacer algo más. Su entrevista es precisamente como consejera estudiantil en una preparatoria privada cerca de ahí. Ella sabe lo difícil que es pasar por esa etapa y sentirse completamente sola, sin tener en quién confiar.

La persona que estaba frente a ella en el mostrador se va y es su turno.

—¡Hola, Hanna! ¿Ya vienes por tu dosis de mediodía? —pregunta Kevin, el sonriente chico del café.

—¡Por favor! Ya sabes, a esta hora necesito algo más dulzón.

Kevin sonríe mientras anota en su vaso las especificaciones del café: vainilla latte, con un shot extra de café.

—¿Cómo vas en la escuela? ¿Mejor? —le pregunta ella.

Kevin asiente, pero sin mucha seguridad.

—Mejor, vamos, mejor.

Hanna niega.

—Más tibio que caliente, ¿verdad? —Hanna asiente—. Cinco dólares, por favor.

Ella le entrega el billete y Kevin señala la barra.

—¡Que tengas bonito día, Hanna!

—¡También tú, Kevin!

Hanna se aleja lentamente hacia la barra mientras guarda la cartera en su bolso, sin darse cuenta de que, al escuchar su nombre, Amanda levantó la vista de su teléfono, donde estaba leyendo las últimas noticias financieras. Tiene un té enfrente y una sonrisa triunfal que no cabría en cualquier lado. Hanna recoge su café y busca una mesa, algo alejada de Amanda, a quien no ha visto.

Hanna abre *¿Jugamos?*, el libro que Lucía le recomendó. Le gusta, pero ella prefiere las historias en las que los protagonistas se dan cuenta del amor que existe entre ellos, y florece, hasta llevarlos al final feliz. Sabe que eso a ella nunca le pasará. Ya se resignó a no encontrar novio, por eso disfruta tanto las historias de amor rosa, porque a través de sus personajes, vive las situaciones que ella cree que jamás vivirá en su propia vida.

–Hanna Griffin.

Levanta la mirada y siente un escalofrío al ver a Amanda frente a ella, pero los músculos de la cara no le dan. Amanda, por su lado, se sienta en la silla frente a ella con gusto.

–El otro día que te vi supe que nos conocíamos, pero no lograba recordar de dónde. Ahora lo sé. Cuéntame, ¿cómo está tu madre? –la sonrisa más cruel y despiadada del mundo se asoma por su rostro.

Hanna siente cómo la sangre le sube a la cabeza mientras los ojos se le llenan de lágrimas.

–¿Cómo te atreves a mencionarla? ¡No eres digna de hacerlo!

Se acerca a Amanda, murmurando. Ella sigue sonriendo.

–Mataste a mi mamá y, en este momento, busco una razón lo suficientemente fuerte para no golpearte contra la barra del café hasta deformarte todo el rostro –Amanda disfruta esa amenaza como si fueran las palabras más amables del mundo, mientras Hanna hierve de rabia–. ¡Pero ahora me entero de que estabas casada! –la sonrisa de Amanda desaparece poco a poco–. Eres el ser más bajo que he conocido, Amanda Brown. ¿Edward supo que, cuando lo traicionaste, destruiste una familia? ¿Mi familia?

A Hanna ya no le importa conservar un tono bajo. Algunas personas de la cafetería voltean a verlas de reojo. Amanda se incomoda mientras Kevin observa con atención desde el mostrador.

–Baja la voz.

–¡¿Quieres que baje la voz?! –Hanna habla aún más fuerte–. Dime, ¿por qué te acercaste? No tengo nada que hablar contigo.

–No seas estúpida, niñita. Yo tampoco. Solo quería comprobar que eras tú, pero veo que no era necesario. ¡Son idénticas! Igual de insípida, de tonta. Eres igual a…

—¡Cuidado!

Hanna la interrumpe y se pone de pie. Amanda la imita.

—No te atrevas, Amanda. No lo pienses ni un segundo. Solo necesito un motivo para destruirte, no te conviene —Amanda la mira con desprecio—. Mejor dime, ¿Edward lo supo? ¿Supo que estabas esperando un hijo de otro hombre?

Amanda sonríe con malicia, se queda callada y Hanna:

—Lo imaginé.

—No te atrevas a decirle nada a la estúpida de tu amiguita o ella será la que lo lamente.

Hanna ríe.

—¿Quién te crees? No me das miedo, Amanda. No te atrevas a esparcir tu veneno cerca de Lucía o Edward sabrá toda la verdad. Yo me encargaré de eso.

—No me retes, niña. Veo que los años te han dado valor. Pero eso no sirve conmigo. ¿No te acuerdas? Yo puedo destruir lo que me dé la gana. No puedes contra mí, nadie puede.

Hanna niega sonriendo con sorna. Guarda el libro en su bolso, toma su vaso de café y sale por la puerta. Toda la cafetería quedó en silencio, a excepción de la tenue música ambiental que suena de fondo. Amanda mira a todos con su sonrisa hipócrita y vuelve a su teléfono, aunque un poco alterada.

=

Lucía está en la cocina de su apartamento preparando fusilli al cilantro. Ben ama la pasta, especialmente esa. Lucía la preparó por primera vez cuando aún vivían en Austin y estudiaban en la universidad. Su relación apenas empezaba y ella llegó al apartamento de Ben a refugiarse de la lluvia.

El sabor del cilantro mezclado con la salsa Alfredo y un poco de chile ancho, siempre le recordará ese día, el día que hicieron el amor por primera vez. Después de cocinar y ver una película de vampiros adolescentes, Ben y Lucía fueron a la cama, resignados porque la lluvia no pasaba. Lucía recuerda el sabor del cilantro en los labios de Ben, ese sabor que terminó recorriendo todo su cuerpo cuando se entregaron apasionadamente.

Fue la primera vez de Lucía y le encantó que haya sido así. Ben la hizo sentir la mujer más feliz del mundo, amada y plena. Y eso es lo que quiere recuperar, no quiere que su relación siga siendo como los últimos meses, en los que todo son dudas y enojos. En los que ya no existe la confianza para decirse lo que sienten sin que el otro se ofenda o termine enojado.

La puerta se abre y Ben entra. Lucía sale a su encuentro sonriendo. Ben nota el olor del cilantro y sonríe. Deja su maletín a un lado y la abraza, con tanta fuerza que Lucía siente que sus cuerpos están por fundirse al responderle con la misma intensidad.

—¿Cómo te fue? —pregunta tiernamente, mientras Ben se quita el abrigo y la corbata.

—Bien, ¿y a ti? ¿Por qué no estás en La Rochette?

—Pedí el día —miente descaradamente porque sospecha que, si Ben se entera que la propuesta vino de Edward, algo puede salir mal.

Él la mira con sorpresa, pero agradecido.

—¿Y no te dijeron nada por no ir?

—Nada. ¿Te sirvo? La pasta está lista.

Ben asiente sonriendo y Lucía le pasa la botella de vino, Château Coutet, su favorito, que guardaban para una ocasión especial.

—Sé que prefieres el tinto, pero prueba con un blanco esta vez, la pasta te sabrá mejor, confía en mí.

Lucía se entusiasma y comienza a servir los platos, mientras él va a la cocina por el sacacorchos y un par de copas. Ben se fija en que Lucía se esforzó en poner una bonita mesa con servilletas de tela, queso, uvas y velas. Después de regresar de la cocina, se sienta, destapa el vino y sirve las copas, ella se acerca con los platos servidos y se sienta frente a él. Ben le entrega su copa y ella la alza:

—Quiero brindar.

Ben alza su copa también, sorprendido.

—¿Por qué quieres brindar?

—Por nosotros, Ben, porque las cosas no lleguen a los extremos que han llegado. Porque siempre nos acordemos que nos queremos y que eso puede más.

Ben asiente y chocan las copas. Ambos le dan un trago y lo disfrutan. Adora ese sabor afrutado y, sobre todo, el dejo de azahar que le queda en la boca al pasarlo, equilibrando la mezcla de sabores.

Un vino similar tomaron aquel día que hicieron el amor por primera vez. Recuerda todo lo que han pasado juntos, cuando terminaron la carrera, el día que decidieron mudarse al mismo apartamento, cuando conoció a sus abuelos en México, el día que se fueron a vivir a Nueva York.

Lucía sonríe.

—¿De qué te acordaste?

Ben la mira intrigado, mientras empieza a comer. Hace la cabeza para atrás, señal de lo deliciosa que le parece. El picor es apenas perceptible, pero Ben lo disfruta, aunque sienta ese ligero ardor en la boca.

—Del día que nos mudamos a Nueva York. Preparé esta misma pasta. Creo que ha estado presente en muchos de nuestros eventos importantes.

Ben sonríe ampliamente y asiente.

—¿Te acuerdas de esa vez? Me decías: "No, Benjamin, Brooklyn me da miedo, no quiero vivir aquí" —Ben imita a Lucía y ella niega divertida.

—¡Sí! ¡Nos recibieron con un asalto! El tipo que estaba tendido frente al edificio. Lo asaltaron como bienvenida —Lucía da otro trago, mientras Ben comienza a reír.

—¡Pero después ya no pasó nada! ¡Y míranos ahora! Aún no es la avenida más importante de Nueva York, como la 5ta, pero estoy seguro de que algún día podremos mudarnos más cerca del parque, o al Upper East Side. ¡Y ese día me prepararás *quenelles* y con esta salsa!

—¡Pero algo característico de las *quenelles* es la salsa! —Lucía sonríe mientras Ben se soba el estómago.

—¡Por eso! ¡Imagínate el sabor! ¡Sería delicioso!

Lucía asiente mientras se miran a los ojos. Ambos se quedan callados, pero sonriendo.

—Perdóname por todo lo que te dije anoche —Ben la mira con sincero arrepentimiento—. Estaba muy enojado, ofuscado. No tenía por qué hablarte así —ella asiente y deja la copa sobre la mesa.

—Ben, ¿en realidad sientes todo eso que me dijiste?

—Supongo que sí. Digo, no te lo habría dicho si no tuviera algo de cierto. Lu, a veces siento que nos desviamos del camino, que se nos olvidan todas estas cosas que hoy recordamos. Tengo mucho miedo de perderte, mucho miedo de que puedas fijarte en alguien más.

Lucía se siente un poco incómoda, pero asiente.

—Mira, no debes temer por eso. Yo te amo y si estoy contigo es por todo lo que tenemos y todo lo que nos falta. Ben, ¿quién te dijo que me había quedado con Edward?

Ella lo mira con atención y él se lleva la copa a la boca, da un trago y suspira.

—Ya no importa. De verdad, ya no importa.

—Ben, no tienes nada que temer.

—Lo sé. Confío en ti.

—No quiero que me vuelvas a hablar así.

—Te lo prometo —Ben alza la copa y Lucía lo imita—. Por lo que viene, amor.

Ambos dan un trago con un brillo especial en sus miradas.

=

Edward está sentado frente a su escritorio revolviendo sus notas, revistas y libros con los que trabajaba la noche anterior junto a Lucía. Hace anotaciones en una libreta y tiene la tableta a un costado. Escucha que se abre la puerta y voltea molesto. Descubre que Amanda entra a la oficina, sonriendo como siempre. Al ver que es ella, baja la mirada de nuevo a su libreta.

—Hola, corazón —ella lo saluda mientras cierra la puerta.

—No me digas así.

Amanda ignora esto último y se acerca para ver desde su hombro.

—¿Qué haces?

—Trabajando.

—¿En qué?

—Amanda, por favor. ¿Qué necesitas?

Abre los ojos ofendida.

—¿Por qué me tratas así?

—Estoy ocupado. ¿Qué quieres?

—¿Estás buscando nuevas recetas? —Amanda toma una de las notas que tiene sobre el escritorio—. ¿De quién es esta letra?

Edward deja la pluma sobre la libreta de forma abrupta y suspira.

—De Lucía.

—¿Lucía? ¿Y ella qué?

—Amanda, está cubriendo a Antoine y es momento de empezar con la planeación del nuevo menú. No puedo hacerlo solo.

—¿Y por qué con ella?

Edward la mira cansado. Amanda ya no sonríe. Su rostro, en cambio, refleja duda y enojo. Camina para sentarse en la silla frente a él y comienza a revolverlo todo. Edward le quita lo que puede de las manos.

—¿Puedes dejar de hacer eso? ¿Qué te pasa?

Ella lo mira ofendida.

—¿Por qué tienes que ver esto con ella? ¡Yo lo veo contigo todos los años!

–De hecho no, Amanda. Que te metas cuando Antoine y yo estamos trabajando es diferente.

Edward se pone los dedos entre los ojos.

–No me gusta que le estés dando tanta importancia a esa niña.

–Por desgracia para ti, eso me tiene sin cuidado. Ya te he repetido hasta el cansancio que no soporto que intentes meterte en mis decisiones. Lucía es mi *sous-chef* en este momento y, además, es muy talentosa. Tiene la frescura que le hace falta al restaurante y probaremos nuevas cosas, entre la cuales estará un platillo creado por ella.

Amanda lo mira con coraje y él le devuelve la mirada. Ella se levanta violentamente:

–¡¿Vas a incluir un plato suyo en el menú?!

Edward se levanta ante el grito de Amanda. Ella sigue:

–Pero ¡¿qué te pasa?! ¡No puedes hacer eso!

–¿Y quién eres tú para decirme lo que puedo o no hacer? ¡Deja de tomarte atribuciones que no te corresponden!

–¡Me niego a que le des tanto poder a esa!

Edward camina hacia ella y la toma del brazo:

–¡Ya me tienes harto! Quiero que tú y tus desplantes se larguen de aquí. No quiero volver a verte por acá, ¿entendido? –Amanda niega con la boca abierta–. Luego te mando los papeles con el abogado para la disolución de la sociedad

–¡No puedes hacerme esto! ¡No es tan fácil! –Amanda niega mientras se zafa de Edward.

–No te quiero volver a ver y es la última vez que te lo digo. ¡Vete!

Amanda lo mira con odio, se acerca al escritorio y tira todas las cosas al suelo. Edward la observa desde la puerta que recién abrió:

–¡Fuera de aquí! ¡Lárgate!

–Te conozco mejor de lo que crees, Edward. Esa niña te gusta y por eso eres tan condescendiente con ella. ¡Todos se dan cuenta! ¡Y es patético! ¿Sabes lo ridículo que te ves demostrando que te importa? –él no deja de mirarla severo–. Espero que nunca te arrepientas de lo que acabas de hacer y, sobre todo, que no te arrepientas de mostrarte tan débil con una niña que lo único que quiere es arrastrarse hasta conseguir un lugar en este restaurante.

Amanda camina hacia la puerta y, antes de salir, voltea a verlo:

–De verdad, nunca pensé que fueras tan débil. ¡Eres patético!

Se va y Edward cierra la puerta con mucha fuerza. Se deja caer en su silla mientras se pasa las manos por la nuca. ¿Es cierto lo que dijo Amanda? ¿De verdad todos notan que le gusta Lucía? Edward echa la cabeza para atrás y suspira: sí, Lucía le gusta. Y mucho.

CAPÍTULO 12

Menos condimentos

Antes de comenzar el día y salir a correr, a Lucía le gusta asomarse por la ventana de su apartamento, en el octavo piso del edificio y ver la ciudad. Sobre todo, cuando el verano está por terminar y comenzará el otoño. Un pequeño restaurante de hamburguesas es lo que la recibe en las mañanas, pero si mira más allá, puede ver los árboles de Central Park, como si supieran que solo los separan unos minutos de distancia para verla hacer ejercicio. El caos de las calles y todos los sonidos que lo representan es como música para sus oídos. Siempre soñó con vivir y trabajar ahí. Nueva York era solo el principio de su sueño, un sueño que vio nacer en casa de sus abuelos cuando le dijeron que su mamá vivía en Estados Unidos.

Un día que acompañó a su abuelo a la ciudad, entraron en una tienda donde encontró una guía de turistas sobre Nueva York. Los altos edificios que ilustraban la portada llamaron su atención y le pidió a su abuelo comprarla. Cuando llegó a casa y pudo recorrer toda la guía, se enamoró de la ciudad y sintió unos deseos inmensos por conocerla. Llegó a recorrer Nueva York imaginariamente pasando las páginas de la guía. Sus abuelos siempre la impulsaron a cumplir sus sueños e hicieron todo para que ella se enfocara en el momento en el que volviera a ver a su mamá. A veces el abuelo conseguía trabajo de mantenimiento en la casa de algunos vecinos los fines de semana para juntar el dinero suficiente y pagar el trámite de sus papeles.

Lucía recuerda el día que la despidieron en el aeropuerto para mandarla a Estados Unidos. No sabía quién de los tres estaba más emocionado. Fue la primera vez que vieron a Coco después de diez años, que viajó con Linda para acompañarla. Al alejarse de sus abuelos, Lucía sintió como si le estrujaran el corazón, aunque saltaba de emoción por estar con su madre. Pero esa sensación de vacío la siente cada vez que se vuelve a despedir de ellos cuando hablan por teléfono:

—¿Bueno? ¿Bueno? —del otro lado se escucha la voz rasposa de su abuelo, una de las consecuencias de todos los cigarros que fumó en su vida.

—¿Abuelito? ¿Cómo estás? ¡Habla Lucía!

—¡Hijita! ¡Hijita de mi vida! ¿Cómo estás? ¡Vieja! —grita al otro lado del teléfono—. ¡Vieja! Ven, ¡es Lucha!

—Yo estoy muy bien, abuelito. Ya sabes, trabajando mucho. ¿Tú? ¿Cómo vas? Sigues con tus medicinas, ¿verdad?

Su abuelo tose con mucha fuerza. Lucía hace un gesto de preocupación, esa tos cada día está peor.

—Perdóname, hijita. Ya sabes, esta tos de perro que no se va. Sí me sigo tomando esas medicinas, aunque no sé para qué. Todos sabemos lo que va a pasar.

—Abuelito, no, no digas eso. Debes seguir luchando.

—Hija, ¿cuándo vienes? Tenemos muchas ganas de verte. Ya va a ser un año de la última vez que te vimos. ¿Cómo está Ben?

—¡Préstame el teléfono, viejo! —se oye del otro lado a su abuela—. Tú ya hablaste. ¿Hijita? ¡Habla tu abuela!

Lucía sonríe después de escuchar su tierna pero firme voz. Su abuela es una mujer de muy baja estatura y siempre muy delgada, pero con la fuerza suficiente para cargar con toda la familia y el pueblo entero en sus hombros.

—¡Abuelita! ¿Cómo estás? ¿Cómo va todo?

—Bien, hija. Todo bien. Ya sabes, lidiando con este viejo que cada día que pasa es más necio. Se parece a ti. Oye, ¿estás comiendo bien?

Lucía sonríe y recuerda las tiernas discusiones que tenían sus abuelos por cualquier cosa.

—Sí, abuelita. Muy bien.

—¿Y cómo vas en el trabajo? —a lo lejos se escucha la voz de su abuelo.

—Bien, abuelito, muy bien, incluso...

—Hija, el otro día hice las corundas que tanto te gustan —su abuela la interrumpe emocionada, sus ojos se llenan de lágrimas y sonríe con tristeza—. Las hice con pollo y salsa verde. Nos acordamos mucho de ti.

Es su platillo mexicano favorito, unos triángulos de masa de maíz y manteca de cerdo, rellenos de pollo, cubiertos de crema ácida y salsa mexicana. Su abuela las preparaba siempre que fuera una ocasión especial, como su cumpleaños. Alguna vez Lucía intentó prepararlas, pero el sabor de su abuela es muy especial, único.

—¿Y me guardaste? —Lucía intenta que no se note su voz quebrada.

—¡Se las comió todas tu abuelo! ¡Ya sabes cómo es! ¡Cuando vengas te preparo más! ¿Cuándo será eso? —su abuela se escucha triste.

—Pronto, abuelitos. Muy pronto. Ahora tengo más responsabilidades en el restaurante, pero en cuanto pueda me escapo.

—¡Y te traes a Ben! —el abuelo se escucha emocionado.

Lucía no puede contenerse más y algunas lágrimas recorren sus mejillas:

—Los quiero mucho. Ya tengo que irme. Pero prometo hablarles mañana.

—Sí, hijita, que Dios te bendiga —la voz de su abuela se oye alejándose del teléfono.

—¡Te queremos, hija! ¡Cuídate! —la voz del abuelo es más fuerte.

—¡También ustedes! ¡Cuídense!

Lucía cuelga el teléfono e intenta alegrarse mientras las lágrimas siguen bajando por su rostro. A veces siente que el precio que paga por vivir su sueño es muy alto. Estar lejos de su familia es algo que nunca le ha gustado. Primero, lejos de su mamá; luego lejos de sus abuelos, y ahora lejos de los tres. Parte de su sueño es que, el día en que al fin tenga su restaurante, pueda traer a su familia completa para que vivan todos juntos.

El tiempo juega en su contra, pues sus abuelos cada día están más grandes y cansados. Su abuelo tuvo cáncer en los pulmones y logró salir adelante. Pero, en consecuencia, cada resfriado se convierte en una pulmonía. Es por eso que, en ocasiones, pasa largos periodos muy enfermo. Pero, finalmente, nada que los medicamentos no puedan controlar.

=

Al saber que su abuela había preparado corundas, la invadió una nostalgia impresionante. El sabor de la salsa siempre la hacía recordar las largas horas que su abuela pasaba en la cocina, para que fuera perfecta. Eso le dio una idea para el platillo que preparará para Edward. Todavía tiene algunos chiles de la última vez que Pete dio una vuelta por Brooklyn y fue a una tienda mexicana donde consigue todos esos ingredientes. Puede darle un giro a una receta francesa que también le gusta mucho. Sonríe. Ya sabe cuál puede funcionar.

=

Ben está sentado en Joe's, su pizzería favorita, muy cerca de Times Square. Cada vez que puede, toma el metro y va a comer ahí. La pizza es una de las cosas que más disfruta para comer y, entre más queso tenga, mejor. Para su desgracia, a Lucía casi no le gusta y por eso está acostumbrado a comerla solo o con algún compañero de la oficina. Tamborilea con los dedos en la mesa mientras revisa en su celular un mensaje de Adam, su hermano. Lleva mucho tiempo sin verlo, casi seis meses. Él vive en Filadelfia y, a pesar de estar tan cerca, por los compromisos de cada uno, no pueden verse tanto como ellos quisieran.

El padre de Ben es mexicano y, estando en preparatoria, llegó a estudiar un año a Texas. Ahí conoció a su madre y él decidió estudiar la carrera en ese mismo lugar. Se volvió inseparable de su adorada novia hasta que formaron una familia. Adam es menor que él y, a pesar de su cercanía, es muy reservado con su vida personal. Nunca le ha contado de alguna novia o chica que pueda interesarle y siempre lo han visto solo.

Ben ha viajado a México más con Lucía que con su familia. Y a pesar de tener una situación migratoria regular, su padre pocas veces quiso que fueran a México. Sus abuelos nunca aprobaron que se quedara en Estados Unidos y le retiraron todo su apoyo económico. Así que él prefirió hacerse camino solo y sacar adelante a su propia familia.

A Ben le enseñaron que, para obtener lo que desea, siempre tendría que trabajar por ello, sin importar cuánto empeño debas ponerle. La suerte o el destino no forman parte de su vocabulario, pues él siempre ha creído que todo en la vida es consecuencia de cada decisión tomada y debe afrontarse sin importar si es buena o mala.

Conoció a Lucía gracias a unos amigos en común, dos semanas después de entrar a la universidad. Estaban en una fiesta y los presentaron. Ben quedó flechado en cuanto la escuchó hablar de su proyecto de vida. La seguridad con la que se refirió a él fue lo que lo impulsó a insistir en salir con ella, además de cómo estudió inglés toda su vida para poder mudarse con su madre a Estados Unidos, hasta conseguir una beca por sus excelentes calificaciones y poder estudiar en la misma universidad que él. Poco a poco se fueron acercando, hasta que ella decidió darle una oportunidad.

Ahora que están en crisis, Ben se parte la cabeza intentando encontrar la forma de volver a estar como antes, o mejor. Puede entender que la rutina llegue a ser despiadada con una relación, sobre todo después de tanto tiempo juntos. Pero él la adora y quiere cumplir todas las metas que tienen en común y, sobre todo, quiere estar a su lado cuando la vea triunfar.

Por eso, tiempos desesperados implican medidas desesperadas. Y, además de la pizza, Ben está sentado ahí porque espera a Hanna. Él nunca había metido a la mejor amiga de su novia en ninguno de sus asuntos, pero le es difícil comprender a Lucía. Cuando hablan y llegan a acuerdos, parece que ella entiende y está dispuesta a esforzarse porque las cosas salgan bien. Pero, ya en la práctica, no es así. Así que comerá con ella solo para eso: comprender cuáles son las nuevas necesidades de su novia y encontrar la forma de satisfacerlas.

Hanna, como siempre, aparece impecable, con un vestido azul turquesa entallado y unos zapatos rosa que hacen juego con su bolso. Ben se levanta de inmediato, se besan en la mejilla y ella se apura en decir:

—¡Discúlpame! ¿Tienes mucho esperando?

Hanna se sienta en la silla que Ben acaba de abrir para ella.

—No, no tanto. Quince minutos, más o menos. ¿Mucho trabajo?

—Sí, y la sesión se alargó más de lo esperado. Mil disculpas de verdad —Hanna abre la carta mientras sigue hablando—. ¿Hay algo aquí que no tenga masa?

—Las ensaladas están en la siguiente página. No sabía que te gustaban.

Ben se inclina sobre ella para enseñarle. Hanna da vuelta la página y asiente con una sonrisa:

—No mucho, la verdad, pero no he sido muy prudente esta semana, así que debo cuidarme.

Él asiente, está algo nervioso. Aún no sabe si hizo bien o mal en citar a la mejor amiga de su novia para hablar de ella.

—Ya sé qué pedir, ¿tú? —Hanna levanta la mirada y lo mira expectante.

—La pizza siciliana, por supuesto.

Ben sonríe nervioso mientras hace una seña al mesero para que se acerque. Este llega rápidamente.

—Sí, dígame —menciona el mesero.

—La señorita va a querer… —Ben mira a Hanna expectante.

—La ensalada de espinacas, por favor. Y un vaso con agua.

—Yo quiero tres rebanadas de siciliana, por favor. ¡Ah! Y un té helado.

—Enseguida —anuncia el otro mientras toma nota.

El mesero se aleja y Hanna lo mira divertida.

—¿La siciliana? ¿Es buena?

—¡La mejor! Pepperoni, tocino, cebolla, tomate, aceitunas verdes y negras y champiñones —Ben cierra los ojos complacido—. Me encanta el tocino, sobre todo si va mezclado con mozzarella.

—Algo había escuchado.

Hanna sonríe divertida, él le responde y se forma un silencio incómodo. Ella junta sus manos y lo observa con atención:

—Bueno, estamos aquí reunidos porque… Supongo que quieres hablar de Lulo, ¿no?

—No sé si estoy haciendo bien en pedirte que hables de tu amiga conmigo.

Ben la mira con vergüenza. Ella niega.

—No te preocupes, conozco mis límites y sé perfecto cuando no debo rebasarlos. Tú dime y veremos qué te puedo responder.

Ben asiente mientras el mesero les lleva las bebidas.

—Gracias —Ben espera a que el otro se aleje de la mesa y se acerca a Hanna, bajando la voz—. No sé qué hacer con Lucía, no sé qué pasa por su cabeza. Hago todo para complacerla, pero cada día que pasa la siento más lejos. Vivimos juntos, pero es como si ya no nos conociéramos, como si viviera con una amiga. No quiero perderla, pero ya no sé qué hacer.

Hanna lo mira atentamente y guarda silencio.

—A ver, Ben, primero que nada, no tienes por qué susurrar. Deja de sentirte culpable porque estamos aquí. No estamos haciendo nada malo y, te repito, yo sé hasta dónde puedo llegar para no traicionar la confianza de Lucía, ¿de acuerdo?

Ben asiente y la sigue escuchando:

—Por otro lado, creo que necesitas responderme algo: ¿qué esperas de Lucía? Sé lo más claro que puedas.

—No te entiendo.

—A ver: ¿quieres casarte con ella? ¿Tener hijos, casa y perro?

Ben asiente a cada pregunta que hace Hanna.

—Okey. ¿Y ella lo sabe?

Él niega y luego se encoge de hombros ante la mirada dudosa de ella.

—Sí, sí, lo sabe. Pero creo que ya lo olvidó.

—No creo que lo haya olvidado. Ben, Lucía está pasando por un momento crucial en su carrera. Independientemente de las circunstancias en las que todo se ha ido dando, ella está ante una oportunidad inigualable en su carrera. Significa crecimiento. Está un peldaño más arriba para alcanzar sus metas. ¡Es como tú con la dirección! Se dio la oportunidad y supiste tomarla.

Ben asiente.

—Hanna, es que yo entiendo eso. Claro que comprendo, sobre todo, porque me pongo en su lugar. Pero lo que me cuesta trabajo entender es: ¿por qué para conseguir sus metas tiene que ponernos en segundo plano a los demás? ¡Incluyendo a su familia!

—Ben, creo que te estás tomando las cosas muy personal y esto no va por ahí. Lulo siempre ha sido así, sabías en lo que te metías cuando…

—Esta vez es diferente —la interrumpe.

Ben niega mientras toma la mano de Hanna. Ella se ruboriza de inmediato, pero no hace nada.

—Estoy seguro de que hay algo más, y ya nadie me puede quitar de la cabeza que tiene sentimientos hacia el tal Edward.

Hanna mira fijamente la mano de Ben sobre la suya. Él se da cuenta, se ruboriza y la quita de inmediato. Hanna se queda mirándolo, pensativa. No sabe qué responder.

—Mira, Ben. Esas son ideas tuyas. Lucía no siente nada más que respeto por Edward, y eso es porque, además de ser uno de los chefs más reconocidos de este país y del mundo, es su jefe. Ya deja de torturarte con cosas inexistentes.

—Tengo miedo de perderla.

Él baja la mirada, mientras Hanna lo mira atentamente. Ben es muy guapo. Además, esa cara de preocupación hace que se vea vulnerable y, curiosamente, más atractivo. Ella niega:

—Pues no dejes que el miedo te controle… A ver, Ben, creo que tendrías que trabajar en ti, en tu seguridad, para poder quitarte esas tonterías de la cabeza. Tienes que enfocarte en todo lo bueno que tienes y no dejarte dominar por el miedo.

Ben levanta la mirada.

—¿Y tú me podrías ayudar con eso?

Hanna lo mira pensativa. El mesero se acerca con sus platillos, los deja frente a cada uno y se aleja. Lo ideal sería que Hanna no se involucrara de esa forma con Ben, es el novio de su mejor amiga y puede surgir un conflicto muy grande.

—Te prometo no hacerte hablar de Lucía, por favor. Solo quiero enfocarme para no fallarnos.

Ella asiente y suspira.

—Está bien. Pero, por favor, que Lucía no se entere. Por lo menos hasta que yo sepa cómo manejarlo con ella, ¿okey?

Ben sonríe y asiente. Hanna le responde brevemente. Ambos comienzan a comer y, de vez en cuando, cruzan miradas incómodas, aunque ninguno de los dos logra determinar por qué.

═

El ambiente nocturno de La Rochette es muy peculiar. En la cocina, por ejemplo, hay momentos en los que nadie puede hablar, a no ser que un cocinero llegue a necesitar de otro, pero hay otros momentos, los más, en los que la velocidad es casi lo único importante. Al ser un restaurante tan exclusivo, tiene pocos comensales, pero una de las garantías es el servicio de máxima eficacia y puntualidad. Y Edward, obsesivo con el tiempo, presiona a todos sus empleados para que esta garantía se cumpla.

Ahora, todo está tranquilo. La cocina está cerrada y, con ello, todo signo de prisas y correteos. Para los de la cocina, limpiar su mesa de trabajo es pesado, pero cuando saben que es lo último que harán en el día, la sensación es totalmente diferente. Algunos cantan, otros bromean, mientras que Lucía siempre trata de apurarse lo más posible para terminar pronto.

Hoy, más que nunca, Edward ha estado mucho tiempo en la cocina. Por momentos sale, pero cuando regresa a supervisar se queda varios minutos. Por alguna razón que Lucía aún no comprende, su jefe la ha ignorado prácticamente toda la jornada. Han cruzado algunas palabras, pero ella siente que hasta evita mirarla a los ojos y a ella le urge que pruebe su platillo. Espera que llegue para poder prepararlo.

Decidió hacerle caso a Ben y preparar las *quenelles* con la salsa de cilantro y chile ancho que tanto le gusta. Es un sabor digno de recordar siempre. Además, la ayudará a no olvidar todas las cosas buenas que ha pasado junto a Ben, de quien considera que siempre ha sido el mejor novio. Pete se acerca lentamente, con las manos en la espalda. Ella está removiendo una cacerola con agua hirviendo y harina. Sin dejar de mover la mezcla de la masa con su espátula de la suerte, le pregunta a Pete:

—¿Por qué tan sospechoso?

Pete se detiene frente a ella y sonríe. Ahora se hablan con normalidad, fue poco a poco, pero han recuperado su amistad. Eso la hace sentirse mejor.

—Te traje un regalo.

Le enseña las manos y trae un brócoli. Lucía estalla en una carcajada mientras lo acepta:

—¡Eres un tonto! ¿Puedo suponer que es un ramo de flores?

—¡Aún mejor! El brócoli sabe mejor que las rosas.

Lucía se encoge de hombros, alegre por el detalle. Pete nota la cacerola donde prepara la masa para *quenelles*:

—¿Por qué no has limpiado? ¿Te ayudo?

—¡No! Es algo que quiero que pruebe el chef. Aunque... —voltea hacia la puerta— no sé si vaya a regresar.

Lucía ha quitado la masa del agua caliente y le añade tres huevos, rompiéndolos con una habilidad casi mágica. Luego, añade tiras de carne de pato a la masa y la deja enfriar sobre una superficie de mármol.

—¿Estás haciendo *quenelles*? —dice Pete, observando los ingredientes en la estación de trabajo de Lucía. Luego, mete el dedo en la salsa que está en una sartén y se lo lleva a la boca—. ¡Pero cambiaste la salsa!

Pete sigue inspeccionando.

—¿Tiene cilantro?

—¡Sí! ¡Es la salsa favorita de Ben! Se puede decir que él me dio la idea. Ya se las prepararé después a él.

—Claro. ¿Y para qué son?

—Luego te cuento, pero es algo que puede cambiar mi vida.

Pete finge una sonrisa ante la emoción y negativa de Lucía. Se encoge de hombros.

—Pues yo te tengo que contar algo muy importante —se acerca mientras baja el tono—. Ayer Mr. Miller despidió a su esposa.

—Ex —corrige Lucía.

—Ajá. Bueno, eso. El punto es que ya no la veremos más por aquí.

Lucía siente el mismo calor en el pecho que le causa probar el caldo de pollo de su abuela. Las verduras bien cocidas, pollo desmenuzado y limón es una de las cosas que más extraña de casa. Sentía que su abuela dedicaba la vida para que ese caldo supiera tan rico. Años después, supo que así era porque cuando había caldo de pollo era porque no tenían mucho dinero para cocinar otra cosa. Y ahora, esa emoción, vuelve a embargarla.

—¿Cómo que la despidió?

—¡Pues así! Se gritaron, bastante. De hecho, todos escuchábamos los gritos.

Pete se acerca más a Lucía y se recarga en la mesa hasta percibir el olor de su pelo que, gracias al gorro, conserva el olor frutal de su champú.

—¿Y qué se gritaban?

—Eso no lo alcanzamos a escuchar tan bien. Unos dicen que ella reclamaba que el jefe toma decisiones sin consultarla, otros que hablaban de los términos de su divorcio.

—¡Pero eso fue hace mucho!

Lucía se ve sorprendida. Cortó la masa en trozos del tamaño de una empanada y los deja resbalar suavemente en una cacerola de agua hirviendo. Pete se encoge de hombros.

—Lo interesante aquí es que la señora Miller salió como cohete de la oficina del jefe y él azotó la puerta.

Lucía lo mira intrigada. Y cuando abre la boca para decir algo más, entra Edward por la puerta. Recorre toda la cocina con la mirada y se detiene en Lucía y Pete. Ellos, de inmediato, se enderezan y lo miran. Edward no hace comentario alguno, sigue caminando y les dice:

—¡Gracias a todos por este día! Dense prisa para que puedan salir lo más pronto posible. Hasta mañana.

Todos asienten, mientras que Lucía lo mira, asombrada. Es la primera vez que Edward hace algo así, que agradece a todos el día trabajado. Definitivamente, la mala influencia de Amanda se evapora poco a poco.

—Chef, ¿puede regalarme cinco minutos? —Lucía le pregunta.

Edward voltea a verla antes de salir por la puerta y asiente. Se acerca lentamente y Pete hace un gesto de respeto con la cabeza mientras se instala en la mesa de trabajo de atrás. Toma su celular como aparentando que no está pendiente de lo que pasa.

—¿Cómo le fue hoy? —aventura ella con una tímida sonrisa.

—Tengo cinco minutos nada más. Dime.

¿Qué? La sensación de calor se va de golpe, en su lugar, siente un intenso frío que le baja por la garganta hasta el estómago. Lo mira con extrañeza, arquea las cejas y le dice:

—Quiero que pruebe lo que le prometí, un platillo con sabores nuevos.

Lucía extrae un par de *quenelles* con una pinza para fritos y los coloca sobre un plato sobre el que ha servido un espejo de salsa de cilantro. Rápidamente añade un poco más de salsa encima con una pipeta, unas tiras de chile ancho a un lado y unas ramitas de perejil para coronar. Luego le ofrece un tenedor al chef.

—¿*Quenelles*? ¿Con chile?

—Muy poco.

—No me gusta.

Ella lo mira incrédula.

—Chef, disculpe, pero no lo ha probado.

—No necesito hacerlo. A ver, Lucía. Entiende algo. Estamos en el mejor restaurante de Nueva York —ella asiente—. ¿Crees que unas simples *quenelles* con otra salsa son dignas de ser presentadas como un nuevo platillo de este restaurante?

Lucía lo mira sin saber qué responder. Todos los observan atentamente.

—Señor, con todo respeto, no lo ha probado.

—Ya te dije que no necesito hacerlo. No sirve. Necesito menos condimentos, menos disfraces a los sabores. Lucía, necesito creatividad, no un platillo tan común con una salsa que, estoy seguro, has preparado mil veces. Pensé que te tomabas en serio la oportunidad que te di. Veo que no. No te preocupes, ya no tienes que presentar nada. Lo haré todo yo.

Edward deja el tenedor sobre la mesa y camina hasta la puerta. Dirige una última mirada a Lucía y sale. Ella comienza a llorar y toma la cacerola para tirar el contenido a la basura. Pete se acerca corriendo y lo impide.

—¡No! Espera. Yo sí lo quiero probar.

Lucía lo mira y asiente mientras las lágrimas recorren sus mejillas. Pete toma el tenedor y prueba el platillo, hace un gesto de placer y abraza a su amiga con fuerza.

—¡No entiendo qué le pasa! ¡Un día es muy amable, y al otro, es el engreído de siempre! ¡No lo soporto!

—Tranquila, Lulo. Sabes lo que vales, enfócate y entrégale algo que sepas que no podrá rechazar. Ya lo conocemos, no es muy difícil —Lucía lo mira con atención y él se apresura a agregar—. Tu platillo es delicioso, pero al mejor chef de Nueva York debes entregarle más, mucho más.

Lucía se separa lentamente, lo mira y le dice:

—Lo tengo claro. Creo que me confié, este platillo significa mucho para mí, la salsa es algo muy mío. Pensé que lograría transmitirlo.

—Y lo lograste, siempre lo logras. Solo debes recordar qué es lo que La Rochette necesita, así no te perderás en el camino.

Ella niega, mientras se limpia las lágrimas. Él acaricia su rostro. Lucía echa la cabeza para atrás. Su tacto la hace sentir incómoda. Sonríe brevemente mientras él se acerca más. No, no se siente bien. Pete la toma de la cintura y Lucía se intenta zafar, pero él la besa. Lucía le suelta una bofetada y lo empuja:

—¡Imbécil! ¿Qué te pasa? ¿Por qué haces eso?

—Lulo, sabes que me gustas. Mucho. Pensé que te haría sentir mejor.

—¡No pienses! ¡No te sale bien! Pete, te dejé muy claro que no, que estoy con Benjamin y, aunque no estuviera, jamás serías una opción. ¿Entendido? ¡Somos a-mi-gos!

Lucía sale corriendo de la cocina mientras los demás silban y se burlan de Pete. Él los mira con coraje y golpea la mesa con el puño. Niega y toma su celular.

CAPÍTULO 13

Viene y va

Lucía espera afuera de La Rochette a que Ben llegue y puedan irse juntos a casa, pero está tardando más de lo normal. Seguramente tuvo una reunión importante y no le avisó. Todos sus compañeros van saliendo y se despiden de ella. Pete intenta acercarse y ella solo niega. Él se aleja cabizbajo. De pronto, aparece Ben caminando lentamente hacia ella y Lucía sonríe. Intenta abrazarlo y él responde sin mucho entusiasmo.

–Hola, mi amor. ¿Cómo te fue? –aventura Lucía, un poco sorprendida por su actitud.

–Bien, gracias.

Lucía se queda callada y comienzan a caminar lentamente. Eso no es normal, Ben ya la hubiera abrazado con todas sus fuerzas y estarían hablando de su día. Ya le habría preguntado si todo estaba bien en el restaurante, por lo menos. Pero así caminan varias cuadras, sin siquiera cruzar miradas. Casi llegando a la estación del metro de la 5ta Avenida con la 53, Lucía no puede más y se detiene de golpe.

–¿Está todo bien?

–Sí, ¿no debería? –Ben la mira inquisidor.

—A ver, Benjamin, detesto que te pongas así. De verdad. ¿Qué tienes? ¿Qué pasa?

—No pasa nada.

—¿Entonces por qué actúas como si estuviera pasando todo?

Ben voltea bruscamente y le enseña el celular. Hay unas fotos de Edward y ella, cuando estaba intentando que probara las *quenelles*. Lucía hace un gesto de cansancio y señala el teléfono.

—¿De dónde sacaste esto?

—Me las mandaron.

—Eso queda muy claro. ¿Me estás espiando?

Ben empieza a reír con sarcasmo:

—¿Es en serio lo que intentas hacer? ¿Planeas voltearme las cosas para que parezca que el que hizo algo malo fui yo?

—¡Entonces explícame! —Lucía comienza a subir el tono, desesperada.

—¿Y por qué no me explicas tú a mí?

—¡Es que no sé qué ves de malo en esta foto! Bueno, primero que todo, no sé por qué tienes esta foto. ¿Quién te manda estas cosas?

—¿No ves lo malo? ¿No te das cuenta? —Ben también grita—. ¡Le preparaste mi platillo! ¡Mis *quenelles*! ¡Y se la estabas dando a probar con una enorme sonrisa en el rostro!

Lucía se queda atónita.

—Benjamin, ¿cuántos años tenemos? No puedo creer que me estés diciendo estas estupideces.

—¡Ahora soy estúpido!

—¡Eso pareces! ¡Benjamin! ¡De verdad! ¿Vamos a volver a pasar por esto? ¿Por unas *quenelles*? Te dije en la mañana que hoy tenía que darle una muestra al chef de un platillo nuevo, que me estaba dando la oportunidad de incluir algo mío en el menú y…

—¿Es necesario sonreírle así? —Ben la interrumpe subiendo el tono de voz, mientras que una pareja cerca de ellos voltea a verlos—. ¿Tienes que darle de un platillo que yo te pedí? ¿Un platillo que yo te sugerí?

—No seas ridículo, Ben.

Ben niega, ofendido, y continúa:

—¡Hace unos días te pedí que me la prepararas a mí! ¡Para nosotros! ¡No soy ridículo!

—¡Claro que sí! ¡Sacas de contexto las cosas! —Lucía hace un gesto de cansancio con las manos—. ¿Sabes por qué quería incluirlas en el menú? Para sentirte más cerca, porque el sabor de la salsa me recuerda a todas las cosas maravillosas que nos han pasado juntos, que son parte de nuestra historia. Porque cuando lo siento en mis papilas, te siento conmigo, aunque en ese momento no lo estés. Porque sí, ese sabor nos representa.

—Y querías compartirla con él.

—¡Basta!

Lucía grita, cansada. Los ojos se le llenan de lágrimas antes de seguir:

—Quería compartirlo con el mundo, Ben. Compartir un poco de nosotros con los demás.

Ben la mira sorprendido, mientras ella sigue:

—De todos modos, no tienes nada de qué preocuparte. Tu gran idea no la probará nadie. El chef la rechazó sin probarla siquiera. Eso me pasa por...

Lucía se queda callada y él la mira, intrigado. Niega y empieza a caminar. Baja las escaleras de la estación y se pierde de vista. Ben intenta alcanzarla rápido y se da en la frente con su mano, desesperado.

===

—¿Y ya no te dijo nada más? —le pregunta Antoine a Lucía.

Ella niega, mientras caminan lentamente por Central Park, tomados del brazo. Él se ve algo agitado, pero muy contento.

—Ha sido el viaje en metro más incómodo y silencioso de mi vida —tras decir esto, ella mira con atención a Antoine y nota su agitación—. Me avisas cuando quieras sentarte, ¿está bien?

Él asiente y le sonríe. Tarda un momento en responder, voltea hacia todos lados.

–¿Sabes que uno de mis lugares favoritos del mundo es Central Park?

–También el mío.

–¿En serio? Y eso que Central Park no es para todos, *ma fille*. Con el paso del tiempo lo descubrirás. Ahora, creo que acepto tu oferta de sentarnos un momento.

Ella asiente mientras visualiza una banca no muy lejos de donde están. Se acercan lentamente y se sientan. Él le da unas palmaditas en la mano, respira profundo y sonríe. Lleva un pantalón deportivo y un abrigo largo. Comienza la temporada de frío y Lucía teme que eso pueda llegar a afectarlo. Antoine cada día está más débil. Las quimioterapias comenzaron unos días atrás y eso lo tiene algo decaído. Suplicó que lo llevara a caminar al parque, está cansado de estar encerrado todo el tiempo.

–*Ma fille*, aquí lo que yo veo es que Ben y tú se están cansando. Uno busca cualquier pretexto para ofenderse y pelear, y tú no quieres hacer nada por entenderlo.

–¿Qué es lo que debería entender? ¡¿Qué sus celos lo ciegan y lo hacen inventar estupideces?!

Antoine asiente y le pide calma con una mano. Lucía gritó y varias personas voltearon a verlos. Ella sonríe, apenada.

–*Ma fille*, ¿sigues enamorada de Ben?

–Lo amo, sí.

–No, *ma fille*. Escucha mi pregunta. ¿Sigues enamorada de él?

Lucía se queda pensativa, mientras Antoine continúa:

–Puedes amarlo, como amas muchas cosas: la cocina, a tu familia, Central Park, la toronja –Lucía sonríe–. Pero el amor romántico es otra cosa. Seguramente lo sigues amando, pero ese amor ya no es igual. *Ma fille*, el amor se transforma con el paso del tiempo y es normal, es bueno. El tiempo revela lo que el amor romántico ocultaba a nuestros ojos y la conciencia da paso a un nuevo romanticismo. Ese que ya no es ciego y te hace darte cuenta de los millones de defectos que tiene tu pareja. ¿Te has preguntado cuántos defectos de Ben te hacen daño? ¿O cuántos has dejado de soportar?

Lo mira, pensativa:

—Si mi memoria no me falla, Ben siempre ha sido un poco posesivo y celoso. Siempre orgulloso de ti, pero alerta por si alguien te ve de otra forma. Y antes eso no te molestaba, ¿o sí?

—Hasta me parecía lindo. Pero ahora es diferente, inventa cosas, me cuestiona, me habla con un tono muy agresivo. Antoine, Benjamin ya no es como antes.

Lucía baja la cabeza y los ojos se le llenan de lágrimas.

—O sea que ya no sientes lo mismo por él.

—No estoy segura.

—No te estoy preguntando.

Ella levanta la cabeza y lo mira fijamente. Antoine toma de uno de sus bolsillos un pañuelo, se lo entrega y ella limpia sus lágrimas.

—¿Y ahora qué hago?

—Eso solo lo puedes decidir tú. Especialmente cuando empiezas a sentir algo más por otra persona.

Lucía lo mira, ofendida:

—¡Yo no siento nada por alguien más! ¿De dónde sacas eso?

Antoine ríe, cálidamente.

—¡De verdad! ¡No te rías!

—A ver, seamos francos. Hablamos a diario y todos los días, todos, me dices algo de Edward.

Ella niega frenéticamente.

—Tú siempre llevas la conversación hacia él.

—¿Estás segura?

Lucía se queda pensativa y sigue:

—Pero no me gusta. ¿Cómo puede gustarme alguien que hace que mis días en el restaurante sean desdichados?

—¡Por favor! ¡Son contados! Tú misma me dijiste que había cambiado mucho contigo, que ahora era considerado, amable y muy buen jefe.

—¡Pero no por eso tengo problemas con Ben!

—¡No! ¡Yo no digo eso! Los problemas siempre están, la situación es la que los agrava. *Ma fille*, sientes algo más por Edward. Lo sé, los conozco muy bien a los dos. Sabes que te quiero como si fueras mi hija y haría lo que fuera por verte feliz. Sé que ya no sientes lo mismo por Ben y, aunque no lo quieras admitir, eso se agrava o hace que te des cuenta de todo lo que no te gusta de tu novio, porque ya piensas en alguien más. No te juzgo, *ma fille*, te lo digo para que seas consciente de las cosas y te ayudes a tomar una decisión que te haga feliz, que te dé paz.

Lucía lo mira pensativa. Edward la hace sentir muy bien cuando es lindo con ella. Cuando le muestra esa sonrisa perfecta o cuando sus manos se rozan sin querer y ambos sonríen. Pero, a veces, también sabe cómo ser un patán.

—Pero no siempre es considerado y amable.

—¿Y por qué te afecta tanto? Hace rato que me contaste lo de las *quenelles*, lo hiciste casi llorando. Con gente desconsiderada has tratado toda tu vida, pero él te afecta por lo que te hace sentir, porque no quieres que sea desconsiderado contigo. Porque lo quieres.

Lucía lo mira, sorprendida, y ahora los escucha con los ojos bien abiertos:

—Aunque, déjame decirte que tiene un poco de razón. ¿Cómo le entregas algo así? ¡Debes salir de tu zona de confort! ¡Ofrecerle algo que sea un verdadero reto! ¡Que te haga crecer como chef!

—Me dejé llevar por lo que siento y lo que significa ese sabor para mí.

—¡Y no está mal! La cocina es amor y es pasión. Pero enfócate en lo que te ayude a crecer, a sentirte bien frente al fuego de la estufa de una cocina. No un intento desesperado por tener las cosas bien con tu novio que, ya viste, no te supo apreciar. Ve más allá. Cava más profundo. Seguro tienes algo más que darle a la cocina que tu afán por conservar algo que ya no te sirve, como Benjamin.

Lucía lo mira intentando no llorar, pero aun así, una lágrima rueda por su mejilla.

—El amor es como una papa que quieres utilizar para rellenar. El agua es tu contexto y la vida es la estufa de una cocina. ¿Y qué pasa cuando expones una papa al calor? Se ablanda, ¿no?

—Sí.

—¿Y si te pasas de cocción? ¿Qué pasa?

—Ya no la puedes utilizar.

—Exacto. Debes saber en qué momento retirar la papa del fuego. Y si te pasas… podrías reutilizarla. Tal vez. Serviría para un puré, por ejemplo, pero ¿es puré lo que realmente quieres?

Lucía niega mientras cambia el semblante y él la abraza por los hombros. Tiene razón, mucha razón. La relación con Ben la está llevando a un lugar en donde ya no se siente bien, en donde tiene que cuidar cada paso que da para no tener un problema. ¿Pero qué debe hacer? ¿Romper con Ben y correr a los brazos de Edward? Él, seguramente, no siente lo mismo por ella. ¿Esperar hasta lastimarse por completo?

—No te presiones, *ma fille*. Tu corazón no te mentirá y sentirás cuando sea el momento ideal para hacer las cosas. Sé fiel a ti misma y todo saldrá bien.

—Te quiero mucho, sabio de las papas.

—Y yo a ti.

Él acaricia la cabeza de Lucía y le da un beso.

———

—¿Cuándo regresas? —le pregunta Lucía a Ben, decepcionada.

—El viernes.

Es muy temprano en la mañana y él toma una taza de café en la cocina. En la sala están su maleta y su maletín. Han pasado ya dos días desde la última pelea y ninguno de los dos hizo el esfuerzo por reconciliarse.

Simplemente el día anterior volvieron a dirigirse la palabra. Con mucha cordialidad, nada extraordinario. Nada como antes. Lucía lo observa sentada en el sillón.

–¿Descansas hoy? –él la mira de pies a cabeza.

Ella trae su ropa deportiva y un pequeño bolso donde guarda su teléfono, identificación, dinero y unos pañuelos desechables.

–Ayer, ya van tres lunes seguidos que me toca descansar.

–Bien, ¿no?

–La verdad sí. Por eso aproveché y fui a ver a Antoine. Se animó a ir a caminar a Central Park, ya no tiene que guardar reposo por la cirugía, así que está más entusiasmado con la idea de hacer cosas diferentes.

–Eso me da mucho gusto. ¿Irás a correr ahora o un poco más tarde? Aún es muy temprano.

–Ahora, ya estoy despierta y cambiada, mejor ahora.

Se queda algo pensativa y recuerda que el día en que salió más temprano se encontró a Edward corriendo. Sonríe.

–Pues vámonos –Ben deja la taza en el lavabo y se dispone a lavarla.

–Yo la lavo cuando regrese.

–Gracias –Ben deja la taza y no voltea a verla.

Lucía se levanta y camina hacia la puerta, donde él ya espera con su maletín en una mano y la maleta en otra. La deja pasar primero y sale del apartamento. Él mira todo por última vez, apaga la luz y cierra la puerta tras él.

—

Lucía corre por Central Park mientras escucha la banda sonora de *Mamma Mia!*, uno de sus musicales favoritos, y canta en silencio. Uno de sus pasatiempos predilectos es ir a Broadway a ver cualquier musical que estrene y que la invite a bailar. Desde pequeña, eso siempre ha sido igual, cuando tuvo la edad suficiente para saber que todas las películas musicales que le gustaban venían de una obra en Broadway, decidió que ir a ver obras musicales lo más seguido posible sería uno de sus objetivos a cumplir.

Se siente libre, sobre todo después de ver que Ben se fue de viaje. Sabe que no está bien pensar así, pero prefiere estar lejos de él a estar físicamente cerca y con la tensión que ha caracterizado a sus días de un tiempo para acá. Detesta saber que las cosas pueden estar llegando a su final, que no habrá más remedio para ellos, que solo quedará poner distancia y tomar cada quien un rumbo distinto.

Ha reflexionado mucho acerca de las palabras de Antoine y ha llegado a una conclusión: el camino que ambos trazaron se está dividiendo. Por eso ella se sintió insegura cuando él planteó dar un paso más, cuando intentó hacer realidad uno de los sueños que antes entusiasmaba a los dos. Ama a Ben, pero cree que ya no debe estar con él. Ya no se hacen bien, no suman nada a la vida del otro.

Frente a ella viene trotando Edward. Sabía que se lo iba a encontrar y hasta siente una sensación triunfal al verlo. Él todavía no la ve. Probablemente podría fingir que se desabrochó una de sus cintas. Pero justo la ve y baja la velocidad. Viene directo hacia ella. ¿La saludará? Con lo cambiante que es.

—Hola, Lucía.

Edward sigue trotando en su lugar mientras la extiende torpemente su mano para saludarla. Ella lo mira extrañada, él se da cuenta y se ruboriza.

—Hola, chef —ella también trota en su lugar.

—No te veo mucho por aquí, ¿recién empezaste a correr?

—No, pero suelo salir más tarde. En fin, lo siento, pero ya tengo que irme. Que tenga buen día.

Lucía se aleja sin decir más y él la mira, atónito. ¿Por qué se portó así con él? Recuerda el episodio de las *quenelles* y deja de trotar. Debe estar molesta. Él sabe que no debió haberla tratado así, pero Amanda tiene un poco de razón. No puede permitir que los demás lo vean débil y expuesto.

No debe permitir que los demás se den cuenta que siente algo más por Lucía.

Cuando comenzaba su carrera, Edward trabajó en un restaurante no tan exitoso como La Rochette, pero parecido en la cocina y en el estilo. Su dueña era una chef francesa excelente que, un buen día, le declaró su amor. Él no supo qué hacer, no podía corresponderle, pero tampoco debía rechazarla. Ella comenzó a mostrar mucho favoritismo hacia él y sus compañeros se dieron cuenta. Y así, el talento de Edward y su empeño quedaron eclipsados por los comentarios mal intencionados de los demás.

Independientemente de no desearle eso a Lucía, tampoco quiere exponerse él. Y no por lo que los demás puedan decir, sino por dejar a su corazón libre para otro engaño y que lo vuelvan a lastimar. Además, Lucía tiene novio y, según ha entendido, vive con él. No puede llegar a meterse en una relación de esa forma.

–Deberías intentarlo, no pierdes nada con confesarle lo que sientes –recuerda que le dijo Antoine el día en que habló con él y le confesó esto.

Pero está seguro de que ella no siente lo mismo por él, está seguro de que, si él le confiesa lo que siente, la orillaría a la incómoda situación en la que él estuvo años atrás. Es su jefe y no debe olvidar que cada uno tiene su lugar, además de que a La Rochette solo van a trabajar. Se siente un adolescente inmaduro al pensar así.

Edward vuelve a correr tratando de dejar atrás esos pensamientos. Corre pensando en una sola meta: el nuevo menú de La Rochette. ¿Y si llama a alguno de sus conocidos para que contraten a Lucía? Podría funcionar. Antoine lo mataría, pero sabe que sería bueno para todos. Sobre todo para su salud mental.

=

En la cocina de La Rochette, Lucía toma del horno una charola con pan recién salido. El simple olor le recuerda la casa de su abuela. Mientras ella hacía la tarea en la tarde, su abuela horneaba. Percibe el olor desde que el horno comienza a calentarse y huele a mantequilla. Sonríe.

—¡Joe! Ya tengo tu pan —le anuncia mientras pone unas piezas en un recipiente de cristal.

Joe se acerca, solícito.

—Gracias, chef —le responde y se va rápidamente hasta la puerta.

Lucía rebana una pechuga de pollo con tal delicadeza que forma una cavidad perfecta, donde deposita unas rodajas de betabel y un poco de queso. Sonríe y come una de las rodajas que sobró. Se estremece un poco al sentir el sabor en su boca, recordando la cara de preocupación de su abuela. Lucía robó un poco de betabel de la cocina cuando era pequeña y ella, al descubrirla, pensó que se había golpeado la boca hasta sangrar.

Rompe un huevo y lo unta con un pincel en las orillas de la pechuga como si fuera un pintor haciendo una de sus mejores obras. Presiona con el índice y el pulgar hasta que queda casi cerrada y, como si fuera una aguja, utiliza un mondadientes para asegurar el cierre de la pechuga. La pone a la sartén, cuidando meticulosamente cómo la pechuga va cambiando de color mientras añade un poco de pimienta con un molinillo.

Joe se acerca y ella lo mira de reojo.

—¿Cómo va todo con esta mesa? —le comenta Lucía.

—Bien, chef. Solo que ya no tengo mucho más que hacer. Es de los últimos comensales.

—¿Ya vamos a cerrar?

—Así es. O bueno, espero, a menos que el jefe diga lo contrario.

—¡Cállate! No lo vayas a invocar.

Joe sonríe ampliamente y Lucía retira la pechuga de la sartén. La sirve majestuosamente en el plato y vierte un poco de salsa de queso con nuez moscada encima. Adorna con unas hojas de perejil y lo entrega.

—¡Listo!

—¡Gracias, chef! —responde Joe.

Ella comienza a ordenar y limpiar su estación de trabajo cuando siente la presencia de alguien detrás. Voltea y es Pete, ahora con un tomate en la mano.

—Aquí está el tomate que me pediste.

—Yo no te pedí… —Lucía mira a Pete y pone los ojos en blanco.

Él empieza a reír y ella no puede evitarlo y lo imita.

—¿Qué pasa, Pete?

—¿Ya me perdonaste?

—No.

Lucía sonríe mientras apila los sartenes y cucharas. Se los entrega.

—Puede que lo haga si llevas esto a la estación de lavado.

Él asiente y lleva los trastes. Pete le cae muy bien. No le gusta no hablarle, sobre todo en estos días que se siente tan sola. Pete regresa:

—¿Y ahora?

—Nada. Solamente no vuelvas a hacer eso, Pete. No es gracioso, te quiero mucho, pero…

—Lo sé, lo sé. Somos amigos. Fue un impulso, lo lamento, solo quería hacerte sentir mejor —su rostro muestra sincero arrepentimiento—. Por favor, ya no te enojes. No me gusta que no me hables.

—¡A mí tampoco! La verdad sí te extrañé.

Pete extiende la mano:

—¿Amigos?

Lucía sonríe, estrecha su mano y lo abraza. Pete le responde tímidamente.

—¿Interrumpo? —pregunta Edward, repentinamente, parado frente a ellos.

El gran chef está rojo como el tomate que quedó en la mesa y con cara de pocos amigos.

Pete y Lucía se separan, y ella mira a Edward, extrañada, sin entender lo que le pasa.

—¿Necesita algo, chef?

—Que trabajen. No se les paga para venir a abrazarse.

Lucía arquea las cejas y sonríe incrédula. Pete los mira a ambos sin saber qué decir, hasta que pronuncia un:

—Discúlpenos, chef. No volverá a pasar.

—Eso espero —responde Edward, severo—. No entiendo por qué no están trabajando.

—Ya no hay más órdenes —responde Pete, señalando la barra.

Edward mira la barra y voltea a verlos de nuevo, diciendo:

—De todos modos, deben estar listos para cualquier eventualidad. Tú, a tu puesto...

Pete asiente y se va a su mesa de trabajo. Lucía sigue mirándolo con extrañeza. ¿Su jefe está celoso?

—No estamos haciendo nada malo, chef —ella le discute.

—Ya te dije, no veo por qué....

—Solo somos dos amigos que solucionan sus problemas con la madurez necesaria —lo interrumpe Lucía.

Edward la observa fijamente. Ella lo reta con la mirada:

—No entiendo qué puede tener de malo que dos personas hablen de sus sentimientos directamente, como debe ser, sin esconderse.

—Hay lugares, tiempos y formas, Lucía —Edward se acerca a ella, susurrando molesto.

—O no... Luego podemos arrepentirnos de no expresar lo que sentimos en el momento oportuno —Lucía también se acerca, bajando más la voz.

—Entonces no era el momento.

—O solo fue algo que dejamos pasar.

Ambos se quedan callados, mirándose fijamente.

—¿Por qué eres tan imprudente?

—¿Por qué usted es tan cerrado?

Están cerca, muy cerca. Pueden sentir su aliento. El de Edward huele a hierbabuena, el de ella, a betabel. Es tan hermosa, sus ojos tan profundos. Muere de ganas de tomarla por los hombros y besarla, sentir el sabor de sus labios hasta que los suyos queden impregnados de ellos.

Para ella, él es tan perfecto y sus ojos tan profundos que muere de ganas de tomarlo por la cintura y besarlo, sentir su sabor hasta fundirse en uno, hasta que no haya más que ellos dos besándose.

—Ejem, ejem —Pete carraspea.

Ellos reaccionan. De verdad están muy cerca, voltean y se dan cuenta que todos los miraban. Se incomodan. Lucía siente como el calor se instala en sus mejillas. Edward la mira, incómodo también, y anuncia:

—Si están tan seguros de que ya no habrá nada, no tarden en levantar.

Pete lo mira irse con coraje y resentimiento. Sobre todo cuando ve que Lucía no quita la mirada de la puerta. Antoine tiene razón, le gusta, le gusta a su jefe. No hay duda. Todavía le tiemblan las piernas. Pero trata de hacerse la que no le importa y recoge su mesa como si nada.

Pete niega: a Lucía le gusta Edward y no falta mucho para que pase algo entre ellos.

CAPÍTULO 14

Por un beso

Todo el tiempo hay gente moviéndose y llenando de vida las calles Nueva York, incluso cuando empieza el frío. Pero, definitivamente, las mañanas son el momento favorito del día para Lucía. Le gusta sentarse, por lo menos unos minutos, en las escaleras del Museo Metropolitano de Arte (MET), como lo hacían las protagonistas de *Gossip Girl*, una de sus series favoritas y por la que fantaseó tantas veces con conocer todos los lugares que sus personajes frecuentaban. Frente a ellas, hay puestos de comida instalados en la banqueta y el que más le gusta es uno de *hot cakes*. El olor que despide es tan fuerte que lo siente en la boca, como si los estuviera probando. Le recuerda cuando iba a las ferias del pueblo y los saboreaba desde que veía caer la mezcla en la plancha. Fue de las primeras cosas que su abuela le enseñó a cocinar.

Cuando se levanta de las escaleras y camina frente al puesto, vuelve a sentirse tentada, como casi todos los días, a comprar un par de *hot cakes* y comerlos camino al trabajo. Pocas veces lo hace, pero son momentos que disfruta demasiado. Casi tanto como ver pasar a tanta gente junto a ella, cada quien inmerso en su propio universo. De pronto, casi por arte de magia, Lucía se da cuenta de que llegó a La Rochette. Suspira, tiene que controlarse. Sabe que lo que puede sentir Edward hacia ella es una cosa, pero no puede perder el piso, sobre todo porque significaría ser desleal con Ben y, sea como sea, él aún es su pareja.

Ya en la puerta de los vestidores, sus compañeros comienzan a llegar y varios la saludan con la mano o un gesto con la cabeza. Ella sonríe, porque consiguió llegar temprano otra vez, hasta que escucha unos tacones que le resultan muy familiares. Es Amanda, que camina decidida hacia ella, con su sonrisa malévola inconfundible.

Pete llega en ese momento, cuando todos se quedaron parados en la puerta, y su cara se distorsiona por completo: huele problemas. Lucía enfrenta a Amanda con la mirada.

—Buen día, muchachos —Amanda usa un tono tan dulce que parece que habla con niños pequeños—. ¿Cómo están?

Algunos responden sin entusiasmo. Lucía se queda callada y ella se planta justo enfrente de ella:

—Mexicanita, ¿tú no vas a responder? ¿No te enseñaron modales en tu casa? —la recorre de pies a cabeza—. No, no creo. Eso se ve.

Lucía siente el calor subiendo por el estómago hasta la garganta. Amanda dejó de fingir amabilidad, ya no le importa mostrarse como es. Lo que significa que ella tampoco debe preocuparse por eso:

—No entiendo qué haces, ya no deberías estar aquí. Te echaron, me parece.

Varios de sus compañeros ríen y se burlan de ella. Pete observa tenso la escena.

—Más respeto, niña. Acuérdate con quien hablas.

—Si tú no me respetas, no veo por qué yo deba hacerlo. Eso se gana, Amanda. Y tú distas mucho de ser alguien respetable.

En el rostro de Amanda deja de existir cualquier señal de sonrisa, ni una hipócrita siquiera. En su lugar, una profunda mirada de odio es lo único que tiene para Lucía:

—Sientes que ya ganaste, ¿verdad? No seas tonta, niña. En mi mundo, la gente como tú no triunfa. Ya te lo dije: regrésate a tu país, pon tu puesto de tacos, lo que sea. No olvides de dónde vienes, no niegues tu destino. ¡No eres nadie! Deja de insistir pretendiendo ser…

—¿Quieres callarte? —Lucía la interrumpe llena de furia—. ¿Crees que me ofendes al decirme esas cosas? No me conoces, no tienes ni idea de quién soy. Si algo me llena de orgullo es mi origen y de dónde vengo. Adoro haber nacido en México y, sobre todo, estar en donde estoy. Es fruto de mi esfuerzo y del que hizo toda mi familia. La que no es nadie aquí eres tú, Amanda. ¿Crees que tener dinero te hace superior a mí? —Lucía se acerca a ella y le pega en el pecho con el dedo índice—. ¡Qué vacía estás!

Amanda le quita la mano violentamente mientras todos aplauden. Joe, el mesero, silba en señal de aprobación. Amanda voltea a verlos y sonríe hipócrita. Poco a poco los aplausos se van apagando. Amanda mira a Lucía con atención:

—No tienes idea de con quién te metiste.

—Tú tampoco —Lucía la observa, desconcertada—. ¿Qué te hice? ¿Por qué no te dedicas a tu vida y dejas de meterte en la mía?

—Te sientes muy poderosa porque te resbalas ante Edward, pero te aseguro, mexicanita, que es el peor error que pudiste cometer en tu vida.

Lucía se queda callada y Edward aparece entre la multitud. Varios de sus compañeros se hacen a un lado para dejarlo pasar.

—¡¿Me pueden explicar qué está pasando aquí?! —Edward mira a ambas con desconcierto.

La escena no es nada alentadora. Lucía y Amanda están muy cerca, y con los rostros enrojecidos del coraje. Cuando escuchan su voz, voltean a verlo y se separan lentamente. Amanda dibuja una sonrisa falsa en su rostro y Lucía los mira, retadora.

—Nada, corazón —responde Amanda—. Esta mujer que…

—Todos, ¡a trabajar! No quiero que pierdan el tiempo.

Edward gira para verlos uno por uno. Ellos obedecen de inmediato y van entrando a los vestidores. Pete deja la puerta abierta, pero cuando Lucía intenta entrar, Edward la toma del brazo:

—Tú, espera por favor.

Lucía lo mira extrañada y asiente. Se detiene. Pete le dirige una última mirada a su amiga. Edward lo mira severo:

—Cierra, por favor —Pete obedece y ahora Edward mira a Amanda.

—Edward, esta niña…

Amanda se abalanza sobre la situación como un felino que busca destazar a su presa lo más pronto posible. Él la calla con un movimiento de la mano y le dice:

—¿Qué haces aquí? —el tono que utiliza con Amanda es tan frío, tan distante, que hasta Lucía se estremece de solo de escucharlo—. Te pedí que no vinieras más. ¿Quieres que dé la orden de prohibirte la entrada?

—Todavía tenemos muchas cosas que decidir juntos, Edward. Además, no puedo creer que quieras continuar con esa tontería de… —Amanda mira a Lucía por un momento y vuelve la cara a Edward—. Ya sabes qué, esa tontería. Necesitamos hablar.

—No es ninguna tontería. Amanda, mientras no sepas respetar mi autoridad y mis decisiones, no tengo nada que hablar contigo. Mucho menos si vienes a ofender a mis empleados. Por favor, discúlpate con Lucía.

—Ambas lo miran, incrédulas. Amanda, extremadamente ofendida, y Lucía, con un poco de ilusión. Esta última reacciona y niega:

—Chef, no es necesario.

Edward la mira y le pide calma con una mano:

—Por favor, Lucía…

—De verdad, chef. No es necesario que haga todo esto. Por favor, ¿puedo entrar a cambiarme?

—No, espérame en mi oficina.

Edward abre la puerta y ella entra ante la última mirada de odio de Amanda quien, con los ojos llenos de furia, voltea a ver a Edward:

–¿Qué ganas humillándome frente a esa?

–Lo mismo que tú al humillarla frente a los demás.

–No puedo creer que la pongas por encima de mí. Entiendo que te guste, pero creo que estás exagerando. Acuéstate con ella, haz lo que quieras, pero no puedes darle más importancia que a mí, Edward. No lo merezco.

–¿No? Al menos ella no me ha traicionado.

Amanda se sorprende y termina:

–Espero que tus palabras sepan igual que tus platillos, por si un día te las tienes que tragar.

Edward niega mientras Amanda, con lágrimas de coraje en los ojos, se aleja lentamente, acompañada solo por el sonido de sus tacones contra el piso.

Lucía espera de pie junto a la puerta de la oficina de Edward. Él entra y voltea a verla, cierra la puerta.

–Siéntate, Lucía, por favor.

–Así estoy bien.

Edward la mira, asiente y se queda de pie junto al escritorio:

–Escuché un poco de lo que Amanda te decía y…

–Discúlpeme, chef, pero no quiero hablar de esto. Sé cómo lidiar con su exmujer, si es lo que le preocupa.

–Lucía, pero…

–Chef, no necesito que nadie me defienda y mucho menos usted. Yo puedo hacerlo sola. Así que, por favor, si no vamos a tratar nada que tenga que ver con mi trabajo, prefiero retirarme. A mí tampoco me gusta perder mi tiempo.

Él la mira, ofendido, y sentencia:

–Bueno, entonces ve a trabajar. Espero no encontrarte perdiendo el tiempo con tus compañeros, ¿entendido?

Lucía afirma y sale de la oficina, cerrando la puerta con fuerza. Edward la mira irse, enojado, y se deja caer en su silla. Toma el reloj que tiene sobre el escritorio y empieza a jugar con él. Debe dejar esos arranques de lado, parece un estúpido colegial experimentando los celos por primera vez.

=

Pete espera a una calle del restaurante mientras fuma un cigarro. La primera impresión que causa verlo es que su simpatía quizá sea la forma que encuentra para acercarse a las personas. Y así es, sus bromas y apoyo logran que Pete sea el mejor amigo que cualquier persona puede pedir. Por eso, nunca tiene suerte con las chicas.

Es el más joven de cinco hermanos y eso lo acostumbró a quedar último, a no lograr sus objetivos sin ayuda o, por el contrario, aferrarse a algo hasta convertirlo en una obsesión, pero sin tomar acción realmente. El día que conoció a Lucía entendió por qué no había funcionado con las demás chicas: ella era la mujer ideal por la que tanto esperó, y quien lo haría muy feliz. Eso, hasta que se enteró de la existencia de Ben y decidió que su lugar habitual de mejor amigo no podía ser tan incómodo.

Amanda se acerca a él lentamente, con un enorme abrigo negro, una mascada amarilla con puntos negros que le cubre el cabello y unos enormes lentes de sol. Pete la ve acercarse, extrañado, y ella se detiene junto a él. Pete la observa con atención.

—Soy yo —Amanda susurra mirando para todos lados.

Pete esboza una sonrisa irónica.

—Ya sé. ¿Para qué es todo eso? —señala la mascada, los lentes de sol y el abrigo.

—Es para que nadie me reconozca. Funciona, ¿no?

Él se encoge de hombros y se lleva el cigarro a la boca. Amanda sigue mirando a todos lados.

—¿Para qué quería verme?

—Peter, necesito que te enfoques. Ninguno de tus esfuerzos han servido para nada. Lo único que hemos logrado es que la mexicanita tenga problemas con su novio. Y no creo que sea algo útil, al contrario, eso la ha acercado mucho a Edward.

—No creo, señora, debemos seguir ese camino: si quitamos de en medio a Ben, Lucía estará vulnerable y es donde entro yo.

Amanda lo voltea a ver y se baja un poco los lentes. Él continúa:

—De esa forma, yo la puedo convencer de dejar el restaurante y así la alejamos del chef.

—No seas idiota por favor. Escúchate. Esa vulnerabilidad solo hará que se acerque más a Edward, lo cual no podemos permitir. ¿No viste cómo me trató y cómo intentó que me disculpara con ella? Es más grave de lo que pensamos, mucho más.

—Señora, ¿está segura? Se me hace tan extraño que alguien como Mr. Miller se fije en ella.

—Y a mí, en este momento, no se me hace nada extraño que en cuatro años no hayas logrado acercarte a ella —Amanda se quita los lentes y lo mira severa—. ¡Dios mío, Peter! ¡Piensa! Ambos se gustan, demasiado. Benjamin ni siquiera es problema ya. No entra en la ecuación. Estoy segura de que es capaz de dejarlo ella sola por correr a los brazos de Edward.

Pete la mira extrañado.

—Señora, ¿me va a decir qué ha hecho con toda la información que le he dado? Es decir, las fotos, lugares, ¿qué le ha dicho a Benjamin? Porque, si eso no ha funcionado, no es mi…

Amanda lo calla con una mano:

—Escúchame bien, eso no importa ahora. Lo que necesito es que la quites del restaurante.

—¿Y cómo?

—¡Peter! ¡Sabotéala! No permitas que triunfe, ni que Edward la siga protegiendo. Tenemos que decepcionarlo, hacerlo sentir traicionado y que crea que Lucía es la peor escoria del universo gastronómico. ¡Lucía debe largarse de La Rochette ya! ¿Entendido?

Pete asiente lentamente y se muerde un labio.

—Haré todo lo posible.

Amanda niega con la cabeza mientras se vuelve a poner los lentes de sol.

—No, Peter, tienes que hacer todo y punto. ¿Quieres que sea tuya? —Pete asiente lentamente—. ¡Entonces tenla solo para ti! ¡Quítala del restaurante y así será! Luego te largas tú también y empiezan una nueva vida lejos. Yo los ayudaré, aún no sabes lo generosa que puedo ser —Pete sonríe ilusionado y Amanda golpea su pecho con el dedo índice—. ¡Quítala de ahí! No dejes de vigilarla, encontrarás el momento justo. ¿Entendido?

Pete asiente y Amanda se aleja rápidamente. Él mira su reloj, ya han pasado más de diez minutos y debe regresar rápido para que Lucía siga confiando en él. Sonríe. Amanda tiene razón, si la quita del restaurante y la aleja de Benjamin, se refugiará en él y quedará como su salvador, como el único en el que puede confiar. Pero ¿qué podría hacer para sabotearla?

=

Ben entra a su apartamento sin ningún entusiasmo. Respira profundo, deja el maletín en el sillón y se dirige a su recámara. Entra y deja la maleta junto a la cama, se descalza y se recuesta. Cierra los ojos por un momento y toma su teléfono del bolsillo de su pantalón. Busca el contacto de Lucía y está por escribirle, pero niega. Lo piensa mejor. Vuelve a tomar su teléfono y busca el contacto de Hanna. Sonríe y escribe:

¡En casa! He pensado mucho. ¿Me ayudas?

Ben, después de un segundo de duda, envía el mensaje. Sonríe de nuevo. Voltea a ver el lado vacío de la cama donde duerme Lucía. Pasa una mano sobre esa parte y niega. Seguramente está con él, riendo de lo lindo, cocinando juntos. Cada vez más. La sola idea lo asquea. No puede creer que Lucía sea capaz de traicionarlo así. Puede entender la admiración que siente por Edward, pero eso es muy diferente a tener una relación con él. ¿Por qué no le dice la verdad? Su teléfono suena. Lo mira y lee:

¡Qué bien! Mmmm... ¿Qué has pensado? ¿Cómo te ayudo?

Ben responde demasiado rápido:
¿Podemos vernos? Te prometo que no te quito tanto tiempo.

¿Se notará desesperado por eso? Bueno, es la mejor amiga de Lucía, puede entender que está intentado resolver su situación. Además, ella le ofreció su ayuda. Hanna es muy buena y muy guapa. Ben no entiende por qué está sola, muchos hombres darían lo que fuera por tener a su lado una mujer como ella.

Shawn, el exnovio de Hanna y antiguo compañero de Ben, le fue infiel con una chica de la misma oficina. Ben se dio cuenta desde el principio, pero pensó que no debía decir nada, que no debía involucrarse. Shawn dejó a Hanna para casarse con la otra, al enterarse que esperaban un hijo juntos. Pero su ex nunca fue sincero con Hanna, y eso tuvo que hacerlo Ben. Ahora él recuerda como lloró Hanna, y lo impotente que se sintió al hacer sufrir a alguien tan buena como ella, mientras lee:

Okey. ¿Moonlight Coffee a las 9?

Ben se alegra y escribe:
¡Perfecto! ¡Gracias! Ahí te veo.

Lo ilusiona mucho verla, siempre se divierte con Hanna y, de verdad, encuentra un verdadero apoyo en ella. Ben se levanta y camina hacia el baño. Tomará una ducha rápida. No falta mucho para la hora de su cita con Hanna, pero no puede verla como está. Necesita arreglarse un poco.

Nadie se da cuenta de que las horas pasan en La Rochette hasta que las comandas empiezan a disminuir y se escucha menos alboroto en el comedor. Es ahí cuando se imaginan en la cocina que la jornada está por terminar. La exigencia de cada preparación es lo que agota a los cocineros. Cada platillo debe ser especial y estar lleno de magia, para transportar a sus comensales tan lejos que solo quieran regresar y repetir la experiencia.

Lucía sonríe ante otra jornada terminada, mientras Pete se acerca sonriente con los brazos extendidos. Ella lo abraza rápidamente y se aleja. Él la mira, extrañado, y ella le dice:

—No queremos que el jefe nos vea, Pete.

—¿Te importa mucho lo que piense?

Pete la observa con atención, y ella responde, severa:

—Es nuestro jefe y su restaurante, donde trabajamos. No podemos descuidar eso y lo sabes. Por lo demás, deberías estar limpiando y me parece que no tienes ninguna intención de hacerlo.

Él señala con la mano los ingredientes que ella comienza a poner sobre su mesa y le advierte:

—Tampoco tú, ¿o me equivoco?

—Es que quiero quedarme a practicar.

—¿A practicar qué?

—Una nueva receta.

—¡Yo te ayudo!

—Preferiría que no, es un secreto.

Pete finge un gesto de ofensa que, más que falso, está muy cercano a la realidad.

—¿No confías en mí?

—¡Claro que sí! Pero esto es muy importante. Quiero demostrarle a Edward Miller de lo que soy capaz.

—Pero si ya se fue.

—¿De verdad? ¡Qué raro! Nunca se va tan temprano.

—Su oficina lleva cerrada desde hace mucho. Además, lo conoces, ya habría venido por aquí a hacer sus revisiones de siempre. Por eso digo que se fue.

—Mejor. No quiero que lo vea hoy, solo quiero aprovechar la cocina vacía.

Él se da cuenta del tono nostálgico que tiene su voz.

—¿Cuándo regresa Ben?

—Creo que hoy. No recuerdo bien.

Ella lo mira con una sonrisa y él asiente.

—¿Segura que te quieres quedar sola?

—Sí.

—Bueno, me voy entonces, me escribes si necesitas algo, ¿okey?

—Claro, gracias. ¡Con cuidado!

Pete besa la mejilla de Lucía y sale por la puerta. Acto seguido, ella toma el recipiente con las alcachofas. Una a una, retira el tallo y las primeras hojas.

====

Hanna y Ben están sentados ante la mesa del Moonlight que ella siempre escoge. Ambos han pasado un buen rato, relajados, sonriendo y contando anécdotas. De hecho, ni siquiera han hablado de la verdadera razón para encontrarse; Lucía no ha surgido en ningún momento de la conversación, todo ha sido hablar de ellos y pedir pasteles para compartir. De pronto, ella le pregunta:

—¿Y entonces? ¿Crees que te pidan que te cambies?

—Es una posibilidad. Necesitan a alguien que arranque el área allá. El problema es que no saben por cuánto tiempo sería.

—¿Y Lucía?

Hanna lo observa atentamente después de hacerle esta pregunta. Ben juega con el tenedor que tiene frente a él y se encoge de hombros. El ambiente cambia de inmediato y se torna algo incómodo.

—No sé, Hanna. No estamos muy bien. Tú lo sabes mejor que nadie. Además, siento que si le digo esto, lo va a tomar como una agresión, como que quiero que deje La Rochette.

—Mira, Lucía es muy comprensiva y estoy segura de que, cuando sepa lo que esta oportunidad significa en tu carrera, lo entenderá y podrán llegar a un acuerdo conveniente para los dos.

Ben no responde y sigue jugando con el tenedor, hasta que levanta la mirada y sigue:

—No sé. No creo que ella acepte dejar Nueva York.

—¿Y tú aceptarías quedarte?

Hanna prueba un poco más de pastel. Se ensucia la boca y ambos ríen. Ben le limpia la boca con una servilleta y ambos quedan mirándose, incómodos. Él, de inmediato, regresa su mano a la mesa.

—No sé, no puedo responder ahora. Pero, vamos, al final Filadelfia no está tan lejos.

—Entonces, ¿te irías sin ella?

Ben se lleva las manos a la cabeza y la echa para atrás. Hanna voltea hacia la puerta, que se cierra con rapidez. Se levanta y Ben la imita, quien también voltea.

—¿Qué pasa?

—Me pareció ver a alguien. Aunque, la verdad... Olvídalo. No fue nada.

Hanna se sienta de nuevo y Ben también. Ella toma un trago de café, niega y continúa:

—Creo que tu mente está muy revuelta ahora. Tienes que relajarte un poco y pensarlo todo con la cabeza fría, ¿no crees? Y, sobre todo, hablar con Lucía.

—Tal vez... ¿Y tú? ¿Cómo te fue en la entrevista?

—¡Ya quedé!

—¡Qué bien! ¡Te felicito!

—Gracias. ¡Estoy muy feliz! Creo que es otra forma de ayudar que, aunque no había pensado en ella, me está resultando muy atractiva.

—Es lo que importa. Entonces, ¿la beca que buscabas?

—No sé, creo que no es el momento.

—¿Te das cuenta que estamos igual? Queremos algo y no sabemos si es el momento o no. Es gracioso.

Ambos sonríen. Él mira su reloj y se sobresalta:

—¡Oh, no! ¡Lucía ya debe haber salido!

—¿En serio? —Hanna revisa su celular y asiente—. ¿Sabía que llegabas hoy?

—Sí, aunque es difícil saber si lo recuerda o no.

Hanna niega e insiste:

—Ya déjate de tonterías y de esos comentarios. Afronta las cosas, Benjamin. No des nada por hecho y te sentirás mejor.

—Tal vez, amiga. Gracias de todos modos.

Ambos se levantan. Él duda por un momento, pero al final se acerca y la abraza con fuerza. Ella responde. Cuando se separan, sus rostros quedan muy cerca. Ben la mira fijamente a los ojos, pero ella baja la mirada, incómoda.

—Te acompaño y de ahí me voy, ¿te parece?

Hanna asiente y sonríe con timidez. Salen de la cafetería y caminan por la calle. La temperatura ha bajado y ella se estremece por el frío. Ben se quita su chamarra y se la entrega. Hanna se la pone sobre los hombros y siguen su camino, en completo silencio.

¿El hecho de no mencionar lo que acaba de pasar le resta importancia? Ambos se sienten incómodamente bien juntos y eso no puede ser. Lucía es la mejor amiga de Hanna y es la novia de Ben. Lucía es su vínculo, lo que los mantuvo unidos cuando Shawn se fue. No existe otra forma para las cosas, así son y así se quedarán.

=

Lucía está exhausta sentada en un taburete frente a su mesa de trabajo. Respira profundo y ve el desastre frente a ella. Las alcachofas quedaron bien, el relleno también, aunque siente que puede mejorarlo. Siente que se le secó la cabeza, no tiene idea de cómo seguir. ¿Qué puede ponerle encima? El relleno es lo más importante, pero no tiene idea de cómo agregar la crema y el picante. Debe ser algo lo suficientemente fuerte para brillar, pero sin quitarle protagonismo a lo demás.

Toma su teléfono del delantal y suspira. Entra a su carpeta de fotos en él y observa con atención las últimas que tiene con sus abuelos. Ambos son la perfecta encarnación de unos abuelos amorosos e incondicionales. Con sus cabellos blancos y miradas amables, ellos parecen sonreírle desde la pantalla del teléfono. Él siempre ha sido muy alto; ella, por el contrario, es muy pequeña y menuda. Lucía se alegra al ver que en la siguiente foto aparecen ambos abrazando a Ben. Todo era felicidad en esos momentos.

La siguiente foto es su favorita. Ella aparece en medio de ambos con una enorme y sincera sonrisa. Sus abuelos la llenan de vida. Se fija en las flores de cempasúchil alrededor de ellos en la foto, de naranja intenso, y formadas por cientos de pequeños pétalos. Las flores, típicas de la celebración, la transportan a la fiesta de Día de Muertos. No tienen un olor específico, pero para ella, al usarlos en los altares que ponen con la comida favorita de sus seres queridos y objetos preciados, las flores saben a esperanza, a amor incondicional que va más allá de la vida.

Al darse cuenta de esto, Lucía toma su libreta con rapidez. Está tan concentrada que no se da cuenta de que Edward aparece en la puerta.

—Lucía, ¿qué haces aquí? —le pregunta acercándose lentamente.

Ella voltea sobresaltada y, al darse cuenta de que es él, sonríe brevemente.

—¡Me asustó! ¡Pensé que no estaba! Bueno, que se había ido temprano.

—Yo nunca me voy temprano.

Lucía concede con un gesto y él observa su mesa de trabajo. Se acerca, inspecciona olfateando y le pregunta:

—¿Qué haces? Es muy tarde, ¿no?

—Bueno, es que mañana descanso y decidí quedarme a experimentar con un nuevo platillo. ¿Quiere probar?

—A ver...

Lucía se acerca al plato. En él tiene tres alcachofas con el relleno de queso camembert, pollo y nuez. Corta un trozo con el tenedor y se lo ofrece a Edward. Él acerca el rostro y Lucía pone el tenedor en su boca. Edward espera un momento.

—No está mal. Pero creo que el pollo no es suficiente, Lucía. Yo agregaría otra textura para no perder el sabor entre los demás ingredientes. No está mal, pero…

Edward hace un movimiento con la mano indicando que falta mejoría. Lucía asiente y apunta en su libreta. Edward se acerca y come otro poco:

—Supongo que agregarás algo más, ¿no? —mira el recipiente con la crema frente a ella.

—Tengo esto.

Lucía toma con una cuchara un poco de una crema color verde que tiene en un pequeño recipiente de acero inoxidable. Edward huele antes de probar y se encoge de hombros.

—Funciona, pero no para esto. Me resulta inadecuado, ya tienes algo cremoso en el relleno —prueba con una cuchara y asiente, confirmando lo que acaba de decir—. Sería demasiado agregar más crema.

—De hecho, eso es lo que me preocupa. Pensaba en una salsa —Edward niega mientras la escucha—. Pero creo que tiene razón, le quitaría foco a lo demás. Necesito incorporar el sabor de la crema, cambiarle la base y, probablemente, agregarlo al relleno.

Edward asiente y da un vistazo a la libreta.

—¿Quieres que sepa a "flores"?

La mira, con atención, y ella ríe.

—Sí, cempasúchil.

—¿La flor que se pone en los altares en México?

—Así es —Lucía se emociona al ver que Edward la conoce—. ¿Sabe de la celebración del Día de Muertos en México?

—Un poco. En mi viaje a México, nos contaron que es cuando recuerdan a sus familiares fallecidos y las flores adornan sus altares con lo que ellos apreciaron en vida.

—Exacto. Pero estas flores naranjas también nos ayudan a marcar el camino de nuestros seres queridos, porque esa noche se les permite regresar a visitar lo que tanto amaron en vida —señala su libreta—. Y, además, nosotros poder sentir que realmente están entre nosotros.

—¿Y quieres que sepa a esa flor?

—No, a lo que representa. A la cercanía, la esperanza, la nostalgia de estar físicamente lejos de alguien, pero que en tu alma siempre está presente —los ojos se le llenan de lágrimas y Edward la observa fascinado—. ¿Quiere conocer a mis abuelos?

Él asiente con entusiasmo. Ella toma de nuevo su celular y Edward se enternece, mientras Lucía señala en la foto mientras habla:

—Ella es mi abuela Meche, él es mi abuelo Luis y esas que están ahí atrás son las flores de cempasúchil.

—¿Creciste con ellos?

—Sí, mi madre me dejó con ellos cuando se fue a trabajar a Austin, Texas. Ellos me criaron y con mi mamá solo hablaba por teléfono. Cuando cumplí trece años pude volver a verla.

—¿Los extrañas mucho?

—Todos los días, chef.

Él la toma de la mano para volver a mirar la foto y señala a Meche.

—Ella te enseñó a cocinar, ¿verdad?

Lucía asiente con entusiasmo.

—Ella me enseñó a amar la cocina, a disfrutar cada segundo que paso en ella. A saber que la vida está llena de sabores y que comer va más allá de una necesidad. Para que la comida sea placentera, el proceso de preparación se debe disfrutar igual o más.

—Quiero conocer a tu abuela.

—¡Me encantaría que la conocieras! —ninguno de los dos repara en que Lucía ha comenzado a tutearlo.

—Lo digo de verdad. Siempre me he sentido inspirado por la pasión que transmites al cocinar y por tu entrega. Ahora sé de dónde viene.

—Chef, es simple, si tuviera que elegir algo que hacer por el resto de mi vida, definitivamente...

—Sería cocinar —Edward completa la frase.

Lucía deja el celular en la mesa y Edward hace lo mismo con la cuchara.

—Eres fascinante, Lucía.

Edward se acerca cada vez más. Ella puede sentir su aliento muy cerca de su boca. El verde intenso de sus ojos desaparece cuando los cierra. Lucía puede contar sus pestañas.

—Tú también, Edward.

Se besan. Se funden en un maravilloso, ansiado y perfecto beso. Nada importa, solo lo que sienten, lo que son juntos y la pasión que estalla cuando están cerca. Tras ese beso no existe nada más.

CAPÍTULO 15

Agridulce

Hay momentos en la vida que se esperan con tantas ansias hasta llegar al punto de idealizarlos y ser una gran decepción cuando por fin suceden. Pero esto fue todo lo contrario.

Ella por fin probó sus labios, pudo sentir el calor de su piel contra la suya, sus manos recorriendo su rostro mientras el pecho de cada uno se unía latiendo al unísono. Fue un momento maravilloso, lleno de pasión, de dulzura y amor. El mayor momento de intimidad que ha experimentado en su vida. Lucía sintió cada fibra de su corazón encendiéndose y se llenó de paz.

Cuando se separaron, ella pensó que el corazón se le iba a detener, las piernas no le respondían bien y no podía hablar, porque su mente no conectaba del todo con la boca. Estaba más concentrada en la fuerza del sentimiento que en entender lo que acababa de pasar. Solo podía sonreír y pensar en los labios de Edward una y otra vez.

¿Y él? ¿Cómo se supone que tendrá que actuar ahora? ¿Se resistirá a tomarla en sus brazos y besarla hasta la locura cuando la vuelva a ver? Lucía le gustaba, pero tras el beso se dio cuenta de que siente algo más.

Mucho más. La quiere tener cerca todo el tiempo, disfrutar su sonrisa, sus ojos, su piel. El calor que despiden cuando están juntos es tan auténtico que sabe que valdrá la pena todo lo que vendrá para ellos, aunque presienta que no será nada fácil.

===

Lucía entra al apartamento en silencio y ve que la lámpara de la sala está encendida. Le da un vuelco el corazón cuando ve a Ben sentado con una copa en la mano. No la voltea a ver, solo mira la copa con una expresión muy extraña, como si intentara encontrar la respuesta a todas sus dudas en ella. Lucía se acerca lentamente, tiene que hablar con él y determinar qué sigue en su vida.

–Hola, Ben. ¿Por qué no me avisaste que habías llegado?

Lucía se sienta en el sillón frente a él, pero Ben sigue sin dirigirle la mirada.

–¿Dónde estabas?

–Trabajando, ¿dónde más?

Ben voltea a verla, con una mirada de profunda tristeza y decepción.

–¿Estabas con él? No te atrevas a mentirme.

–Sí, estaba con él, porque los dos estábamos trabajando y…

–Se besaron –Ben la interrumpe con lágrimas en los ojos y el rostro encendido de furia–. Lo besaste, Lucía. No te importó nada. Solo lo besaste.

La mente de Lucía da mil vueltas, no puede entender cómo se enteró. Estaban solos, nadie más sabía que estaban ahí, nadie pudo verlos y, mucho menos, decirle a Ben lo que había pasado.

–¿Quién te dijo eso?

–¿Importa? ¿Te vas a atrever a negarlo?

Lucía se queda callada por un momento y empieza a llorar.

–No, Ben, no puedo negarlo. Lo besé, sí, nos besamos.

Él niega mientras gruesas lágrimas caen por sus mejillas.

—¿Por qué, Lucía?... ¡¿Por qué?!

Ben lanza la copa contra la barra de la cocina y se levanta bruscamente. Lucía se echa para atrás, con miedo.

—¡Cálmate por favor!

—¡¿Y cómo quieres que me calme?! ¡¿Cómo?! ¡Te pregunté una y mil veces si te gustaba, si sentías algo por él! ¡Eres tan cínica! ¡Me mentías en la cara!

—¡No, Benjamin! ¡En ese momento no te mentía! ¡No sentía nada!

—¡¿Y ahora?!

Lucía se queda callada. Ben se acerca a ella y la toma por los brazos. Lucía se asusta, nunca lo había visto tan violento.

—Suéltame, Ben. Me vas a lastimar.

—¡Respóndeme!

—¡Suéltame!

Ella se zafa y se aleja de él. Ben se acerca lentamente. Lucía se echa para atrás y él la mira con desconcierto.

—No te me acerques.

Lucía está muy alterada, teme que Ben pueda ser más agresivo.

—No te voy a lastimar.

—Ben, esto no puede seguir así.

Ben niega mientras sigue llorando, cada vez con más fuerza hasta que se deja caer. Lucía siente como se le rompe el corazón y se acerca. Se arrodilla junto a él y lo abraza. Él solloza y toma una de sus manos.

—Lucía, por favor. No me dejes, no así, no por él.

—No es por él, Ben. Es por nosotros —Lucía trata de hacerse escuchar entre los fuertes sollozos de Ben—. Ya no somos los mismos, ya no estamos bien. Desde hace mucho solo sobrevivimos, y no nos lo merecemos. No así. Esto tiene que terminar antes de que nos hagamos daño, ¿me entiendes?

Él levanta la cabeza y la mira con atención.

—¿Tú crees que no me has hecho daño?

Lucía asiente.

—Ben, es lo mejor. No podemos seguir así, un día…

—¡Llevamos diez años juntos, Lucía! ¿Piensas que será así de fácil? —Ben la interrumpe alejándose de ella.

—¡Yo nunca dije que sería fácil, Ben! ¡Pero es lo mejor! Lo mejor que podemos hacer es despedirnos ahora. Estamos a tiempo de continuar con nuestras vidas, de empezar de nuevo.

Ben la mira mientras niega. No quiere escuchar más, pero ella sigue:

—No te pido que lo entiendas hoy, porque sé que no lo harás. Y probablemente tampoco yo lo hago del todo. Pero sé que más adelante ambos agradeceremos haber tomado esta decisión.

Él intenta secarse las lágrimas. Ella se acerca, pero Ben la rechaza.

—Voy a tomar algunas cosas y me iré. Luego vendré por lo demás.

Lucía se pone de pie y camina hacia la habitación. Ben reacciona y voltea a verla diciéndole:

—¿A dónde irás? Es muy tarde.

—Hanna viene en camino.

Ella responde desde la puerta de la habitación. Él asiente y se levanta también.

—Lucía, yo te amo —Ben se acerca lentamente—. No te vayas.

—Me voy queriéndote con todo el corazón y creo que eso es lo mejor. Nuestros caminos ya no van juntos. Ben, lejos estaremos mejor, te lo prometo.

Él se queda de pie frente a ella. Lucía entra a la habitación y Ben regresa a la cocina. Toma la botella de vino y le da un largo trago. La perdió, acaba de perder al amor de su vida y no hay marcha atrás.

═

Al estar ausente casi todo el día, la casa de Antoine llegaba a parecer descuidada y sin vida. Siempre con las ventanas tapadas, parecía que nadie vivía ahí. Pero ahora es todo lo contrario. Las cortinas siempre están abiertas y todo está en perfecto orden y funcionamiento. Mercy es una enfermera que Edward consiguió, quien se encarga de tener todo al día. Ahora la casa está en perfecto estado.

Edward viene de Central Park, recién terminó de correr y, como acostumbra hacerlo tres veces por semana, pasa a ver a su mejor amigo. Mercy lo recibe con un jugo de naranja recién exprimido, justo como le gusta. Antoine lo mira contento mientras Edward da un enorme trago al jugo, casi terminándoselo. Su viejo amigo tiene mal semblante, cada vez se ve más pálido y el pelo de las cejas ha desaparecido. Pero siempre está del mejor ánimo. Mercy se acerca a él para ponerle otra almohada en la espalda. Agradece con un gesto y sonríe. Mercy toma el vaso vacío que Edward acaba de dejar sobre la mesa de centro y pregunta:

—¿Quiere otro, Mr. Miller?

—Sí, por favor, Mercy. Está increíble.

—Son naranjas frescas, señor.

Mercy se aleja, y Antoine lo mira, ansioso:

—¿Y luego?

—¿Luego qué?

—Por favor, Edward Joseph. Sabes perfectamente lo que quiero que me cuentes.

Edward hizo un gesto de dolor cuando escuchó su segundo nombre, pero ahora ya ha vuelto a sonreír.

—¡Es maravillosa, Antoine! ¡Maravillosa!

Antoine hace un gesto de triunfo mientras lo sigue escuchando.

—¡Me tiene loco! Es una mujer fascinante, llena de talento, de pasión y amor, Antoine… Sobre todo amor.

—¿Te derritió el hielo que cubría tu corazón?

Edward niega y pone los ojos en blanco, divertido. Antoine aplaude. Mercy aparece con el nuevo vaso con jugo de naranja e interrumpe:

—Aquí tiene, señor… Y, bueno… No quiero ser indiscreta, pero… lo felicito. Me da mucho gusto. La señorita Lucía es maravillosa.

Mercy se retira ligeramente avergonzada, pero los otros ni se han fijado en ese detalle. Antoine, de hecho, mira con atención a Edward que apura su segundo vaso de jugo y le dice:

—Oye, siempre me he caracterizado por ser un aguafiestas, así que te pregunto: ¿qué sigue ahora, Edward? ¿Y Ben?

Edward deja el vaso a la mitad en la mesa y su semblante se llena de preocupación de inmediato.

—No tengo idea. Supongo que Lucía hablará con él y terminarán.

—¿Quedaste en eso con ella? ¿O no hablaron de eso?

—La verdad es que no, no hablamos mucho. Solo nos besamos y ella dijo que tenía que irse. Le pedí un taxi, a pesar de haber insistido en llevarla, y eso fue todo. ¿Crees que siga con Benjamin como si nada?

—No sé. No he hablado con ella. Pero la conozco y no podrá seguir así como si nada. Tomará una decisión y, cualquiera que sea, te la hará saber.

—No quiero ser el causante de un rompimiento, no sé si ella siente lo mismo que yo… —se queda mirando a Antonie a través de un silencio que dice mucho—. Bueno, sí, estoy seguro de que siente lo mismo que yo, ese beso me lo dijo. Estoy seguro.

—Entonces tú quédate tranquilo. Seguramente hoy hablarán y resolverán estas cosas.

Edward apura su jugo y Antoine sonríe de nuevo.

—¿Estás enamorado?

—Como si fuera mi primera vez.

Antoine ríe a carcajadas y Edward no puede dejar de sonreír.

—Los quiero mucho a los dos, ustedes son mi familia. Nada me haría más feliz que verlos juntos, formando una familia y el mayor emporio de restaurantes jamás visto.

Edward se queda pensando. ¿Una familia? ¿Hijos? Le encantaría, sobre todo si es con Lucía.

—Aunque me duela, no debemos adelantarnos tanto. Primero tengo que saber cómo se siente ella.

—Tengo un buen presentimiento, Edward Miller. Tranquilo.

—Yo también.

Edward se levanta mientras su amigo abre los brazos. Se abrazan tiernamente. Él se queda en cuclillas junto al sillón de Antoine y toma sus manos mientras tose.

—Ya quiero que estés bien, tienes que estar bien para nosotros.

Antoine le da ligeras palmadas en las manos a Edward.

==

Tocan a la puerta y Lucía despierta, sobresaltada. Voltea hacia todos lados, pues tarda en recordar que está durmiendo en una de las habitaciones del apartamento de Hanna. Suspira mientras vuelven a golpear la puerta.

—Adelante —responde.

Hanna entra con una bandeja que lleva una taza de té y galletas.

—Buenos días.

—Hola, Hanna —tarda en contestar—. ¿Por qué tocas la puerta? Digo, es tu casa, hubieras entrado y ya, ¿no?

—Quería ver si estabas dormida. Si no respondías a la tercera, entraba.

Lucía se contenta cuando ve que el té trae una rodaja de limón. Agradece y da un sorbo. Hanna se sienta en la cama con ella, aún con ropa de dormir, y le pregunta:

—¿No trabajas hoy?

—Decidí que tú me necesitas más que los demás.

Hanna se muerde el labio y Lucía se recarga en su hombro.

—¿Es definitivo?

—¿Qué?

—Tu rompimiento con Ben.

—Sí, Banana. No podía más, tú lo sabes. Me costó mucho admitir que las cosas no iban bien, que no todo eran ideas de Ben. Además, también me costó aceptar que me gustaba Edward y… ahora que ya tomé una decisión, no hay vuelta atrás. Me dolió mucho dejarlo, pero sé que es lo mejor.

—Yo no he cuestionado eso. En ningún momento. La verdad es que, sinceramente, me preocupa un poco que te hayas visto impulsada u obligada a tomar esta decisión.

—¿Cómo?

—Sí, mira, probablemente esta decisión la tomaste porque te besaste con Edward, si no hubiera sido así, seguirías en lo mismo.

—¿Y eso es necesariamente malo?

—No, para nada. Lo único que quiero que tengas claro es que, si ya tomaste una decisión, debes respetarla, sea cual sea su consecuencia.

—La verdad, no lo tengo tan claro.

—No has hablado con Edward, ¿o sí? Es decir, ¿no estamos seguras de que iniciarás algo con él?

Lucía se queda mirándola mientras da otro trago al té. Hanna la imita y respira profundo.

—Ya sé por dónde vas. La decisión que tomé no estuvo basada en el beso o en la esperanza de tener una relación con Edward. Fue, más bien, la culminación de un torbellino de sentimientos que cobró sentido ayer. Claro que el beso me animó a tomar la decisión, pero si no decidiéramos estar juntos Edward y yo, de todos modos no puedo estar con Ben. ¿Me entiendes?

—Perfectamente.

La intranquilidad de Hanna le preocupa a Lucía. Casi puede escuchar a su cabeza yendo a mil por hora, pensando y dándole vueltas a las cosas. Y sí, Hanna está pensando en Ben y en lo mal que debe de estar, pero sabe que su lugar es con Lucía. Aunque también piensa en que Edward y Lucía, probablemente, ya podrán ser felices y sin mayores obstáculos en su camino. Ben vuelve a su mente, quisiera abrazarlo. Ahora, Amanda sí que será un gran problema cuando se entere.

—¿Qué piensas? Te juro que siento todos los engranajes de tu cabeza trabajando a marchas forzadas. ¿Me vas a pedir que me vaya de tu casa? —bromea.

—Nunca. Aquí te puedes quedar el tiempo que quieras, de verdad.

—Solo necesito que me dejes cooperar con los gastos por favor.

Hanna no puede evitar su cara de preocupación.

—Luego vemos eso. Ahora tengo que decirte algo importante.

—¿Qué?

—Me preocupa Amanda.

Lucía ríe. Ya había pensado en ella, pero no es preocupación lo que define sus sentimientos hacia Amanda. Sabe que Edward se encargará de ella, pero no puede evitar sentir pereza por el numerito que, seguramente, armará cuando se entere.

—No tienes que preocuparte por ella. Edward sabe cómo lidiar con sus arranques. Yo voy a estar bien.

—Lulo, ¿recuerdas a la mujer que se metió con mi padre? ¿La que destruyó a mi familia?

Lucía siente como si un balde de agua fría le cayera encima. ¿Está insinuando lo que ella cree que insinúa?

—¿La que quedó embarazada?

—Sí, y que se lo restregó a mi mamá. Pues ella también estaba casada... Lulo, esa mujer es Amanda.

La confirmación ya no la sorprendió tanto.

—Espera, ¿Amanda le fue infiel a Edward con tu papá?

—Así es.

—Pero ¿por eso se divorciaron? ¿Crees que Edward se enteró?

—Seguramente.

—Entonces, ¿por qué la mantuvo cerca todo este tiempo?

—Ese es el gran misterio.

—¿Y qué pasó con el bebé que esperaba?

Hanna se encoge de hombros.

—Solo sé que lo perdió.

–¿Y era de Edward o…?

–Era de mi papá. O bueno, fue lo que le dijo Amanda a mi mamá, que tenía las pruebas que lo confirmaban. Además, mi papá le dijo a mi hermano que ese tiempo fue el que ella pasó lejos de su esposo. Siempre me quedé con la duda, pensando que jamás conocería la otra parte de la historia.

–Entonces Edward lo podría confirmar. Pero ¿desde hace cuánto sabes esto?

–¿Que esa tal Amanda y la amante de mi papá son la misma persona? Desde hace unas semanas solamente. Lulo, es importante que lo sepas por si te tienes que defender de ella. Sabemos de lo que es capaz, y dudo mucho que Edward supiera que ese bebé no era suyo, si es que sabía.

–¿Insinúas que tendré que utilizar esa información como arma?

–Espero que no. Lulo, ten cuidado. Por favor. Solo eso. Y, si quieres un gran consejo: habla con Edward hoy mismo de lo que pasará entre ustedes. Ayer fue algo muy especial y deben saber el rumbo que tomará.

Lucía asiente.

–¿Me pasas mi teléfono por favor?

Hanna se estira para tomarlo de la mesita de noche y abre los ojos con sorpresa.

–¡Tienes un mensaje!

Lucía sonríe al darse cuenta de que es de Edward, lo abre y lee:

Hola, Lucía.

Sé que no vienes hoy, pero necesitamos hablar.

¿Podemos vernos más tarde?

Hanna lee por encima de su hombro y se emociona:

–¡Dile que venga! ¡Que te puede ver aquí! Supongo que es mejor que en La Rochette, ¿no?

Lucía se emociona. Parece que todo tomará rumbo mucho antes de lo planeado. Le responde a Edward escribiendo la dirección de Hanna en su mensaje, esperanzada en que la conversación con él traiga cosas buenas para ambos.

——

Faltan tres minutos para las once y media de la noche y Lucía espera ansiosa en la sala, le acaban de avisar que Edward había llegado al edificio. Hanna prometió no entrometerse y se encerró en su cuarto. Lucía respira profundo, está muy emocionada, quiere pensar que puede tener algo con Edward y que pueden ser felices. Pero algo también la hace pensar que debe guardarle un respeto a la relación que tuvo con Ben. Diez años significan bastante.

El timbre suena a las once treinta en punto. Lucía se acerca y abre la puerta. Edward la espera detrás de ella sosteniendo un ramo de lirios naranjas.

—No son las que tú conoces, pero espero que el color te inspire para que encuentres el alma de tu platillo.

—Son hermosas. Gracias.

Lucía las huele y de inmediato se transporta a casa de sus abuelos. Cada aniversario, él mandaba llenar la casa y el restaurante de flores para que su abuela recordara que era su día especial.

—Pasa, por favor.

Edward pasa y se detiene junto al sillón. Lucía mira las flores sin saber qué hacer, él se da cuenta y ambos sonríen incómodos. Lucía señala el sillón:

—Siéntate por favor. ¿Te ofrezco algo?

—Un vaso con agua estaría bien.

—Claro. Dame un momento.

Lucía camina a la cocina mientras Edward se sienta en el sillón, muy tenso y jugando con sus dedos. Constantemente mira su reloj y voltea hacia la ventana. Por su parte, en la cocina, Lucía no sabe qué hacer con las flores. Da dos vueltas completas y no encuentra un florero. ¿Dónde los guardará Hanna? Encuentra una jarra y la llena de agua. Pone ahí las flores. Casi al salir de la cocina, se regresa y llena un vaso con agua. Edward la mira regresar, con la jarra en las manos y se levanta para recibir el vaso.

–Gracias. Bonito florero.

Lucía niega divertida y él ríe. Se vuelve a sentar, toma un trago y comenta:

–Me gusta el apartamento. ¿Vivirás aquí?

–Sí, me quedaré con Hanna mientras tanto.

–Eso significa que…

–Ben y yo terminamos.

Edward no puede ocultar su emoción. Ella lo mira, extrañada.

–Lucía, no quiero que me malinterpretes. Lamento mucho que hayas terminado con Ben, ante todo, respeto la relación que tuviste con él y no me hubiera gustado que las cosas acabaran así –Lucía lo mira con atención–. Pero también vengo a hablar contigo de frente y sin tapujos. Y quiero que sepas que me encantas –ella lo mira sin saber qué decir–. Me cuesta mucho admitirlo. No me gusta sentirme vulnerable y, la verdad… tampoco me hubiera gustado que esa relación terminara por lo que pasó entre nosotros. Pero fue tan hermoso que… Yo… No puedo más.

Lucía nunca lo había visto tan nervioso. Él no es así, siempre se conduce con seguridad y ahora es otro, alguien que no repara en sentirse vulnerable, expuesto.

–Edward, yo me siento plena cuando estoy contigo. De verdad siento que soy esa persona que siempre debí ser y me hace muy feliz que estés aquí –él la toma de las manos–. Quiero que sepas que Ben y yo no terminamos por lo que pasó entre nosotros. Lo nuestro venía deteriorándose desde hace tiempo. Y ya era el momento, porque si no pasaba así y ahora, hubiera pasado después y en otras circunstancias.

–Gracias por la aclaración, de verdad –besa sus manos. Y la mira divertido, ella lo mira sin entender–. Pensé que me odiabas. Los últimos días fuiste muy…

—No sabía qué sentir por ti y me sentía impotente al ver que tú tampoco llegabas a un acuerdo contigo mismo —Edward concede con un gesto y ambos sueltan una risa.

Parecen dos chicos conociendo el amor, dos chicos dejando que sus sentimientos hablen por ellos mismos sin ningún tipo de restricciones. Pero de pronto un peso recae sobre Lucía. Ella lo mira nerviosa.

—Pero la realidad es que… creo que debemos esperar un tiempo. No considero prudente que si… Bueno, si acabo de terminar, deba comenzar algo contigo. Además, antes debes solucionar algunos asuntos con Amanda…

—¿A qué te refieres?

—Creo que hay un espía en La Rochette, alguien que siempre le avisaba a Ben sobre cualquier cosa que yo hiciera ahí, sobre todo si tiene que ver contigo. No sé, algo me dice que Amanda está detrás de todo eso.

—Pero es imposible. Ella casi nunca estaba en el restaurante y ahora tiene días sin pararse por ahí.

—Por eso estoy segura de que tiene un aliado, alguien que la mantiene informada de todo lo que hacemos. No sé, Edward, mi punto es que creo que debemos esperar un poco, solo hasta que todo deje de ser tan reciente. ¿Estás de acuerdo?

Edward toma de nuevo su mano y la besa.

—Me basta con saber que sientes lo mismo que yo. El tiempo será nuestro mejor aliado. Estoy seguro de que valdrá la pena esperar.

Ambos se levantan y se abrazan tiernamente. Su tacto es maravilloso y a Lucía se le eriza la piel, no puede resistirlo. Lo besa, siente el sabor de una toronja fresca en un día de verano. Ese sabor que primero estremece y después llena de frescura la garganta, para luego bajar al estómago. Ese sabor que, si no tienes cuidado, puede calarte hasta el cerebro con su acidez. Pero que, en defintiva, es un sabor tan sublime que no importa nada más que seguir probándolo, hasta hacerlo tan tuyo que nunca puedas alejarte de él.

Unos días después, Pete mira nervioso a Lucía, que corre de un lado a otro, primero con un pimiento y luego con hojas de espinaca, exclamando:

—¡Arándanos! ¡Perdí los arándanos!

Él se acerca con rapidez y toma varios arándanos que, por cierto, estaban justo frente a ella. Los deposita en sus manos.

—¿Puedes calmarte?

—Pete, esto tiene que ser perfecto. Perfecto. Y me quedan cinco minutos. ¡Solo cinco!

—¡Pero si ya tienes todo!

Lucía pone algunos arándanos sobre la alcachofa, que ahora tiene un relleno anaranjado, se pueden percibir la nuez y los finos trozos de pato. El olor es exquisito, con un picor muy especial que invita a probarlo sin miramientos.

—¡Listo!

—Está perfecto —comenta Pete—. Por lo demás, te he visto mejor con el chef, muy amiguitos, ¿eh? Tomando en cuenta esto, seguro te va bien con tu platillo.

Lucía voltea a verlo con reproche, mientras que Pete le sostiene la mirada, nervioso, no por este detalle, sino porque sabe que el platillo le encantará a Edward y eso él no lo puede permitir.

—Eso espero.

—Lulo, no me has dicho nada sobre cómo te has sentido últimamente. Esperaba que estuvieras mal después de terminar con Ben, y que necesitaras todo el apoyo del mundo, pero la realidad es que te veo bien.

—Tengo que confesarte que por momentos me siento mal, pienso en él y todo lo que está pasando y me lastima. Pero también sé que fue la mejor decisión para los dos y que ahora toca concentrarme en lo bueno que tuvimos y en lo que está por venir.

—¿Has sabido algo de él?

—Hemos hablado. En estos días terminé de llevarme mis cosas y nos teníamos que poner de acuerdo para eso. Pero no lo he visto.

—¿Y no quieres verlo?

Lucía niega lentamente mientras lo mira con atención. Pete está muy cerca y eso le resulta incómodo, se aleja un poco cuando la puerta de la cocina se abre y Edward entra directo a ella, claramente emocionado. Pete lo mira desconcertado, pero Edward no repara en su presencia y dice:

—¡Venga, Lucía! Quiero probarlo.

Ella sonríe nerviosa y señala el plato. Edward se sienta en el taburete de trabajo y la cocina parece paralizarse por unos momentos. Algunos se asoman discretamente para ver lo que ocurre. Pete guarda una distancia prudente, y Lucía permanece muy cerca de Edward, esperando. Él toma un tenedor con mucha elegancia y parte la alcachofa. El relleno de pato, queso camembert, pimiento, chile y nuez, con un pequeño arándano, tan bien estructurado, hace parecer que los ingredientes siempre se pertenecieron.

Edward prueba el relleno. Cierra los ojos, asiente. Ahora lo prueba con un poco de alcachofa y sonríe. Abre los ojos y mira emocionado a Lucía.

—Encontraste la dosis perfecta de picante, Lucía. Es exquisito y, sobre todo, abraza la garganta. El arándano le da una frescura que recuerda a esa esperanza que me dijiste: a la que nace en el corazón cuando sabes que, en algún momento, volverás a estar cerca de tus seres queridos —ella sonríe—. Es perfecto. Lograste tu objetivo: el sabor me hace querer abrazar… —se da cuenta que todos los miran y rectifica—. Abrazar el amor, sentir cómo baja por mi garganta hasta el pecho, quedándose en el alma. Creo tener el nombre perfecto —Lucía lo mira expectante.

—¿Cómo le pondrías?

—*Le goût de l'amour*, El sabor del amor.

Edward hace un gesto triunfal con el brazo y se levanta para abrazarla ante la mirada atónita de todos. Se separan y ambos sonríen.

—Señores, les presento la nueva sugerencia del chef de La Rochette: *El sabor del amor*.

Lucía da un brinco y todos aplauden, todos menos Pete. Ella se acerca a Edward y, sin importarle los demás, lo besa apasionadamente, sin reservas y con todo su amor. Él responde y la toma por la cintura. Sorprendidos por esto, algunos siguen aplaudiendo, pero Pete no puede ocultar la decepción y el rencor que siente.

No importa, nada importa ya. Los encuentros furtivos y los besos a escondidas terminan en ese momento. Lucía y Edward están dispuestos a dejarse llevar por lo que sienten. Expondrán sus sentimientos ante el roce del otro y juntos le plantarán cara al destino. Juntos, siempre juntos.

CAPÍTULO 16

El sabor del amor

Amanda espera sentada en un pequeño café a tres cuadras de La Rochette. Trae su ridículo disfraz para evitar que alguien la reconozca. Pete, con un atuendo normal, se acerca a la mesa y se sienta en la silla frente a ella.

—Señora, buen día.

—¿Cómo haces para reconocerme?

Pete no sabe si reír o no. ¿Es broma? La ridícula mascada y los enormes lentes oscuros de Amanda Brown solo engañarían a un ciego.

—Instinto, supongo.

Ella se encoge de hombros.

—Peter, esto es muy grave. Ya no se esconden, ¿sabías que Edward ahora la lleva a eventos importantes? La presenta con los demás chefs y hasta con críticos. ¡Está ocupando mi lugar! —algunas personas voltean a verlos cuando ella levanta la voz.

—Señora, era un poco obvio, ya pasó un mes desde que ella terminó con Benjamin.

—¡Un mes en que, supuestamente, tú evitarías que eso pasara! ¿No tienes sangre en las venas? ¿No se supone que querías que fuera para ti?

—Es que ella es feliz, señora. Muy feliz. Se le nota. ¿Con qué derecho voy a querer quitarle yo eso? —a Pete se le nublan los ojos—. Creo que a ese grado me gusta Lucía: si ella es feliz con alguien más, yo estaré bien.

Amanda ríe, malvada, y aplaude. Todo el mundo voltea a verlos.

—¡Es increíble lo estúpido que eres! ¡Tan débil! —Pete la mira con rencor y los ojos llenos de lágrimas—. Ese pensamiento tan mediocre y tan idiota solo te ayudará a mantenerte donde estás. Nunca saldrás adelante si sigues pensando que es mejor opción quedarte de segundón en lugar de ganar.

Pete comienza a llorar en silencio, Amanda lo mira como lo que es: su cruel diversión.

—Búsquese a otro, yo no la ayudaré más.

—¡Claro que no! ¡No sirves para nada! Pero quiero que te quede algo muy claro: una palabra de nuestro acuerdo y me encargo de hundirte hasta el fondo, ¿entendido?

—Adiós, señora.

Pete se levanta de la mesa, Amanda se quita los lentes y lo sigue con la mirada.

—Peter, entiéndelo: caigo yo y tú te caes conmigo.

—Yo no tengo nada que perder, señora.

—Eso crees tú.

Amanda arquea las cejas y sonríe ampliamente. Pete niega con la cabeza y sale del café. Ella se queda mirando la puerta, enfadada. Eso se gana por fiarse de inútiles, de idiotas sentimentales. Ahora debe tomar cartas en el asunto y encargarse de todo ella sola. Solo así podrá deshacerse de Lucía y recuperar su lugar.

Y sabe perfecto qué es lo primero que tiene que hacer.

—

Edward entra en la cocina y, al ver a Lucía trabajando, sonríe ligeramente como si fuera la primera vez que la ve. Ella prepara la crema de *El sabor del amor.* Él se detiene junto a ella y solo la observa. Tiene las manos en la espalda y ella bromea:

—Hola, intruso. ¿Sabes que estamos trabajando? No puedes estar aquí.

Edward sonríe y le muestra lo que guarda: un periódico del día. Lucía lo toma, intrigada.

—¿Qué es?

—Mira en la sección de recomendaciones para el fin de semana, sale todos los jueves. O sea, hoy.

Lucía hojea el periódico con entusiasmo y encuentra la nota.

LA ROCHETTE VUELVE A INNOVAR

Para los paladares más exigentes, una de las mejores opciones en Nueva York es La Rochette, el restaurante francés que llena de sabor la calle 52.

Sus elegantes candiles y flores envuelven en la atmósfera más exclusiva a sus comensales, quienes ahora tienen la opción de un nuevo integrante del menú que logra enamorar hasta al más incrédulo.

En las sugerencias del chef se encuentra un platillo que, definitivamente, es uno de los mejores que he probado en mi vida.

El sabor del amor, como su nombre lo dice, es una mezcla perfecta de tintes mexicanos y franceses, y que realiza un homenaje al sentimiento más puro y desinteresado que existe, capaz de desatar guerras, pero también de terminarlas.

Envuelto en un contexto picante y cremoso, la combinación de una alcachofa con pato, queso camembert, nuez y arándanos, logró extasiar mi paladar, a tal punto que sufrí una pequeña muerte de placer cuando llegué al último bocado.

Sentí la imperiosa necesidad de celebrar la vida, el amor de mis seres queridos y todos los dones que tengo. Es un sabor tan simple y único al mismo tiempo que me hizo pensar en el camino que he recorrido y cómo fue que logré llegar a él, impulsándome a mirar hacia el futuro.

Sin duda alguna, Edward Miller, el experimentado chef de La Rochette, tomó la mejor decisión al integrar a su equipo de cocineros a la talentosa Lucía López, responsable de este asombroso platillo que está revolucionando la ciudad.

¿Quieres probarlo? Tendrás que ser paciente, ya que el gran éxito y la exquisita experiencia que se vive en este restaurante, se han traducido en una lista de espera de varios meses para conseguir una reservación.

Un aplauso para La Rochette.

—¿Y bien? —le pregunta Edward a Lucía, expectante.

Ella voltea a verlo con lágrimas en los ojos y lo abraza con fuerza. Él la levanta y dan vueltas. Los demás cocineros se acercan poco a poco para leer el periódico. Lucía y Edward se besan en un apasionado beso de triunfo y amor.

—Es lo menos que te mereces. ¡Rachel no da abasto con la lista de espera! ¡Ahora deben esperar seis meses en lugar de tres!

—Me mencionaron, Edward. Mi nombre salió publicado.

—¿Y qué esperabas? ¡Por supuesto que te mencionaron! ¡Fuiste la creadora de ese platillo!

Lucía no puede con tanta emoción. Edward la ve, orgulloso y enternecido, hasta que varios empiezan a aplaudir y felicitarla. Ella les sonríe.

—¡Tenemos que celebrar! ¿Cenamos esta noche? —le dice Edward con entusiasmo.

—Claro que sí.

Lucía lo ve con unos ojos llenos de brillo. Uno de sus compañeros le devuelve el periódico y ella intenta dárselo a Edward, pero él le responde:

—¡Es tuyo! ¡Tengo otros quince en mi oficina!

Todos ríen y Edward se aleja, mientras el resto sigue felicitándola.

Antes de salir, Edward la mira por última vez. Ella se da cuenta y lo ve sonriendo tiernamente.

—Te quiero —Edward gesticula.

—Lo sé —Lucía responde en silencio.

Edward sale feliz de la cocina y camina dando grandes pasos. Desde hace un mes que goza de una enorme alegría gracias a lo que le ha tocado vivir. Es feliz, como hace mucho no lo era. Lucía llena su vida de amor y momentos maravillosos. Y a él le parece increíble que vuelva a sentirse así: en plenitud.

Al llegar a su oficina, se da cuenta de que Amanda lo espera sentada en una silla. Él la mira sorprendido y niega.

—¿Qué haces aquí? Te dije que no volvieras a venir. Por favor vete.

Edward llega hasta su silla y se sienta. En efecto, tiene varios periódicos en su escritorio. Uno de ellos, no está en la posición en la que lo dejó.

—Edward, necesitamos hablar.

—No tengo nada que hablar contigo. Lo sabes. Debes firmar los papeles de la disolución, no hay más. Ya deja de complicar las cosas. No quiero tener que buscar otra alternativa.

—No he tenido valor de firmarlos.

Él pone los ojos en blanco y la sigue escuchando:

—Edward, solo te pido cinco minutos. Escúchame cinco minutos, ¿sí?

—Está bien. Cinco minutos.

—Gracias. Sabes que hemos pasado muchas cosas juntos, demasiadas. Unas buenas, otras no tanto —Amanda pone las manos en su vientre, él lo nota y se mueve incómodo—. Pero, al final, siempre hemos estado juntos y, aunque ya no estamos casados, hemos sido mejores amigos, ¿no crees?

Edward la mira fijamente y se encoge de hombros.

—No entiendo adónde quieres llegar.

—Edward, te extraño. Mucho. Y entiendo que, bueno… —señala el montón de periódicos y unas lágrimas se asoman en sus ojos—. Lo leí.

¡Muchas felicidades! Me da gusto saber que todo siga caminando a la perfección y, bueno, sé que ahora estás con Lucía. A eso vengo realmente.

Él la mira y respira profundo, cree saber qué sigue.

—Quiero pedirles perdón, Edward. Ahora entiendo que se quieren, y que desean estar juntos.

Edward la mira, sorprendido, mientras ella continúa:

—Pero yo soy tu pasado y, como pareja, soy parte del ayer, pero ella es tu presente y tu futuro, y yo también quiero estar ahí. Quiero ser testigo de tu felicidad. Te repito, somos mejores amigos y...

Amanda llora con fuerza. Edward se levanta y se sienta en la silla junto a ella. La toma de las manos.

—Sé que te hice mucho daño y que por mi culpa fuiste infeliz durante largo tiempo. Ahora, lo único que te pido, es que me dejes verte feliz. ¿Sí? Quiero remediar mis errores.

—Amanda, no sé qué decirte.

—Nada, no tienes que decir nada. Piénsalo y me avisas. ¿Sí? Háblalo con Lucía, pregúntale si está dispuesta a escucharme, a perdonarme. Te lo pido por favor.

—Está bien, hablaré con ella, pero no te prometo nada.

—Quiero ser tu amiga, Edward. No me alejes por favor.

Se abrazan. Él le da unas palmadas en la espalda, se separan y ella le dice:

—Bueno, espero tu llamada.

—Claro.

Se besan en la mejilla para despedirse y Amanda sale de la oficina. No puede creer lo que acaba de pasar. ¿Amanda disculpándose? La vio muy arrepentida y, al final, tiene razón. Siempre han estado juntos, por una cosa u otra, pero siempre juntos. Es lo más cercano que tiene a una amiga y tal vez no sea mala idea que siga siendo su socia.

—

Tocan a la puerta. Hanna se adelanta a abrir. Es Ben, cada vez mejor. Ahora lleva barba y no se ve nada mal. Al contrario, aumenta su atractivo. Él le sonríe y Hanna lo abraza con fuerza.

—¿Cómo estás?

—Bien. Mejor. Cada vez mejor. ¿Tú?

—Muy bien. Adelante, tengo café y pastelitos.

Ben sonríe y camina directo al sillón. Espera a que Hanna lo alcance y se sientan. Martha, la señora que ayuda en su casa, se acerca con una bandeja que tiene café y pastelitos de diferentes formas y colores. Ben sonríe al verlos y elige uno. Hace un gesto de aprobación y toma una servilleta para ponerlo en la mesa. Traga y la mira con atención.

—Lucía no llegará pronto, ¿verdad?

Hanna niega con tristeza. Pensaba que, en ese momento, podrían hablar de otra cosa que no fuera Lucía. En el mes que ha pasado, se han visto por lo menos tres veces a la semana para comer y, para ella, cada día es más difícil seguir escuchando como él habla de Lucía, cuando ella tiene ese mismo tiempo en las nubes por la felicidad de estar con Edward.

—Te tengo una noticia: rechacé el cambio a Filadelfia.

Ella lo mira, sorprendida, mientras da un sorbo a su café. Sonríe con dificultad y toma un pastelito. No le parece mal que se quede, al contrario, le encantará seguirlo viendo, pero teme que las razones por las que se queda no sean correctas.

—Me quedo porque estoy dispuesto a reconquistar a Lucía, a ser el mejor hombre para ella y que vuelva conmigo.

Ben la mira, orgulloso de su propia decisión. Hanna niega, odia tener razón. Él se da cuenta y su semblante se tensa un poco.

—¿No estás de acuerdo?

Hanna respira profundo, no quiere perder el control, no quiere echarle en cara todo lo que lleva semanas tratando de decirle. Esboza una sonrisa forzada y, no puede más.

—¡No! ¡No estoy de acuerdo! ¡Benjamin! ¡Es increíble lo necio y tonto que eres! ¡Lucía ya no te quiere! ¡Grábatelo bien! ¡Es feliz con Edward! ¿Por qué no puedes hacer lo mismo por tu vida? —Ben la mira, incrédulo, Hanna nunca le había hablado así–. ¡Necesito que reacciones y avances! ¿A qué te quedas? ¿A ver cómo Lucía te rechaza y es feliz con otro? ¡No seas idiota, por favor!

—¡Hanna! ¿Qué te pasa? ¡Parece que no quieres que sea feliz!

Ella rompe en llanto y Ben la mira aún con mayor desconcierto.

—Que seas feliz es una de las cosas que más quiero, y que entiendas que tu felicidad no está en ella, sino en ti. Tu felicidad es otra, Ben. ¿Sabes lo difícil que ha sido para mí? Lucía es feliz, está rehaciendo su vida y, perdóname que te lo diga así, pero no piensa en ti. No en esa forma. Por eso decidió irse, por eso quiso dejarte: prefiere que seas un hermoso recuerdo en vez de algo que la atormente el resto de su vida.

—Hanna, pero…

—¡Ben, escucha! No puedes frenar tu vida por ella, alguien que ya te lleva un mes de ventaja. Alguien que no se aferra a lo que no pudo ser. ¡Me da rabia! ¡Me da mucha rabia que no lo entiendas! ¡Que no te des cuenta! Mira…

—Hanna lo levanta y lo lleva de los hombros hasta el vestíbulo, donde hay un enorme espejo antiguo. Ben lo mira, intrigado, y ella se asoma por su hombro.

—Mírate, eres muy guapo. Tienes estilo, talento. Eres constante en el gimnasio —toca sus duros brazos—. Eres detallista, sincero y, sobre todo, tienes un gran corazón —Hanna pone su mano en el pecho de Ben y siente su corazón palpitando cada vez más rápido, igual que el suyo—. Ben, no te desperdicies. No lo mereces. Encontrarás una mujer que te haga feliz, que haga que tus días se llenen de luz.

Él voltea y la mira con atención. Las lágrimas recorren su rostro y se siente mal por hacerla llorar, por hacerla sentir así. Las seca con un dedo y acaricia su mejilla. Hanna responde y cierra los ojos. Ben se acerca y puede oler el rímel de sus mojadas pestañas.

Se besan, se besan lenta y dulcemente. Hanna siente que le falta el aire y él la toma por la cintura, se llenan de pasión y caminan hacia la sala. Se recuestan en un sillón y siguen. Ben acaricia sus piernas y ella reacciona, pero de pronto se separa.

—No, Ben, no puedo.

—¿Por qué no? ¿No te gusto?

—Me encantas, y siento muchas cosas por ti, pero dudo que tú las sientas también.

—Hanna, yo…

—No, por favor, deja de hablar de Lucía. Yo no quiero servirte para desahogar tus necesidades sexuales. Perdóname, Ben, pero me merezco mucho más y de ti jamás lo tendré. Te entiendo, juro que lo hago y, por eso, no quiero sufrir por saber que no podré esperar más de ti. Me ha costado mucho quererme como me quiero, no puedo perderlo.

—Hanna, no te quiero lastimar, yo solo…

—No, no me vas a lastimar tú, lo haré yo sola si no paro. Necesito que te vayas.

Ben se sienta en el sillón y la mira, avergonzado. Hanna solloza.

—Perdóname.

—No es tu culpa. Es mía por fijarme en el equivocado, una vez más.

Se hace una pausa incómoda, hasta que él decide romperla:

—Tengo que confesarte algo.

Ella lo mira con toda su atención.

—Vi a Amanda varias veces, ella era la que me informaba lo que Lucía hacía en el restaurante, sobre todo, cuando Lucía se acercaba a Edward. Amanda fue mi cómplice todo el tiempo.

Hanna siente que la sangre le sube a la cabeza, y le da una bofetada.

—¿Qué te pasa? —Ben se acaricia la mejilla, mirándola incrédulo.

—¡Eres un imbécil! ¡Lárgate ya! ¡Por favor! ¡No te quiero volver a ver!

—Hanna, no es lo que piensas, déjame explicarte.

—¡Vete!

Martha aparece en la sala:

—Señorita, ¿necesita algo?

—Acompáñalo a la puerta, Martha, por favor. Sácalo de aquí.

Ella se acerca y Ben niega mientras toma su abrigo y se pone de pie.

—Espero que pronto me des una oportunidad y me escuches.

Ben camina hasta la puerta y sale. Martha se sienta junto a Hanna y la abraza por los hombros, ella recarga la cabeza en su pecho y solloza.

———

Lucía observa, asombrada, el apartamento de Edward. Es muy amplio, con las paredes blancas y muebles en tonos grises y azules. Hay un cuadro tan grande como el sillón que tiene un paisaje del mar rompiendo sobre unas rocas. Lucía se acerca y lo mira con atención. Edward la ve desde el comedor, con un delantal puesto y dos botellas de vino en la mano.

—¿Tinto o blanco?

Lucía voltea, enamorada.

—¿Cuál prefieres tú?

—Yo pregunté primero.

—Blanco.

Edward regresa. Lucía sigue observando cada detalle de la casa con atención. Tiene un ventanal que da a la ciudad, donde se puede ver el Empire State tan cerca, que el edificio parece estar a solo unos pasos. Escucha a Edward caminar hacia ella, lleva una tabla con quesos. Solo de olerlos sabe que son de cabra, brie y azul, pero también hay algo de salami y jamón serrano.

—Nos esforzamos mucho, ¿verdad, chef?

Ella le habla con un tono de burla en sus palabras. Edward pone la tabla en la mesa y le responde:

—¿No te pasa que después de todo un día en la cocina, solo quieres quesos y jamón?

—Claro que me pasa.

—Siéntate, por favor. Ahora vuelvo.

Lucía se sienta en la alfombra y, con un pequeño cuchillo, corta y se lleva a la boca un trozo de queso brie. Los quesos fuertes los probó por primera vez en Austin, cuando Linda y Emily, su hija, las invitaron a un evento de poesía, queso y vino. Ella quedó fascinada por los asombrosos sabores que surgen dependiendo del nivel de maduración. Fue uno de los primeros fines de semana que pasó viviendo con su madre. Nunca lo olvidará por la sensación de felicidad que la embargaba en ese momento. Ahora experimenta algo aún mejor, lleno de amor y romanticismo. De nuevo vuelve a sentirse plena y, casualmente, está ligada de nuevo al queso.

—¿Por qué en la alfombra?

—Se ve muy cómoda.

Ella acaricia la alfombra peluda. Él sonríe y se sienta junto a ella.

—Los sillones también lo son.

Edward estira sus largas piernas y Lucía las acaricia cuando él la aprisiona con ellas. Le entrega una copa y levanta la suya con ella.

—¡Por nosotros, chef! —brinda, entusiasmada.

—¡Por *El sabor del amor*! —le responde él.

Ambos dan un trago y se besan tiernamente. Lucía mira alrededor y descubre una fotografía de Edward con un joven muy parecido a él.

—¿Es tu hermano?

—Marcus, el más pequeño y rebelde de los dos. Mi adoración —toma un trozo de salami y ofrece otro a Lucía.

—¿Y por qué nunca lo mencionas?

—No tengo con quién hacerlo —se encoge de hombros y Lucía lo mira, inquisitiva—. Bueno, no tenía. Es un rebelde empedernido que viaja por el mundo, a eso se dedica.

—¿En serio?

—Sí, él me acompañó a México en el viaje que te conté. Justo cuando me divorcié, él lo propuso.

—¿Hace cuánto que no lo ves?

—Un año más o menos. Pero hablamos casi a diario.

—Me pasa lo mismo con mi madre y mis abuelos. Casi no los veo, pero hablar con ellos lo hace más fácil.

—¿Puedo preguntar algo?

—Claro.

—¿Qué hay de tu padre?

—No tengo. Bueno, evidentemente tuve uno, pero nunca lo conocí. Dejó a mi madre cuando se enteraron del embarazo. Ya sabes, la típica historia del niño rico que se divirtió con una muchacha de pueblo poco antes de casarse.

—¿Y nunca supiste quién era?

—No, se fue. Bueno, eso dijeron mis abuelos, que se fue lejos y jamás volvieron a saber de él.

—¿Y tu madre no ha pensado en volverse a casar?

—No. Va más allá. ¿Sabes? Mi mamá es de esas personas que no necesitan a nadie para ser maravillosas y plenas. Es una gran mujer en toda la extensión de la palabra.

—Eso me queda claro, porque tú eres igual.

Lucía se sonroja.

—Algún día seré como ella.

—Y yo estaré ahí para verlo.

—¡Más te vale!

Ambos ríen y beben otro poco de vino. Edward la mira y recuerda a Amanda, cambia el semblante. Lucía lo ve, preocupada.

—¿Qué pasó?

—Tengo algo que contarte. Amanda fue hoy al restaurante.

—¿Y qué quería?

—Pedirnos perdón. Hablamos y me dijo que entendía que su papel ahora es el de una amiga, alguien que quiere compartir nuestra felicidad. Me dijo que también quiere hablar contigo. La sentí sincera.

Lucía suspira y apura su copa hasta terminar el vino. Edward hace lo mismo con la suya, toma la botella y vuelve a llenar las copas.

—¿Me dejas pensarlo? Digo, no me lastimó con todo lo que me dijo, pero esa era su intención. Además, nunca entendí por qué me odiaba tanto.

—Celos, estaba muy celosa.

—¿Ah sí? ¿Y eso por qué?

Lucía lo mira con suspicacia y Edward sonríe.

—Porque te amo, te amo con todo lo que soy, Lucía.

—Y yo te amo a ti, Edward Miller.

Se acercan y se besan. Primero, suavemente, pero poco a poco van cediendo a una pasión descontrolada. Edward la toma de la cintura y la acerca con firmeza. Hace su cabello a un lado y le besa el cuello, como si quisiera devorarlo por completo. Ella lo mira y se monta encima de él, sintiendo como se estremece cada milímetro de su piel, erizándose mientras le desabotona la camisa. Por fin puede ver su pecho desnudo y lo besa como si no existiera nada más. Su cuerpo es perfecto y tibio. Ella se pregunta cómo pudo sobrevivir hasta ese momento sin él.

Edward se incorpora y se levanta del suelo, quitándose por completo la camisa. Lucía admira su abdomen marcado, mientras él la toma por los hombros hasta levantarla, la toma de la cintura y la besa con más fuerza. Ella siente, solo siente, se entrega a ese roce, ante sus grandes manos acariciando sus pechos, con tanta delicadeza y calor, obligándola a quitarse la blusa.

Él besa todo su cuerpo hasta llegar a su pantalón. Lo desabrocha y se lo va quitando, acariciando y besando sus piernas al mismo tiempo. Lucía se estremece con cada beso húmedo que él le da. Edward vuelve a subir besándola hasta que llega a su pecho de nuevo y luego llega a sus labios.

—Te amo, Edward.

—Y yo te amo a ti, Lucía.

Entran en la habitación y solo la luz exterior los ilumina. Lucía ve como él se quita el pantalón y la ropa interior. Ella hace lo mismo, mientras lo sigue mirando con atención. Es perfecto y desea entregarse a él por completo, sin miramientos y sin tapujos. Solo ser de él y él de ella, sentirse por la eternidad.

Lucía nunca había experimentado nada igual, esa plenitud al sentir como Edward se funde en ella y se hacen uno solo. La pasión la desborda, el amor la entrega. Edward es el amor de su vida y nunca más quiere estar lejos de él.

CAPÍTULO 17

La mejor mentira

Lucía abre los ojos y, por un momento, le cuesta creer todo lo que está pasando. Voltea y Edward está junto a ella, durmiendo plácidamente. Están desnudos bajo las sábanas. Acaba de pasar la mejor noche de su vida al lado del hombre con el que siempre soñó.

Es feliz al darse cuenta de que la percepción que tenía de Edward era errónea. Sí, es alguien cuadrado y metódico, pero su corazón es más grande que sus obsesiones. Cada vez que puede, él se escapa a la cocina para verla. A veces no dice nada, solo le sonríe o la saluda de lejos. Conocerlo un poco más y descubrirlo como el maravilloso ser humano que es, ha sido lo mejor que le pudo pasar.

Lo abraza y él, al sentirla, la acaricia y envuelve en sus brazos.

—Buenos días.

Edward sale del sueño poco a poco, mientras Lucía besa su mano.

—Hola, chef.

—¿Dormiste bien?

—Muy bien. Aunque creo que ya interrumpimos nuestra rutina de ejercicio.

Ella acaricia su pecho, mientras él ríe ligeramente por su comentario.

–Hoy no vas a La Rochette, ¿verdad?

–No, hoy no voy. Quiero aprovechar para hacer algunas cosas. Estoy buscando apartamento.

–¿Por qué? ¿Tuviste algún problema con Hanna?

–Ninguno. Me encanta vivir con ella: tengo el espacio que necesito, no pago renta, pero ahora es muy amiga de Ben y, bueno, no quiero que ambos vivamos una situación incómoda un día de estos.

–¿No lo has vuelto a ver?

–Solo el día que recogí mis libros –suspira–. No quedamos mal ni nada por el estilo, pero sé que para él sería incómodo.

Edward se queda callado un momento, mientras le acaricia el cabello a Lucía. ¡Ella se siente tan bien al estar así! Recostada en su pecho y escuchando su nuevo sonido favorito: los latidos de su corazón. Siente una paz que hace mucho no sentía, una tranquilidad que la hace pensar en que así debe ser la plenitud.

–¿Qué piensas? –Lucía pregunta a Edward al sentir que su cabeza corre a mil por hora.

–Muchas cosas.

–Pero ¿qué cosas?

–Primero, que no quiero irme de viaje. No me quiero alejar de ti.

Lucía lo ve con ternura y le responde:

–¡Pero es algo muy bueno! ¡Ese programa de televisión en el que vas a participar lo ven miles de personas! ¡Y serás el juez de honor!

–Me encantaría que pudieras venir conmigo. Pero alguien tiene que velar por La Rochette.

–Exacto. Ya podremos irnos de viaje juntos.

Edward la besa en la frente.

–Hay otra cosa. Lucía, quiero proponerte algo –se incorpora levemente, y ella también–. Pero necesito que me prometas que no me responderás ahora. No es necesario. Tómate el tiempo que necesites, solo considéralo.

—Está bien.

—¿Y si te mudas conmigo?

Lucía abre los ojos, sorprendida, y voltea a ver la habitación visiblemente emocionada. Edward termina de incorporarse hasta quedar sentado en la cama.

—Puedes modificar lo que quieras: muebles, colores, distribución. ¡Lo que tú quieras! Este apartamento es mío, pero quiero compartirlo contigo. Que te sientas cómoda, que lo conviertas en tu hogar… Nuestro hogar.

Lucía sigue tan sorprendida que no puede hablar.

—Mira, sé que podría parecerte que tenemos muy poco juntos, pero para un obsesivo del tiempo como yo es importante no perderlo. Estoy seguro de que quiero estar contigo, formar un hogar juntos y… ¡No sé qué pase mañana! Y yo solo quiero ser feliz a tu lado.

La toma de las manos.

—Déjame pensarlo bien, Edward. Me encanta la idea. Yo tampoco quiero estar nunca más sin ti. Pero no sé si me sentiría cómoda de solo llegar a tu casa e imponerme, ¿sabes? Siento que me gustaría más elegir algo juntos y que, desde cero, sea solo nuestro.

—¡Rentamos este y elegimos otro entre los dos! No tengo problema con eso. Si eso te preocupa, se soluciona muy fácil. De cualquier manera, insisto al decirte que no necesito que respondas ahora. Piénsalo bien y haremos lo que te haga sentir más cómoda, ¿de acuerdo?

Lucía se acerca y lo besa.

—Te amo, no hay más.

—No hay más, Lucía. Yo también te amo.

Se abrazan y ella se fija en las persianas, cerradas todavía.

—¿No crees que necesitamos un poco de luz?

Edward se levanta de la cama y, por primera vez en mucho tiempo, abre las persianas por completo. La luz ilumina la habitación, llenando de luz el ambiente. Edward y Lucía se ven juntos en esa cama iluminada por los rayos del sol otoñal. Son felices y ninguno de los dos quiere que eso acabe nunca.

=

Lucía habla por teléfono mientras camina por 5ta Avenida mirando las tiendas que siempre había disfrutado observar y que, justo hoy, se ven más espectaculares que nunca.

—Mamá, te juro que nunca me había sentido así.

—Hija, me da mucho gusto. Te escucho muy feliz. Pero, dime, ¿qué le respondiste?

—Pues que tenía que pensarlo, mamá. Llevamos muy poco tiempo juntos. No quiero apresurarme en estas decisiones.

—Yo te entiendo, pero ¿qué quieres esperar? ¿A que Ben sea feliz?

Lucía se muerde el labio, como un gesto de culpa, y continúa escuchando:

—Aunque lo quiero mucho, sabes que esa ya no es tu responsabilidad. Él tiene que salir adelante y tomar las decisiones que lo hagan feliz. Tú ya no tienes nada que hacer con eso.

—Es que no es eso: siento que si corro me puedo caer.

—¡Pues te levantas y ya! Lucía, cuando una se siente así, tan plena, tan llena de amor, no importa el tiempo que pasa. Eso no es algo que debas considerar cuando tu felicidad está en juego.

—¡Ni siquiera me ha pedido que sea su novia! —bromea.

—¡Pídeselo tú! ¡Por favor! ¿Ahora resulta que mi hija es la más tradicional de todas?

—Claro que no.

Ambas ríen.

—Haz lo que te haga feliz.

—Ay, ma, me haces tanta falta. Me gustaría tenerte aquí.

—Y tú a mí. Espero vengan pronto a Austin para conocer a tu novio-jefe.

—Eso estábamos conversando. Yo creo que iremos pronto y, de ahí, a México. Quiero que conozca a mis abuelos.

—¡Los haremos muy felices! ¡Podemos irnos juntos!

—¿Mis abuelos te han dicho algo?

—Pues que ellos también quieren mucho a Ben, pero que lo más importante es que seas feliz y, si Edward significa eso para ti, ellos están tranquilos.

—Los voy a llamar para decirles que quiero ir pronto.

—Sí, hija. Deberías. Tu abuelo no se ha sentido muy bien. Si los llamas seguro les levantas el ánimo.

—Pero ¿qué pasó ahora? ¿Qué tienen?

—Lo de siempre. Y tu abuelo es necio y no quiere ir al médico.

El rostro de Lucía refleja preocupación mientras sigue caminando frente a los escaparates.

—Les hablaré y espero poder ir pronto con ellos. Solo que pase el cumpleaños de Edward, aún no sé qué le regalaré y me quedan dos semanas.

—¡Un reloj!

Ambas ríen de nuevo.

—¡Tiene cientos! Y muy caros.

—Pero búscale uno especial, seguramente para él será más importante uno que le regales tú.

—Es buena idea, lo pensaré.

—Hija, quedé de verme con Linda, así que debo prepararme para que no se me haga tarde. A todo esto, me mandó a decirte que también está muy feliz por ti.

—Perfecto, ma. Salúdala mucho de mi parte por favor.

—Claro, hija. ¡Le hablas a tus abuelos! Estamos en contacto.

—Sí, mamá. Te amo.

—Yo más, hija de mi corazón. Un beso.

Lucía baja el teléfono, lo guarda en su bolso y sigue caminando. En todas las tiendas se nota que Halloween se acerca. Todo son calabazas, brujas y el anaranjado característico. Sonríe con nostalgia, es una de las épocas que más le gustan, sobre todo cuando puede estar en México. Los sabores tan maravillosos que Día de Muertos trae a su país son inigualables, pues están llenos de felicidad. A muchos les puede sorprender que, en México, recordar a los muertos sea una fiesta, pero a ella le encanta la alegría que embarga los hogares con coloridos adornos y comida tradicional mexicana.

Las calabazas hacen que Lucía tenga ganas de morderlas, esperando encontrar el sabor del dulce que su abuela prepara con ellas. Ahora sabe que no lo encontrará. Cuando era pequeña, incluso, preparó el dulce y se llevó una gran decepción. Ya está. Le propondrá a Edward ir a pasar esas fechas a México, seguramente le encantará vivir de cerca la inspiración que la llevó a crear *El sabor del amor*.

=

Edward está sentado en su escritorio, con su libreta y su tableta junto a él. Está escuchando desde su teléfono *Don't stop me now* de Queen, que es su canción favorita y tararea alegremente. Tocan a la puerta y levanta la mirada.

—Adelante.

Amanda entra, sorprendida por la música, pero, sobre todo, por la sonrisa de oreja a oreja con la que Edward la recibe. Ella finge y sonríe también.

—¿Muy contento?

—¡Feliz, Amanda! ¡Feliz!

—¡Me da mucho gusto!

Cuando Edward vuelve a bajar la mirada, ella pone los ojos en blanco y respira profundo. Pero regresa rápidamente a esbozar su sonrisa hipócrita cuando se sienta frente a él.

—Dime, ¿cómo estás? ¿Para qué me llamaste?

—Dame dos segundos.

Amanda asiente y él sigue escribiendo en su libreta. Ella se nota muy incómoda, pero es experta fingiendo. Cuando Edward termina, alza la mirada y vuelve a sonreírle.

—Muy bien, estoy muy bien.

—Qué bueno. Hace mucho que no te veía así.

—Sí, ¿verdad?

Amanda no cree poder soportar tanto.

—Bueno, dime, ¿qué necesitas?

—Claro. Me voy de viaje una semana a Los Ángeles a participar en el programa de cocina en el que seré juez.

—¡Regresas justo antes de tu cumpleaños! ¿Quieres que te acompañe?

—No, no. Solo necesito que estés aquí por favor, pendiente de cualquier cosa que pueda suceder, ¿de acuerdo?

—Cuenta conmigo. Supongo que vas con Lucía, ¿no?

—No, ella también se queda. Solo confío en ella para que se haga cargo de la cocina. La ventaja es que no me voy mucho tiempo.

Un dejo de satisfacción se asoma en el rostro de Amanda.

—No te preocupes, yo me encargo de todo. Estoy segura de que Lucía y yo haremos un gran equipo.

—La verdad, no creo que tengan que interactuar mucho. Pero te agradezco tu disposición.

Amanda ve la libreta. Estira una mano para tomarla y mira a Edward, buscando su autorización. Él asiente. Amanda la hojea y ve todas las recetas que han trabajado Lucía y él. Lo sabe porque en varias páginas no reconoce la letra.

—¿Son tus nuevas ideas?

—Sí. Las pensamos entre Lucía y yo. Hay un par que queremos registrar. La verdad es que es una inyección de creatividad y pasión que ya me hacía falta. Quiero que ambos firmemos el menú del próximo año.

Amanda finge comprensión.

—Me da mucho gusto, Edward. De verdad —cada palabra salió de su boca como si al mismo tiempo le enterraran un cuchillo en el estómago.

Edward duda un momento, pero al final se inclina hacia adelante.

—Quiero compartirte algo que es mejor que sepas de una vez y por mí. Te agradezco mucho tu intención de ser amigos. Veo que lo estás cumpliendo y me alegra conocer esta parte tuya, que creo había olvidado que existía: alguien buena, desinteresada y dispuesta a mostrar su apoyo. Por eso, tienes que saber que hoy le pedí a Lucía que vivamos juntos.

Amanda no puede evitar abrir los ojos con total sorpresa, se echa para atrás e intenta sonreír, aunque no puede.

—¡Guau! ¿No crees que es muy rápido? —aunque intente disimular, la afectación en su voz es notoria—. Digo, la conoces de ayer, ¿no? Siento que puede ser precipitado.

—Pero yo no pienso igual, Amanda, y estoy seguro de que quiero estar con ella. Te diría que el resto de mi vida, pero no sabemos qué pueda pasar en medio. Solo sé que me hace feliz y no quiero perderla.

Amanda asiente lentamente y traga.

—Y… oficialmente… ¿ya son pareja?

—No, pienso pedírselo cuando regrese de Los Ángeles.

—Pues… ¡muchas felicidades! —sonó muy falso, hasta para ella.

—Te agradezco mu…

—¿Se van a casar? —ella interrumpe con la mirada fija en la libreta.

Ahora finge una sonrisa y lo ve a los ojos.

—Yo espero que sí.

Amanda siente como si un yunque le cayera en el estómago, pero sonríe con más ganas.

—¡Perfecto! Bueno, Edward. Te tengo que dejar, voy a revisar mis inversiones. Ya sabes, cosas de negocios.

Ella le entrega la libreta, se levanta y él la imita.

—Vete tranquilo, sabes que yo siempre velaré por tus intereses. ¡Por cierto! ¿Tienes otra llave de la oficina para poder entrar?

—Lucía tiene una. Puedes pedírsela a ella.

Amanda asiente con la primera sonrisa sincera en todo ese rato, pero llena de malicia. Se acerca a Edward, lo besa en la mejilla y lo abraza.

—Excelente viaje, Edward. Estamos en comunicación por cualquier cosa —hace el amago de escribir en su teléfono—. Y, cuando regreses, ya planearemos algo para tu cumpleaños.

Ella le guiña un ojo y Edward se encoge de hombros, pero sonríe.

—Ya veremos.

—¡Cómo que ya veremos! ¡40 años no se cumplen todos los días!

—Ya veremos, ya veremos.

Amanda se despide con una mano y sale. Cierra la puerta y, antes de seguir caminando por el pasillo, respira profundo.

—¡Zorra idiota! Me voy a deshacer de ti, que no te quepa la menor duda —murmura con una profunda y sincera mirada de odio.

==

En el apartamento de Edward, Lucía y él están sentados en el sillón de la sala. Tienen dos copas vacías frente a ellos y una botella de vino blanco a la mitad. Ella está recargada en él y, muy relajada, le acaricia las manos mientras él besa su cabeza.

—Te voy a extrañar.

—Yo también. Pero solo me voy una semana, se pasará rápido.

Ella asiente y Edward se estira para alcanzar su abrigo. Lucía se incorpora un poco y lo mira con curiosidad. Él toma sus manos y pone en ellas su reloj de bolsillo. Ella se emociona y lo abre. En la foto hay una pareja de ancianos que sonríe. Él es prácticamente Edward con 30 años más. La mujer es muy bella y elegante.

—Ellos son mis abuelos. Yo también tuve una relación muy estrecha con ellos. Los quise mucho. Y, siendo sinceros, yo siempre fui su consentido.

—¡Me encantan! —examina la foto—. ¿Y el reloj?

—Me lo regaló mi abuelo. Era suyo. También se llamaba Edward. Mira.

Él señala la parte trasera del reloj, donde están grabadas las iniciales E.M.

—¡Hermoso! De verdad, Edward. Es un gran reloj.

—Es tuyo. Quiero que te lo quedes para que siempre me tengas contigo, aunque esté lejos.

Lucía niega, atónita.

—Pero no. No puedo aceptarlo. Es muy especial para ti y…

—Por eso quiero que lo tengas tú.

Edward la mira con los ojos nublados. ¿Cómo pudo haber pensado que no tenía corazón?

—Pues entonces, gracias de verdad. Lo cuidaré con mi vida.

Lucía estrecha el reloj en su pecho.

—Yo lo sé, por eso quise dártelo.

Ella deja el reloj en sus piernas y se desabrocha del cuello la cadena con la medalla de la Virgen de Guadalupe que le regaló Coco años atrás. Se la pone en las manos. Edward examina la medalla, con una sonrisa en los labios.

—Esto es lo más preciado que tengo en mi vida. Ella es la Virgen de Guadalupe y representa a la madre que siempre nos cuida, sobre todo, a los mexicanos.

—Sí, he oído hablar de ella.

—Mi mamá me la regaló el día que cruzó a Estados Unidos, el último día que la vi. Me dijo que siempre me cuidaría y así ha sido. Es tuya. Quiero que te cuide cuando no pueda estar contigo.

Edward la besa tiernamente. Lucía no puede con el sabor de sus labios, tan cítrico y dulce al mismo tiempo que siente que puede enloquecer.

—La cuidaré con el alma. Te lo prometo.

Lucía vuelve a besarlo y se abrazan. De sus ojos escapan unas lágrimas de felicidad. Edward la escucha sollozar y se separa.

—¿Por qué lloras?

—Porque mi corazón es tan feliz que hasta tengo que llorar.

Edward ríe.

—Eso no tiene mucho sentido.

—El amor tampoco.

—¿Estás segura de lo que hablas?

—La verdad no. ¿Vamos a la habitación? Muero de ganas de que me hagas el amor.

Edward la sorprende cargándola en sus brazos, como si estuvieran recién casados, y se besan apasionadamente mientras se dirigen a la habitación.

==

A la mañana siguiente, Lucía entra radiante a la cocina de La Rochette. El único que está ahí es Pete, que la saluda de lejos y se queda en su mesa de trabajo. Lucía lo mira, extrañada, seguramente le pasa algo. De pronto escucha el sonido de unos tacones.

—Buenos días.

—La voz fingida de Amanda resalta en la cocina, aún en silencio por la falta de actividad. Ninguno de los dos responde.

—¿Cómo están?

Amanda ya no espera respuesta y camina hacia Lucía. Ella respira profundo, recuerda que Edward le dijo que quería limar asperezas. Sonríe ante su presencia y Amanda también, pero, de parte de Amanda, es más un gesto cruel que otra cosa.

—Recoge tus cosas.

—¿Perdón?

Amanda chasquea los dedos e insiste:

—Que recojas tus cosas. Te largas en este momento.

—¿Qué te pasa?

—Niña, no quisiera ser yo la portadora de tan malas noticias, pero, bueno, a Edward no le gusta ensuciarse las manos —la mira, sonriente—. Estás despedida.

Pete observa la escena tan sorprendido como Lucía y se acerca poco a poco para escuchar mejor.

—¿Creíste en todo lo que te dijo? ¡Por favor! ¡Formas parte de un magnífico plan! Ideado por mí, evidentemente.

—No te entiendo. ¿Qué estás tratando de decir?

—Edward te engañó, niña. Te usó para que crearas recetas con él, para que refrescaras su restaurante. En realidad, te utilizamos. Todo el tiempo estuvimos de acuerdo.

Lucía ríe, nerviosa.

—No, no es cierto —la mira con asco—. ¿De dónde sale todo esto?

—¡De la verdad! De toda la verdad. Yo, como una mujer entregada a su hombre y pensando en sus intereses, permití que te sedujera solo para ver como inyectabas un poco de creatividad y pasión a esto.

Amanda levanta su mano enseñando un enorme anillo de compromiso. Lucía lo mira, confundida.

—¿Ves esto? Edward me pidió hace meses que nos volviéramos a casar, pero, bueno, si necesitábamos que cayeras no podíamos decir nada. ¿Por qué crees que me perdonó tan rápido?

Lucía no lo quiere ni puede creer. ¿Y ese anillo? ¿Qué significa todo esto?

—No te creo nada. Lo voy a llamar.

Ella toma su teléfono e intenta comunicarse con Edward, pero manda directo a buzón de voz, mientras Amanda la mira frunciendo el ceño.

—¿Buzón de voz? Seguramente ya bloqueó tu número, como acordamos.

—Debe estar en el avión ya.

—No, su vuelo salía a las 10:30.

Lucía niega y se sienta en su taburete. Amanda la jala del brazo y la pone de pie.

—¡Que te vayas! No te queremos ni un minuto más aquí. ¡Vete!

—¡Quiero mi libreta! ¡Necesito mi libreta! No la voy a dejar aquí hasta que pueda hablar con él.

Corre hacia la oficina de Edward. Amanda la sigue y Pete sale tras ellas. Al llegar a la puerta, Lucía toma la llave de su bolsillo y abre la puerta. Sobre el escritorio no está la libreta. Revuelve todo, pero no está por ningún lado.

—¿Crees que la iba a dejar? Se la llevó. Ahora es suya. Ya verás esas recetas firmadas por el reconocido chef Edward Miller.

Amanda la mira desde la puerta, con Pete detrás de ella.

—Vete, ten un poquito de dignidad y vete ya.

—Si eso es cierto, voy a demandar.

Lucía se siente perdida, habla por hablar, por defenderse. No entiende lo que está pasando y solo siente su mente funcionando de prisa, intentando encontrar una explicación. Trae un vacío en el pecho tan grande como sus ganas de golpear a Amanda.

—¡Por favor! ¿Y quién eres tú? ¡No eres nadie, mexicanita! ¡Nadie! ¡Regrésate a tu país y déjanos en paz! Yo me encargaré de que nunca más vuelvas a trabajar en ningún restaurante de Estados Unidos. Y créeme que puedo hacerlo.

—Amanda, ya —Pete se adelanta y toma a Lucía por los hombros.

Otros compañeros que van llegando a los casilleros a dejar sus cosas y, al escuchar el alboroto, se asoman por la puerta. Tampoco entienden nada.

—¿Amanda? ¡Mrs. Miller para ti, inepto!

—No entiendo qué pasa —replica Lucía entre sollozos.

Amanda se queda viendo fijamente a Pete abrazando a Lucía.

—¡Se ven tan tiernos! Si tan solo Lucía supiera todo lo que has hecho para hacerle daño y para quitarla de en medio.

Lucía voltea a ver a Pete con la boca abierta y niega con lágrimas en los ojos. Él niega mientras su rostro se pone blanco de terror.

—¿Quién crees que conseguía todas las fotos para mandárselas a tu noviecito? —pregunta Amanda—. ¿Quién crees que nos dio toda la información para que cayeras más rápido?

—Pete, ¿es cierto? —Lucía apenas puede modular.

—No… Bueno, no fue exactamente así. Yo…

Lucía le una bofetada a Pete y camina hacia los casilleros. Recoge sus cosas y se pone el abrigo sobre la filipina. Antes de salir, se acerca a Amanda y la empuja con todas sus fuerzas. Ella se tambalea mientras la mira irse, triunfante. Lucía corre hasta la salida y sale del restaurante.

Comienza a correr por la acera hasta que ya no puede más. Su teléfono sale del bolsillo y cae estrepitosamente, destrozándose. Se detiene a revisarlo, pero ya no enciende. Se lleva una mano al pecho y empieza a llorar con tanto sentimiento que siente que el corazón se le saldrá en una lágrima. Niega, tiene que haber un error. Edward no la pudo utilizar así. Edward la ama.

Siente el amargo sabor del dolor bajando desde su boca hasta la garganta, quemándola. Las lágrimas saben más saladas de lo normal. La hieren al bajar por sus mejillas. No, esto no puede estar pasando.

CAPÍTULO 18

La peor verdad

Cuando la familia de Hanna quedó destruida por culpa de Amanda, Hanna quiso enfocarse en ayudar a las mujeres, pero ahora que ha pasado el tiempo, se da cuenta de que muchos jóvenes como ella o su hermano Drew, también necesitan a alguien que los guíe y ayude a no darse por vencidos y encontrar su camino. Ahora que trabaja como consejera de adolescentes en una preparatoria, puede explorar esa nueva oportunidad de ayudar.

Por otro lado, el beso con Ben le exige concentrarse en algo más. Nunca pensó estar en una situación donde tuviera que ocultarle algo a Lucía. Pero, aunque ella es feliz con Edward, no quiere hablarle de lo que pasa con su exnovio hasta estar segura de que valdrá la pena.

Lucía entra hecha un mar de lágrimas y camina hasta la sala. Al verla, Hanna se levanta rápidamente y la abraza.

—¡Lulo! ¿Qué pasa? ¿Por qué lloras así?

—¡Me engañó, Hanna! ¡Me engañó!

—¿Quién?

—¡Edward! ¡Me mintió! ¡Todo fue una farsa! ¡Lo único que quería eran mis recetas!

Hanna niega con una cara de absoluta sorpresa y la toma del brazo. Se sientan en el sillón mientras Lucía sigue llorando.

—Eso no puede ser. Ni siquiera estaban juntos cuando…

—¡Ese es el punto! ¡Lo planeó todo muy bien! ¡Ahora muchas cosas tienen sentido! ¿Por qué alguien como él se iba a fijar en alguien como yo?

Hanna busca en su bolso un paquete de pañuelos desechables. Se los entrega.

—No me vengas con eso. ¡Lucía! ¿Ahora resulta que no tienes confianza en ti misma? ¿Que no sabes todo lo que vales?

—Unas recetas, nada más.

—¡No seas idiota!

Hanna nunca le había hablado así, pero Lucía ni se fija en este detalle.

—Te ha costado mucho llegar hasta donde estás como para que me digas que tu valor reside solamente en unas recetas.

—¡Es lo que es!

—Pues entonces seguro que te está faltando lógica. Cuéntame todo, entre las dos encontraremos la respuesta. ¿Él habló contigo? ¿Terminó su relación?

—¿Cuál relación?

Hanna se pega en la cabeza. Ella solloza aún más fuerte.

—Ya tenían una relación y lo sabes. No tenía que pedirte nada arrodillado sobre una cama de rosas. Lulo, enfócate, cuéntame qué pasó.

Lucía respira profundo y se seca las lágrimas, aunque siguen brotando como fuente.

—Fui a La Rochette para empezar el día. Edward me dijo que había hablado con Amanda y ella le pidió perdón. ¡Me dijo que trabajaríamos juntas estos días que él no está! Pero, cuando llegué, ella me echó.

Lucía llora con fuerza.

—Tranquila. Respira.

—Me dijo que se iba a casar… con Edward… ¡Hasta me enseñó el anillo! –le cuesta hablar por los sollozos–. Me dijo que todo había sido un plan entre ellos… Que él iba a firmar nuestras recetas como suyas… Eso no me importa, Hanna. Lo que me duele es que me mintió: me dijo que me amaba y no era verdad.

–¿Y le creíste? ¿Ya llamaste a Edward?

–Obviamente, no me respondió.

–Seguro estaba en el avión. Vuélvelo a llamar.

–No puedo, mi celular no sirve

–¿Qué?

–Se me cayó cuando iba corriendo hacia el metro. No enciende, dejó de funcionar.

Hanna toma su teléfono y lo pone en manos de Lucía.

–Llámalo ahora. Vamos. Hazlo.

–No me sé su número de memoria.

–¡Maldita tecnología! Lucía, todo me suena muy extraño. Irreal. No puedes confiar en esa mujer. ¡Sabes de lo que es capaz!

–Sí, lo sé, pero ¿dónde consiguió el anillo? Todo tiene sentido ahora, todo. ¿Por qué Edward cambió tan rápido conmigo? ¿Por qué me permitió hacer recetas cuando aún no comenzábamos nada? Se dio cuenta de lo que podía hacer y decidió utilizarme, hacerme caer como estúpida para robarse mis ideas.

Lucía apenas puede respirar por la intensidad de su llanto y Hanna la abraza con fuerza.

–A ver, Lucía, necesito que te tranquilices. ¿Sabes en qué hotel estará Edward?

–No.

–Bueno, no importa, lo vamos a encontrar y aclararemos esto. Llora todo lo que quieras para que tu mente pueda fluir después y ver las cosas con calma.

Nunca se había sentido tan mal, utilizada y tonta. ¿Por qué confió en él? ¿Por qué se entregó tan rápido en todos los sentidos en los que alguien se puede entregar? Lucía necesita a su familia, un abrazo de su madre, de sus abuelos. Necesita escapar de Nueva York y no volver jamás.

═══

En la cocina de La Rochette nada es como antes. Todos trabajan cabizbajos, sin hacer bromas, y hablando solo lo necesario. Están muy sorprendidos por la partida de Lucía, nadie les ha explicado nada, y lo que vieron solo los hace sospechar que algo muy grave está pasando. Pete, en un descuido, se corta con el cuchillo que utilizaba para rebanar el pollo. Ahoga un grito y se lleva la mano a la boca.

—Pete, ¿qué pasó con Lulo? Tú viste todo, ¿no? —Joe se acerca susurrando.

Pete voltea a verlo mientras se cubre con una servilleta. No responde.

—Yo no sé nada realmente. Solo las vi discutir, pero… —Joe insiste con preocupación.

—¿Qué? —respira profundo—. No me responde las llamadas y necesito hablar con ella.

—Pete, alguien escuchó que Mrs. Brown decía que tú los habías ayudado a hacerle daño. Amigo, ¿qué pasa?

—¡No sé, Joe! ¡No sé!

Pete está muy desesperado y se siente culpable. Cuando salió corriendo tras Lucía, esperaba encontrarla aún cerca del restaurante o en el metro, pero ya no la vio en ningún lado. Se sienta sobre un taburete y baja la cabeza.

Joe le da unas palmadas en la espalda, justo en el momento en que Amanda entra en la cocina mirando hacia todos lados. Se queda de pie en la puerta.

—¡Vengan todos, por favor!

Uno a uno intercambian sombrías miradas y caminan hacia ella. Algunos niegan y otros tiene una expresión de curiosidad que no pueden ocultar. Pete no se mueve de su lugar, ni levanta la cabeza.

—Como algunos pudieron presenciar hace rato, Lucía López dejó de trabajar para La Rochette.

Hay murmullos, intercambio de miradas, otros se dan codazos, pero cada una de estas reacciones tiene sin cuidado a Amanda, que continúa diciendo:

—Sé que muchos se preguntan por qué se tomó esta decisión —respira profundo, fingiendo preocupación—. En días pasados han sabido que Mr. Miller y ella mantenían una relación fuera de lo laboral. Bueno, ese es el factor que agrava la situación. Lucía se aprovechó de los sentimientos de Mr. Miller para engañarlo y robarlo.

Pete levanta la mirada llena de odio y con los ojos llorosos. Amanda se da cuenta y le sonríe ampliamente.

—Pero gracias a su compañero Peter, yo fui alertada de esta situación y prescindí de los servicios de esta mujer.

Todos los voltean a ver. Él se levanta, muy decidido y con los puños cerrados. Se acerca lentamente.

—Por desgracia, no fuimos tan rápidos como debimos. Ella ya había robado las recetas que Mr. Miller había trabajado con tanto esfuerzo y dedicación. La policía será alertada y, no se preocupen, la detendremos.

Pete llega hasta el frente del grupo. Amanda se fija en él y vuelve a sonreír.

—Por todo esto, quiero hacer oficial que Peter Smith será el nuevo encargado de la cocina.

Todos abren los ojos, sorprendidos, incluido él. Amanda empieza a aplaudir, pero nadie la sigue.

—Peter, entras en nuevas funciones en este momento y, a partir de mañana, se deja de servir *El sabor del amor*, ¿entendido?

Nadie responde. Amanda parece disfrutar con toda el alma la situación.

—Bueno, habiendo dicho lo más importante, los dejo trabajar. ¡Vamos, aprisa!

Amanda sale de la cocina dando palmadas mientras todos miran a

Pete. Unas lágrimas recorren sus mejillas. Mario, uno de los ayudantes de cocina se acerca a él.

—Ahora entiendo lo que dijo la señora hace un rato: tú la ayudaste a deshacerse de Lulo, a lastimarla. Ella confiaba en ti, te consideraba su amigo. ¡Y tú solo querías su puesto! ¡Eres un traidor!

Algunos aplauden, otros silban y murmuran traidor. Pero todos lo miran con desprecio. Pete niega y camina hacia la puerta, pero antes de salir, Joe lo empuja y lo toma por el cuello:

—No te saldrás con la tuya. Lulo contaba con todos nosotros. Pero a ti nadie te respalda. Los traidores la pagan caro, Peter. No lo olvides.

—¡Suéltame!

Él se zafa rápidamente. Sale y camina con rapidez a la oficina de Edward. Amanda está sentada en el escritorio mirando hacia la puerta, esperándolo, y le pregunta:

—¿Ya te expresaron todos su odio y desprecio?

—¿Por eso me diste ese puesto? ¡Eres asquerosa, Amanda!

—No, tú lo eres —se levanta de la silla y sonríe malévola—. Tan poca cosa, tan tibio. Te dije que no podías dejarme de ayudar así tan fácil, tenías que seguir hasta el final. ¿Crees que me pasé? Pues no tienes idea de todo lo que viene.

—¡Lucía no se merece esto! ¿Por qué la odias tanto? ¿Por ser joven, talentosa? ¿O solo porque te quitó a Edward?

Amanda ríe con sarcasmo, luego alza una ceja y lo ve con desprecio.

—Entiéndelo, con Lucía o sin ella, Edward jamás regresará contigo: ¡le das asco!

—¡Lárgate en este momento!

—¡Por supuesto! ¡No voy a ser cómplice de tus porquerías!

—¡Ya lo fuiste!

Pete sonríe rojo de furia. Mira a Amanda, se quita su gorro de chef y le da en la cara con él. Amanda sonríe, fingiendo tranquilidad. Él da media vuelta y, antes de salir, voltea a verla:

—Te voy a destruir, Amanda Brown. Juro que te voy a destruir. Te irás al infierno y ni el mismo diablo podrá salvarte.

Pete cierra la puerta con fuerza y Amanda, inmutable, se sienta en la silla de nuevo. Respira profundo y sonríe. Falta la mejor parte del plan, solo hay que esperar.

———

En la sala de espera del hospital está Mercy, la enfermera de Antoine, con los ojos llorosos y un rosario en la mano. Una enfermera que trabaja ahí se acerca a ella. Mercy se levanta de la silla y la mira con preocupación.

—Está inconsciente. ¿Usted venía con él en la ambulancia?

—Sí y ahí todavía hablamos. ¿Qué le pasó?

—Yo creo que el dolor lo venció.

—No, por favor.

Mercy comienza a llorar. La enfermera acaricia su brazo.

—Tranquila, están estabilizándolo. ¿Ya llamaste a su familia?

—La realidad es que él no tiene familia. Está solo en el mundo.

—¿Algún amigo o conocido del que tengas su número?

—Sí, conozco a sus amigos que lo cuidan como si fueran sus hijos. Pero los teléfonos de los dos me mandan a buzón de voz directo.

—¿Y no tienes otro número para localizarlos?

Mercy busca en su teléfono.

—Sí, claro. ¡Tengo el teléfono del restaurante del señor Edward!

—¿Su amigo?

—¡Es como un hijo para él! Ahí seguro puedo encontrarlo.

Ambas sonríen mientras Mercy se lleva el teléfono al oído.

———

En la oficina de Edward, Amanda sonríe mientras rompe las notas del periódico que encontró con la reseña de Lucía. Suene el teléfono y lo levanta.

—¿Oficina de Mr. y Mrs. Miller?

—Buenas tardes, ¿me podría comunicar con el señor Edward?

—Por el momento no se encuentra, ¿quién lo busca?

—Soy Mercy, la enfermera del señor Antoine.

Amanda abre los ojos con sorpresa.

—¿Qué necesitas?

—Hablar con el señor. No me responde su celular.

—No se encuentra, ya te dije. Pero yo puedo darle tu recado.

—Gracias. El señor Antoine se puso mal y…

—¿Está muerto?

—No, gracias a Dios no.

Amanda se ve claramente decepcionada.

—¿Y entonces?

—Está muy grave. Supongo que querrán venir a verlo. Ustedes son como su familia.

—Lo cierto es que no, él no tiene familia. Pero si nos interesa, iremos. Gracias por avisar.

Amanda cuelga el teléfono y da una palmada, mientras ríe con malicia.

—¡Eres el mejor, Antoine! ¡El más oportuno! La única pieza que me faltaba por acomodar y tú solito lo hiciste.

Da vueltas en la silla, mientras hace movimientos con las manos, celebrando. Lo que único que necesitaba Amanda era cortar ese último puente de comunicación restante. Aunque sabe que sigue ahí, latente y con la advertencia de echar abajo su plan. Lo único que le queda es tener fe en que lo que sigue será exitoso. Si es así, no habrá poder humano que la haga fracasar.

—Ojalá te mueras ya, calvo asqueroso.

Pasa las manos por el escritorio y, al mover una carpeta, encuentra una foto de Edward y Antoine de hace algunos años. Sonríe y, con una pluma, raya la cara de Antoine hasta desaparecerla. Besa la imagen de Edward y se vuelve a recargar en la silla, satisfecha.

===

Hanna está en la sala de televisión mientras Lucía duerme en su habitación. Ella revisa su celular mientras ve *Gossip Girl*, la serie con la que comparte el fanatismo con su mejor amiga. En ella se cuenta la vida de unos adolescentes millonarios en Nueva York que hacen y deshacen con sus conquistas amorosas, pero siempre llenos de glamour. Intentó que su amiga se relajara viéndola y le dio un ansiolítico, logrando que cayera dormida. Ella, por su parte, no ha podido dejar de pensar en lo que Lucía le contó y está segura de que hay gato encerrado.

Hanna sabe de lo que Amanda es capaz, sus alcances y todo lo que podría llegar a hacer con tal de salirse con la suya, sobre todo si se trata de un hombre. Se siente un poco culpable. Si hubiera hablado con Edward, o si acaso le hubiera insistido a Lucía para que ella lo hiciera y desenmascarara a Amanda, esto no estaría pasando. Edward jamás le hubiera permitido acercarse nuevamente después de saber toda la verdad.

Pero para remediar lo que ha pasado, toda la tarde buscó información sobre el programa al que Edward fue a ser juez para encontrar el hotel donde hospedan a los invitados. Pero no ha tenido suerte, ni siquiera por teléfono. La asistente de la producción no quiso darle ninguna pista, argumentando que debía proteger la información sensible de los chefs.

Hasta Martha intentó hacerse pasar por asistente de Edward, pero cuando pronunció mal el nombre, la chica hiló el error con Hanna y le colgó sin decir más. Lucía, en cambio, subió a recostarse después de tomar el ansiolítico. Hanna deja su celular a un lado y mira la televisión. Suspira. Una de las chicas protagonistas pide al amor de su vida que le diga que la ama para poder quedarse con él, para saber que todo saldrá bien y es amor de verdad.

Desearía que las cosas del amor fueran fáciles, tanto para ella como para su mejor amiga. Evitar todo el dolor y sufrimiento que causa un corazón roto.

—Hola, Hanna —la voz grave de Ben la quita de su ensimismamiento y voltea hacia la puerta.

Martha está detrás de él, muy molesta:

—Señorita, no quería dejarlo pasar hasta preguntarle, pero insistió mucho. Dice que es urgente.

—No pasa nada, Martha, tranquila —ella asiente y voltea a ver a Ben—. ¿Qué quieres? Te dije que no quería verte más hasta saber que…

—Vine a buscar a Lucía, no responde su celular.

Hanna arquea las cejas y lo mira, decepcionada.

—Ni lo hará, se le cayó y está destruido, pero no es el mejor momento para hablar con ella. Terminó con Edward y se siente muy mal.

Ben abre los ojos con sorpresa y niega.

—Hanna, me habló Coco porque no la localiza y no tiene tu número.

—¿Qué pasó?

Ben tiene los ojos llorosos. Hanna siente un terrible hoyo en el estómago y asiente lentamente.

=

Lucía está acostada sobre la cama de Hanna. Cree que durmió algunos minutos, pero en realidad le es muy difícil y solo da vueltas pensando en Edward y su traición, en cómo pudo fingir tan bien cuando la besaba y hacían el amor. No puede creerlo del todo, necesita encontrarlo, hablar con él. Hanna tiene un punto al decir que no puede confiar en Amanda, pero todo encaja. Todo cobra sentido si se unen las piezas que ella le dio. Tocan a la puerta.

—Lucía, soy yo —la voz de Hanna detrás de la puerta la hace levantarse.

Ella abre la puerta y la mira sorprendida al ver a Ben de pie junto a Hanna.

—Hola, Lu —él sonríe tímido.

—Ben, ¿qué haces aquí?

—¿Podemos pasar? —tercia Hanna.

Lucía asiente y los dos pasan. Hanna y ella se sientan en la cama. Ben las mira de pie, frente a ellas.

—Me están asustando, ¿qué pasa? ¿Saben algo de Edward?

Hanna y Ben se miran. Ambos niegan. Lucía los cuestiona con la mirada y Hanna toma su mano.

—Ben quiere hablar contigo.

—Lu, no sabía que te habías quedado sin celular y...

Él respira profundo, al tiempo en que Hanna lo anima con un gesto, y continúa:

—Tu mamá te ha estado buscando, me llamó hace rato.

—¿Mi mamá? ¿Qué pasó? ¿Está bien?

Ben la mira mientras unas lágrimas escapan de sus ojos. Hanna también llora. Lucia los observa y niega.

—¡¿Qué pasó, Benjamin?!

—Lucía, tu abuelo acaba de fallecer.

Lucía siente que todo el mundo se cae a pedazos alrededor de ella mientras las palabras de Ben retumban en sus oídos. Niega mientras sus ojos empiezan a llenarse de lágrimas. Se queda sin palabras, sin saliva, experimentando el sabor más amargo de su vida, como el día en que comió tierra porque se cayó en el campo, intentando alcanzar a su abuelo.

Su abuelo...

Lucía aúlla de dolor mientras sigue llorando. Ben se sienta junto a ella y la abraza con fuerza. Hanna se incorpora también y los tres se funden en el dolor, en la compasión y las lágrimas. Se hacen uno por amor.

CAPÍTULO 19

Amor del alma

Es una noche fría en Michoacán y Lucía viaja con Hanna en el asiento trasero de un taxi, mientras Ben va en el copiloto. Él mira con atención el crucifijo colgado del espejo retrovisor y algunas calcomanías de un equipo de futbol mexicano pegadas en el tablero, mientras procura no caer dormido. Llegaron a México un par de horas atrás y se dirigen a Pátzcuaro, el pueblo que vio nacer a Lucía. Fue complicado encontrar un vuelo a Dallas tan próximo, donde tenían que hacer escala para llegar al aeropuerto de Morelia, capital del estado de Michoacán. Coco y Linda se adelantaron, llegando el día anterior con su abuela.

Todo el camino ha estado lleno de recuerdos y nostalgia, sazonados con el dolor que siente por haber estado lejos de su abuelo los últimos días. Hablaba con ellos cada tres o cuatro días por unos cuantos minutos, y ella pensaba que era suficiente. Hoy se da cuenta que no, que no hay lapso de tiempo que baste para compensar el vacío que dejan los seres queridos cuando se van.

Hanna y Ben la han cuidado todo el tiempo. Agradece mucho que estén ahí con ella, sola no hubiera podido. Después de enterarse, ellos tomaron las riendas de la situación y buscaron los vuelos, mientras ella hablaba con su madre. Los dos han sido incondicionales y le han dado todo el amor de siempre. Lucía sonríe con tristeza mientras ve a Ben cabeceando por la falta de sueño. Su lealtad en estos momentos es algo que jamás podrá pagar.

El taxi los lleva por la plaza principal del pueblo, llena de portales donde los artesanos venden su trabajo. En ese momento, todo está iluminado con luces de colores, sumándole una belleza inigualable. Lucía sonríe y recuerda cuando caminaba por ahí con su abuelo, disfrutando un elote preparado con mayonesa, limón y chile en polvo. Su abuelo nunca la dejaba pedirlo sin picante, aunque fuera pequeña. Decía que tenía que acostumbrarse a disfrutar todos los sabores de su pueblo. Este recuerdo la hace llorar en silencio.

—Servidos —anuncia el conductor cuando llegan a su destino.

Los tres voltean a verse. Acaban de llegar a la casa de los abuelos de Lucía. Entre todos juntan pesos mexicanos y pagan.

Bajan del auto, mientras el chofer entrega sus maletas. Lucía observa la casa de sus abuelos, modesta, pero bastante grande para el tamaño promedio. Con muchas macetas con flores en la entrada, que adornan la fachada azul con rosa. Lucía sonríe en automático cuando mira el pequeño restaurante que su abuelo construyó para que su abuela trabajara. Ahora está cerrado y un moño negro sobre la puerta de la casa anuncia el luto que vive la familia. Lucía borra su sonrisa de inmediato.

—Gracias, señor —Ben se despide del chofer mientras este sube al auto.

Lucía respira profundo y Hanna la toma de la mano diciendo:

—Vamos, Coco querrá verte.

Entran a la casa y Lucía siente que nada ha cambiado. Las luces encendidas le recuerdan a todas las noches que acompañó a su abuela a preparar la cena. Todo está justo como lo dejó la última vez. La pared de la entrada está llena de fotos infantiles de Lucía con sus abuelos y unas pocas con Coco.

Del otro lado, hay otras que retratan cuando ya vivían juntas en Estados

Unidos y un par de Lucía con Ben. Pero, en medio, una foto de los cuatro, en un paseo que dieron en el lago para llegar a la isla de Janitzio, en medio del lago del pueblo y famosa por su estructura llena de escaleras y su población, que vive gracias a las artesanías y la pesca. Ben tomó esa foto, sin saber que sería la última donde estarían todos juntos.

Lucía siente el perfume de su madre en la nariz y voltea hacia la sala. Coco, tan hermosa y de arreglo sencillo, pero elegante. Tiene porte y, como siempre le ha dicho Lucía, cara de mamá. Su largo cabello castaño adorna un rostro noble y cálido, siempre dispuesto a sonreír. Esta vez se acerca con lágrimas en los ojos y los brazos extendidos. La abraza con fuerza y ambas lloran. El tiempo se detiene mientras siente el calor de los brazos de su madre, sus lágrimas mojando su pelo y el sabor de la nostalgia invadiéndola como un trago de chocolate caliente preparado por su abuela.

—Hija mía, pensé que nunca llegarías. Todo este tiempo se me hizo eterno.

—Fue complicado encontrar vuelos, ma.

Al fin se separan y Coco le sonríe con tristeza.

—¿Y mi abuelo?

—Lo están preparando —le responde su madre—. Vamos a velarlo aquí, como a él le hubiera gustado.

Lucía asiente mientras Hanna y Ben se acercan para presentar sus condolencias y abrazar a Coco. Linda aparece detrás de ella, con una sonrisa y los ojos azules, un poco rojos de tanto llorar. Es un poco más pequeña que Coco y su pelo es corto y rubio. Lucía siente un agradecimiento inmenso al verla. Desde que se conocieron, nunca dejó sola a su madre. La apoyó hasta conseguirle los papeles y legalizar su estadía en Estados Unidos. Son como hermanas.

La tía abraza con fuerza a Lucía y le habla con cariño:

—Hola, hermosa.

—Tía, gracias por siempre estar y…

Linda se separa y le pone un dedo en los labios:

—Nada que agradecer, lo hago por amor.

Lucía asiente y vuelven a abrazarse. Ahora son Hanna y Ben quienes la saludan, mientras Lucía camina a la sala, solo separada por un arco con ladrillos alrededor. La pequeña mesa con adornos de todo tipo que siempre estaba en medio de la sala no la ve. Hay un espacio muy grande y los sillones fueron recorridos.

—¿Mija?

Lucía voltea a ver a su abuela y no puede más. Se quiebra como en casa de Hanna, como cuando se enteró que nunca más volvería a ver a su abuelo. Meche se acerca corriendo y se abrazan. Ella llora con todas sus fuerzas y, mientras están juntas, parece que el tiempo se detiene de nuevo.

—Perdóname, abuelita, perdóname por favor.

—¿Por qué pides perdón, mija? No, tú tranquila.

—No estuve, me fui lejos y… abuelita, los dejé. Nunca me lo voy a perdonar.

Meche se separa y se limpia las lágrimas. Le sonríe a su nieta y le seca las suyas con sus manos.

—Si te escuchara tu abuelo…

Su abuela le jala las orejas y Lucía sonríe.

—¿Te acuerdas cuando te daba tus jalones de orejas? ¡Eras bien necia, mija! Siempre le discutías.

Lucía ríe y Meche la mira con ternura.

—Pero siempre fuiste su adoración. *Nuestra* adoración.

La nieta solloza con fuerza y Coco se acerca. Las tres se abrazan mientras Linda, Ben y Hanna las ven desde el recibidor, con una sonrisa triste y profunda.

==

Edward está sentado en la cama de su suite en Los Ángeles. El balcón tiene vista al mar y, extraño en él, tiene las cortinas abiertas de par en par.

Observa a las personas que corren a la orilla de la playa y piensa en hacer lo propio. El día anterior extravió su celular y no ha podido comunicarse con Lucía. Y cuando llamó al restaurante, nadie respondió. Se dio cuenta tarde, cuando buscó su teléfono para ponerlo en modo avión, ya no estaba. Buscó en todos lados, pero parece que alguien lo había quitado de su abrigo antes de abordar. Pronto comprará uno y podrá hablar con Lucía. Sonríe. Le encantaría estar en un lugar así con ella, disfrutar de la playa y el sol juntos. Nunca ha sido tan adepto a eso, pero Lucía lo inspira a cosas nuevas y maravillosas.

Suspira y toma el teléfono de la habitación. Marca y queda esperando.

–La Rochette, buenos días. ¿En qué le puedo ayudar? –la voz de Rachel responde del otro lado de la línea.

–Hola, Rachel. Habla Mr. Miller. ¿Me comunicas con Lucía, por favor? Edward arquea las cejas.

–¿Rachel?

–Señor… Hola… Ehm… Lucía no está.

–¿No? –mira extrañado su reloj–. Ya es tarde, debería de estar ahí.

–Sí… Sí, señor.

Hay algo que no le gusta a Edward.

–Rachel, ¿está todo bien? Comunícame con Amanda, por favor.

–Claro, señor. Un momento.

Edward se pasa una mano por el pelo mientras respira profundo. Sin duda algo está pasando y quiere saberlo cuanto antes.

–¿Edward? –la voz de Amanda le da una cierta sensación de paz.

–Hola, Amanda. ¿Cómo estás? Perdí mi teléfono y no me he podido comunicar con nadie. ¿Cómo va todo por allá?

–Bien… Bueno, sí, bien. Te cuento cuando regreses.

Edward siente como si lo patearan en las costillas.

–Amanda, ¿qué pasa? ¿Sabes algo de Lucía? Necesito hablar con ella.

–Edward, no es algo que te deba decir por teléfono, ¿sabes? Mejor cuando nos veamos. ¡O te alcanzo allá!

Él se levanta de la cama y camina desesperado al balcón.

—Si no me dices ahora, tomo el próximo vuelvo a Nueva York. Amanda, ¿qué está pasando?

—Necesito que tomes las cosas con calma y…

—¡Maldición! ¡Habla ya!

—Despedí a Lucía del restaurante.

Edward pone los ojos en blanco y regresa a la cama. Toma el vaso que utilizó la noche anterior para tomar agua y lo arroja contra la pared.

—¡¿Que hiciste qué?! ¡Amanda! ¡Habíamos quedado en algo! Y…

—¡La descubrí con su amante mientras robaban tus recetas!

Él se queda atónito.

—¿Amante? No digas estupideces, Amanda. Lucía…

—Te engañaba todo el tiempo con Peter, ¿lo ubicas? El chico rubio que siempre estaba con ella. Edward, siento mucho todo esto —solloza—. Él la traicionó y me contó todo.

Edward sonríe con sarcasmo.

—Amanda, es una muy mala broma. Pésima.

—Me encantaría que lo fuera, cariño. Pero no es así. Ella ya estaba con él cuando todavía vivía con el tal Ben y planearon dejarlo para seducirte y…

—¡Cállate! No, no lo puedo creer.

Él se deja caer sobre la cama mientras oye los falsos sollozos de Amanda al teléfono, e insiste:

—Por favor, te suplico, dime que no es verdad.

Amanda se queda callada y Edward golpea la pared con el puño, comienza a llorar y tiene la cara roja de rabia.

—Edward, ella te traicionó. Jugó con lo que sentías. Solo pensaba en burlarse de ti. Cuando la eché del restaurante, Peter me dijo que quería el puesto principal. Yo se lo di, con tal de recuperar tus recetas, pero…

—¿Por qué hiciste eso?

—¡Lo rechazó! ¡Se largó! Tu libreta no está en ningún lado, ya la busqué. Cariño, lo siento mucho, pero es la verdad. No quería que te enteraras así.

Edward llora con fuerza. Ella continúa:

—Debes enfocarte en el programa, en hablar de tus nuevas recetas y…

—Lo único que necesito es un vuelo a Nueva York. Nos vemos en un rato.

Cuelga el teléfono y lo pone violentamente en la base. Edward camina al clóset y toma su maleta, la abre sobre la cama y comienza a guardar todas sus cosas en ella. Se detiene un momento, lanza la botella de su perfume contra la pared y grita:

—¡Imbécil!

Se siente la persona más estúpida del mundo. Confió en Lucía, se entregó por completo y ella solo lo engañó. Necesita hablar con ella, enfrentarla y saber por qué decidió destrozarle el corazón sin piedad y por la espalda. Necesita verla a los ojos y saber que no lo ama.

——

La casa de los abuelos está llena de gente, tanto que algunos en el exterior esperan a que salga alguien para poder entrar. Al trabajar en la biblioteca, don Luis conoció a casi todos los habitantes del pueblo. Niños, jóvenes y adultos se dan cita en la casa de los López para presentar sus respetos a la familia de Lucía. Ella, Coco y Meche permanecen sentadas en el sillón que quedó pegado a la pared y, frente a ellas, el ataúd con el abuelo, que parece dormir esperando el siguiente día. Del otro lado está el comedor y, al fondo, la cocina, que comparte con el negocio.

Don Luis había recaído, pero no quiso decir nada para evitar doctores y hospitales, algo que siempre le bajó el ánimo. Quería disfrutar sus últimos días en casa, con su esposa y sus pertenencias, o al menos eso le dijo a Meche antes de dormir. Ella lloró, pero comprendió los deseos de su esposo. Al día siguiente, él ya no despertó. Murió de un paro respiratorio. La abuela se quedó abrazándolo un buen rato y llorando a su lado, hasta que decidió que era momento de avisarle a su hija y al médico.

Ahora, ella permanece en ese sillón, sonriendo amable a quien se acerca a saludar y abrazando a quien le presenta sus condolencias. Meche toma de las manos a su hija y su nieta de vez en cuando y cuenta alguna anécdota del abuelo. Se ve tranquila, y Lucía la admira por ello. Ella siente que el corazón se le sale cada vez que piensa que su abuelo está en esa caja, cuando ve la foto sonriente del que fue como su padre toda la vida.

Dos mujeres del pueblo, fieles devotas, llevan los rezos para despedir al abuelo. Lucía, mientras las sigue, se da cuenta de que Hanna y Ben aparecen en el arco. Ambos le sonríen con tristeza y ella les responde. Linda se encuentra en medio de las dos devotas, tratando de seguir los rezos en español, sin mucho éxito.

Ben le susurra algo a Hanna y, de inmediato, ella se acerca a Lucía y le dice:

—Ben quiere hablar contigo. Me pidió que viniera para que yo me quedara a acompañar a tu abuela.

Lucía lo ve desde su lugar y voltea la mirada a Hanna. Asiente y se levanta. Hanna la abraza y Lucía le responde con fuerza. Camina hacia él y, con una mirada, le indica que lo siga. Salen del arco y caminan a través del recibidor, siempre abriéndose paso en medio de toda la gente que susurra oraciones. Suben las escaleras del fondo hacia las habitaciones y entran a la que era de Lucía.

Pintada de rosa con flores lilas, sus colores favoritos de niña, la habitación está decorada con detalles infantiles. Lucía sonríe, ahí hay una foto con sus abuelos y Coco, pero cuando su mamá era una niña. La toma y se sienta en la cama entre algunos de sus animales de peluche favoritos. Ben, por su parte, está sentado en la silla del pequeño escritorio del otro lado de la habitación. En esa esquina hay más juguetes, como su casa de muñecas y más animales de peluche.

—Lu, quiero decirte algo muy importante. Sé que, probablemente no es el momento, pero si no lo hago ahora, después no servirá de nada. Prométeme que me escucharás hasta el final, sin enojarte. ¿Sí?

—Pues, no sé. Dime, no puedo prometerte nada si no sé de lo que se trata.

Ben asiente y respira profundo.

—Hanna me puso al tanto de lo que pasó con Edward y... bueno, lo siento mucho. De verdad. Me di cuenta de que te sigo amando, pero nuestros caminos ya no van juntos. Y ese amor se está transformando.

Lucía lo mira con una atención especial, mientras Ben toma algo de aire antes de continuar.

—Quiero que seas feliz, muy feliz. Pero para eso necesitas la verdad. Y yo puedo darte un poco de eso.

—No te entiendo, Ben.

—Lucía, yo estaba de acuerdo con Amanda y Peter.

Ella abre la boca de sorpresa.

—Ella me buscó el día de nuestro aniversario, el día que te quedaste a trabajar con Edward. Ella sabía en donde estaba, a qué hora y todo. Peter le informaba cada uno de tus movimientos, y ella, a su conveniencia y con elementos extra, me pasaba la información a mí.

—¿Fueron amantes?

Ben se sorprende por la pregunta y niega rápidamente.

—Nunca, te lo juro. Solo me pasaba información y... ya.

—¿Tú le dijiste algo de mí?

—No, para nada. Ella ya sabía todo. Yo solo confirmé cosas. Te investigó antes. Pero el punto de todo esto es que la alianza con Peter es un hecho. Yo soy testigo de ello, pero que Edward estuviera al tanto, lo dudo.

—No, Ben. Claro que estaba al tanto.

—¡Pero jamás me lo mencionaron! Es decir, no que estaba al tanto de todo.

—¡Porque te estaban provocando celos! Querían separarnos para que yo quedara libre y él me sedujera, ¿no entiendes? Jugaron con nosotros y él lo sabía, él quiso hacerlo para robarme.

—Lucía, no estoy tan seguro. Tal vez conozco poco a Amanda, pero algo me falta aquí.

Ella niega.

—Pues a mí ahora me queda todo más claro.

—Creo que deberías hablar con él y aclararlo todo.

—Ben, te agradezco mucho lo que intentas, pero ¿no te das cuenta del momento que estoy viviendo?

—Claro, Lu. Lo único que quiero es que pienses las cosas —suspira—. Hanna me dijo que no quieres regresar a Nueva York. Pero piénsalo por favor. Creo que aún hay cosas allá por las que tienes que luchar.

—Mi abuela me necesita aquí y yo ya no tengo nada que hacer allá.

Ben se queda callado un momento y baja la mirada. Lucía le toma una mano. Él hace lo mismo.

—¿Esto significa que ya no existe ningún problema entre nosotros?

—Nunca lo hubo, Lu. Solo no supe procesar las cosas, no las veía con la claridad de ahora. Pensé que me habías dejado por Edward, pero… hoy me doy cuenta de que no fue así.

—No. Fue por nosotros. Y, con el corazón en la mano, nunca tendré cómo pagarte que estés aquí, en el momento más horrible de mi vida.

Él besa su mano con cariño.

—Siempre contarás conmigo, Lu. Sabes que quise mucho a tu abuelo. Me quería despedir de él y, bueno, en otro sentido también de tu mamá y tu abuela Meche.

—Eres un gran hombre, Ben. Y estoy segura de que el amor de tu vida te hará mucho más feliz de lo que fuimos juntos.

Ben sonríe con tristeza y ambos se levantan.

—No dejes de luchar, Lu. No te traiciones.

Se abrazan.

Los ojos de Lucía se llenan de lágrimas. Ben acaricia su cabello y se separan.

—Gracias —dicen al unísono.

El cementerio del pueblo, a pesar de evocar tristeza automáticamente, es hermoso con todas las flores de colores que adornan las tumbas. Sobre todo en esa época, donde la celebración de Día de Muertos se acerca y la flor que inspiró la creación de *El sabor del amor*, el cempasúchil, invade cada uno de los rincones, pintando los rincones de un anaranjado intenso.

Meche, Coco y Lucía están frente al ataúd del abuelo. Algunas flores de las que llevaron a la casa están ahí y Hanna, Linda y Ben están inmediatamente detrás de ellas. El pueblo entero fue a dejarle una flor para despedirlo. Todos vestidos de negro. El padre José, el sacerdote del pueblo, pronuncia algunas palabras:

–Ahora, quiero que sonrían. Recordemos a Luis como era: un gran señor lleno de alegría que, al caminar por la plaza con su bella esposa, nos saludaba a todos y se interesaba por saber cómo iba nuestro día o si ya habíamos leído un nuevo libro. Su sonrisa y amabilidad es lo que Luis nos deja a todos como herencia –el sacerdote voltea a ver a la abuela, madre y nieta–. Y, bueno, ¿a su familia qué puedo decirles? Luis las amaba incondicionalmente, más allá de sí mismo. Estaba muy orgulloso de ustedes, eran su motor.

Lucía toma del brazo a Meche. Coco hace lo mismo y las tres asienten con tristeza. Poco a poco bajan el ataúd de don Luis y echan, cada una, un puño de tierra sobre él a modo de despedida. El sacerdote se despide, y así, cada uno de los habitantes del pueblo se va. Hanna, Linda y Ben también se alejan y deciden esperarlas cerca de la entrada.

Unas gruesas lágrimas recorren el rostro de la abuela Meche, que habla muy emocionada:

–Hijas, mi viejito nos dejó grandes lecciones, como dijo el padre. Pero la más importante es el amor. Nos entregó todo, hijas, todo para que fuéramos felices. ¡Y vaya que lo fuimos!

–Él siempre va a estar con nosotras, mamá –Coco aprieta la mano de Meche tras decir esto.

–Viejo, nos vemos pronto –Meche arroja una rosa blanca encima del montículo de tierra recién formado.

Lucía no aguanta más y comienza a llorar, recargándose en el hombro de su abuela, que continúa diciendo:

–Gracias por amarnos tanto. Por amarnos con el alma, como tú decías. Porque cuando uno ama con el corazón, el amor se acaba cuando este se detiene. Pero si amas con el alma…

–Amas para siempre –cierran las tres al mismo tiempo.

CAPÍTULO 20

La última oportunidad

Lucía despierta en su habitación de la infancia con alegría al percibir el olor que llega de la cocina de la abuela. Voltea y se da cuenta de que Hanna ya no está en la cama con ella. Se estira y niega. No piensa volver a perder todo lo que tiene en México por ir a perseguir un sueño que voló muy lejos de ella.

Sale de la habitación y recorre el pasillo con nostalgia, viendo todas las imágenes religiosas, además de las fotografías que cuelgan en las paredes. A sus abuelos siempre les gustaron las fotos, sobre todo si eran de Lucía o Coco. Baja las escaleras y llega al comedor. Hanna, Linda y Ben están sentados a la mesa, con sus platos aún llenos. Coco sale de la cocina y sonríe diciéndole:

—¡Qué bueno que bajas! Justo a tiempo. Tu abuela hizo huevos a la mexicana y frijoles. ¿Te sirvo? Aprovecha, que Ben ya va por el tercer plato.

—Sí, ma, por favor.

—Lucía se asombra gratamente mientras ve a Ben que sigue comiendo, y le pregunta:

—¿Tienes mucha hambre?

—Desde que te fuiste solo pido comida rápida.

Lucía se sonroja. Ben niega con la boca llena y corrige:

—Digo, no te quiero hacer sentir mal. Solo es la verdad.

Hanna niega y pone los ojos en blanco. Coco y Meche aparecen con tres platos. La abuela besa en la frente a Lucía y se sienta frente a ella, en el lugar junto a la cabecera. Coco le entrega su plato y se sienta junto a su madre. Lucía respira profundo y prueba.

¡Siente que sus papilas van a estallar del placer! Llevaba mucho tiempo sin probar la combinación perfecta del jitomate, la cebolla y chile verde con huevo revuelto. Le encantan los huevos a la mexicana. Su abuela, como puede percibir, los sigue cocinando con manteca en lugar de aceite, sumándoles una textura esponjosa. Lucía cierra los ojos mientras vienen a su mente infinidad de recuerdos, de cuando vivía con sus abuelos y desayunaban los fines de semana. Meche sonríe al darse cuenta.

—¿Te gustaron, mija?

Lucía asiente mientras da un trago a su jugo de naranja recién exprimido. Sabe diferente, sabe a dedicación, a trabajo, a entrega. Sabe al amor que su abuela pone en la cocina y que ella siempre ha procurado replicar.

—Abuela, eres la mejor chef del mundo.

Todos consienten mientras Meche los contradice:

—Exageran. Pero, acerca de eso, tú y yo tenemos que hablar, Lucía.

Ella la mira con curiosidad, al mismo tiempo en que Hanna, Linda y Ben intercambian miradas.

—Nosotros ya terminamos. Muchas gracias, abuela Meche. Estuvo delicioso —dice Ben mientras apura lo que le queda de frijoles.

Meche sonríe cuando Ben pasa con su plato a la cocina y le dice:

—Es un placer, mijo. Sabes que en esta casa te queremos mucho.

Él entra a la cocina seguido por Hanna y Linda.

—Yo lavo, señora —Linda se ha vuelto casi experta en español, por la convivencia con Coco.

—Gracias, Linda —Meche sonríe y después voltea a ver a Lucía—. Mañana se regresan todos a Estados Unidos, ¿y tú?

—Yo me quedo con ustedes, abuela. Si mi mamá se queda, yo también.

Para su sorpresa, Coco niega mientras la mira con ternura:

—No, Lucía. Tú no tienes a qué quedarte.

—Claro que sí. Quiero cuidar a mi abuela.

—¿Y desde cuándo necesito que me cuiden? No, no, no. No te quedes por las razones equivocadas. No huyas. Nadie te enseñó eso en esta casa. Tu madre ya me puso al tanto de todo lo que pasó con el tal Edward y, aunque te entiendo y me encantaría darte todos los abrazos del mundo, no lo puedo permitir si lo haces para huir.

—Abuela, ¿qué hago entonces? —la voz de Lucía se quiebra—. ¿Regresar de rodillas a buscar a Edward?

—¡De rodillas nunca, Lucía! —Coco interviene con severidad—. Pero no has hablado con él, no has escuchado lo que él tiene que decirte. No puedes quedarte con lo que esa mala mujer te dijo para alejarte.

—No creo que tenga caso, mamá. Perdí todo.

—No, mija. Te tienes a ti misma y eso es más que suficiente —la abuela se enternece—. ¡Y a nosotras! ¡Por supuesto! Pero tengo que ser muy clara: nunca dejaré que regreses a esta casa para huir de tus problemas, ¿entendido?

—Sí, está bien —Lucía concede con una sonrisa y dirige la mirada a Coco—. ¿Y tú te vas a quedar aquí, mamá? ¿Para siempre?

—Me quedaré, es lo único que sé por ahora —responde Coco.

—¡Pero para siempre nada! Hijas, entiendan una cosa.

Meche toma una mano de cada una, las observa y continúa:

—Ustedes ya hicieron sus vidas fuera de aquí. Tienen razones por las que luchar y seguir trabajando. Pero ninguna de esas razones está en esta casa. Yo voy a estar bien, aunque mi viejo se haya ido—. Meche voltea hacia la foto del abuelo, que ahora descansa en un mueble cerca de la mesa del comedor—. Yo puedo estar sola. Siempre serán bien recibidas en esta casa, pero no para dejar sus vidas por mí. ¿Escucharon?

Coco pone su otra mano sobre la de Meche y Lucía hace lo mismo. La abuela mira a su nieta.

—Mija, vete a los Estados Unidos. Lucha por tus sueños y, si ellos incluyen a Edward, ¡pues qué mejor!

—Escúchalo y escucha a tu corazón —Coco se toca el pecho con un dedo—. Además, tienes que saber qué ha pasado con Antoine.

—Con eso de que perdí mi celular, no he podido comunicarme con él. Es lo malo de los celulares: ya no me sé nada de memoria.

—Espero esté bien, mija —dice Meche—. Nos dices en cuanto sepas algo de él.

—Claro, abuela —se queda callada por unos segundos—. Las voy a extrañar mucho, una semana no es suficiente para estar con ustedes —Lucía llora y su mamá y su abuela la miran con ternura.

—Pero siempre estamos contigo, hija. Lo sabes —Coco sonríe tiernamente.

—Me siento muy mal por no estar más tiempo con ustedes.

—Mija, estamos el tiempo que tenemos que estar y eso no significa que nos queramos menos, ¿de acuerdo? Tu abuelo sabía cuánto lo amabas, y se fue pensando en ti y tu madre, soñando con que siempre fueran felices. Hónralo. Busca esa felicidad y no dejes atrás tus sueños.

Lucía se levanta y las abraza. Ambas la besan, una en cada mejilla.

—Son las mejores mujeres del mundo —les dice.

—Hija, no te dejes vencer ni amedrentar —comenta su madre—. Tú no eres así, tienes la capacidad de lograr que tu ambiente se adapte a ti, ¿recuerdas? Eres como el café, Lucía. Entre más te expongan al calor, más dejas tu esencia ahí. No te rindas. Vuelve con la cabeza en alto y enfrenta tus problemas. Lograrás vencerlos.

—Gracias, mami. Gracias a las dos.

Las tres siguen abrazadas, sin saber cuánto tendrá que pasar para volver a estar así. La foto del abuelo parece sonreírles desde su nuevo lugar, como si les prometiera que cuidará de ellas y que el amor los mantendrá unidos siempre.

En el aeropuerto John F. Kennedy de Nueva York, Lucía, Hanna y Ben caminan con sus respectivas maletas. Fue un viaje pesado y largo. Casi no han hablado. Lucía se siente un poco incómoda entre ellos. Se da cuenta de la complicidad y la tensión que existe entre su mejor amiga y Ben. Le gustaría que le dijeran, pues es peor tener que fingir que no pasa nada, creyendo que ella no se da cuenta de cuando se quedan mirando tiernamente o de las veces que han estado a punto de besarse.

—¿Tienen hambre? —Hanna pregunta frotándose el estómago.

—No, nada. Siento que en esta semana subí como diez kilos —Ben también se frota el estómago.

—Consecuencias de la deliciosa comida de mi abuela.

Los tres ríen y Hanna se detiene. Ellos la imitan. Hanna toma su teléfono.

—¿Qué haces? —Lucía la mira con curiosidad.

—Quedé de ver a alguien —Hanna se da cuenta de las miradas inquisidoras de ambos y niega—. Drew salió de viaje e hizo escala aquí, así que aprovecharemos para que me entregue unas cosas.

—¿Es solo coincidencia que nos encontremos con tu hermano aquí? —Lucía la mira dudosa.

—Evidentemente que no. Tengo que verlo sí o sí. ¡Miren! ¡Ahí está!

Drew camina hacia ellos. Es alto, delgado, con cabello castaño y barba. Su estilo es muy relajado y colorido, pues siempre ha pensado que la ropa es una excelente forma de expresar tus sentimientos.

—¡Mi amor! ¿Cómo estás?

Drew la levanta del suelo con un solo brazo y Hanna sonríe mientras da vueltas. Algunas personas voltean a verlos.

—Muy bien, *baby*. ¿Y tú?

—Bien. Muy bien también.

Luego de responderle a Hanna, Drew se acerca a Lucía. La besa en la mejilla y la abraza tiernamente. Ella suspira.

—Lo siento mucho, Lulo. De verdad.

—Gracias, *baby* —Lucía lo llama así también, pues Hanna siempre lo ha hecho así—. Me da gusto verte. ¡Has cambiado mucho!

—¿Para bien o para mal? —Drew la mira con una falsa duda. Su personalidad es muy fuerte y segura.

—¡Estás más guapo que nunca!

Lucía pellizca una de sus mejillas, mientras Ben se acerca sonriente. Se abrazan con fuerza y se dan la mano.

—¡Andrew Griffin! ¡Un gusto, hermano!

—¡Lo mismo digo, Benjamin Durán! Me da gusto vernos, aunque sea tan rápido y no en circunstancias tan… agradables.

—¿Comemos juntos? —Hanna lo mira esperanzada.

—No, mi vida. Me tengo que ir. La espera para mi siguiente avión era de dos horas y ya pasó una, así que… —Drew toma su mochila y saca de ella un sobre sellado—. Úsalos bien.

—No tienes idea de cómo nos servirán.

Drew le guiña un ojo.

—¿Cuándo vienes a visitarnos? —Ben estrecha su mano con fuerza y se abrazan de nuevo.

—Pronto. Aunque, también ustedes podrían ir a Chicago un día de estos, ¿no? Unos días de vacaciones siempre caen bien.

Los tres asienten sonriendo y, cuando Drew se acerca a Lucía, la vuelve a abrazar con ternura.

—No olvides cuánto vales, Lulo. Si tienes que romper algunas venenosas caras por ahí, me avisas. Yo te ayudo con gusto.

Lucía esboza una desconcertada sonrisa en su rostro.

—Te quiero, *baby*.

Hanna besa a su hermano y acaricia su rostro.

—Y yo a ti, mi vida. Mantenme informado.

Drew camina con todo el estilo que lo caracteriza. Voltea a verlos y sonríe antes de perderse entre la multitud.

—¿Qué te entregó? —Lucía mira el sobre, intrigada.

—Ya lo sabrás, tranquila —finaliza Hanna.

Lucía se queda pensativa mientras su amiga camina muy segura. Ben la alcanza y murmuran algo. Hanna le entrega el sobre. Definitivamente, algo esconden.

＝

Hanna acomoda las cosas de su maleta en el clóset. De una bolsa, toma un pequeño rosario que la abuela de Lucía le regaló. Lo mira con ternura y lo guarda en el cajón de la mesita de noche. Lucía entra en la habitación.

—La puerta estaba abierta.

Hanna termina de acomodar sus cosas, huele la ropa y sonríe.

—Aunque no sea mi casa, me encanta cómo huele la ropa lavada en casa de tu abuela.

A Lucía la emociona escuchar eso y se recuesta en la cama diciendo:

—Considérala como tu casa, porque lo es. Mi abuela te quiere mucho.

—¡Y yo a ella!

—¿Y a mí?

—Mucho, *Lulo from the block*, ¿por qué preguntas?

—Y entonces, ¿qué me están ocultando algo Ben y tú? No soy tonta y me doy cuenta de que algo pasa. Preferiría que me lo digas tú. ¿O ya no me tienes confianza?

Hanna la mira, nerviosa. Lucía pone cara de niña buena para manipularla y toma una almohada y le pega con ella.

—¡Chantajista!

Hanna se recuesta sobre la cama del otro lado de Lucía y le dice:

—Está bien, pero quiero que abras la mente y que no te enojes. Ah, y además, necesito que me prometas que me escucharás hasta el final. ¿Sí?

Lucía no sabe cómo comportarse ante el nerviosismo de su amiga.

—Bueno, la verdad es que…

Hanna se muerde el labio un momento y repite:

—La verdad es que…

—¿Ben y tú ya no pueden más de amor y no me han contado porque creen que me convertiré en una exnovia psicópata?

—¡¿Cómo lo sabes?! —Hanna no puede con su asombro.

—¡Hanna, por favor! Necesitarías estar dormido todo el tiempo para no darte cuenta de que algo pasa entre ustedes dos. Acuérdate que yo los conozco como la palma de mi mano. Amiga, no tienes de qué preocuparte —se acerca y la toma de la mano—. Quiero mucho a Ben, pero como amigos. Ya lo hablamos.

—Sí, me dijo.

—Entonces debes saber que no hago más que desearle el bien, que encuentre el amor y, la verdad… ¡me encanta que seas tú! Hanna, los dos merecen ser felices y lo mejor es que sea juntos.

Hanna la abraza y comienza a llorar.

—¿Por qué lloras?

—Es que… puede ser que se vaya a Filadelfia.

—¡Es muy cerca, Hanna! ¡Relájate! Espera a que sea seguro y luego se preocupan por eso, ¿no crees?

—Es cierto.

Se quedan calladas un momento hasta que Hanna pregunta:

—¿Somos muy obvios?

—Muy. Son hasta tiernos. Me encantan.

—Me alegra mucho saberlo —Hanna realmente se ve aliviada—. Oye, gurú del amor, ¿y ya lo pensaste bien? ¿Vas a ir a buscarlo?

—Pero no a La Rochette, ahí debe seguir la arpía esa y, si se entromete, soy capaz de…

Lucía golpea un cojín con el puño cerrado.

—¡Nada me gustaría más! Pero no te puedes ensuciar las manos. Lucía, todo irá bien. Ya verás. Podrás aclarar las cosas con él y listo.

—No sé, Hanna. Ya pasó más de una semana y no me ha buscado.

—Pero si no tienes celular.

—¿Y eso qué? Si le interesara, hubiera encontrado la forma. Sabe dónde vives. No sé, presiento que todo terminará aquí.

—Pues por lo menos que sea cara a cara, ¿no?

—Así es… Pero a ver, cuéntame, ¿ya se besaron?

Hanna se sonroja y Lucía la mira, divertida.

—¡Sí! ¡Pero te juro que todo fue cuando ya habían terminado!

—¡Eso ya lo sé! ¿No te digo que los conozco mejor que nadie?

Hanna asiente y ríe de nuevo, mientras ambas se acuestan en la cama. Lucía se queda pensativa un momento.

—Gracias por ser mi mejor amiga, Hanna Banana.

—Gracias a ti, *Lulo from the block*.

Es de noche y Antoine descansa en la cama del hospital. Edward está a su lado leyendo una revista de la ciudad. Su amigo despierta y lo mira. Él se acerca.

—¿Te sientes bien?

—Mareado —su voz, definitivamente, ya no es la misma. Es pausada y tenue.

—Despertaste muy rápido. Es eso.

Antoine consiente.

—¿Has sabido algo de Lucía?

—No, la misma respuesta de ayer y, seguramente, la misma de mañana.

—No te resignes…

—Resígnate tú, mejor.

—¿De qué estás hablando?

—Antoine, acepta que Lucía es una farsa y que miente todo el tiempo. Acepta que nos utilizó a todos para subir. ¿Sabías que el restaurante de la avenida 101 ya tiene un plato muy similar a uno que ella y yo habíamos creado juntos? —Edward habla en voz baja, pero muy molesto y lleno de furia.

—¿Y qué tienen que ver ellos con la cocina francesa? —Edward parece ignorarlo.

—¡En unos días veré todas mis recetas en los restaurantes con los que compite La Rochette!

—¿Y por eso firmaste *El sabor del amor* como tuyo?

—Si nació en mi cocina, es mío.

—Edward, tienes que tranquilizarte y…

—¡Basta ya, Antoine! ¡Deja de defenderla o voy a pensar que estabas al tanto de todo!

Antoine frunce el ceño, ofendido.

—Estás loco. Sabes todo lo que he dado por apoyarte. ¡Perdí a mi familia por ayudarte a hacer crecer tu restaurante!

—Nadie te lo pidió.

—¡Tú me lo suplicaste con tus acciones! ¡Tú mismo! ¡Cuando la verdadera arpía traicionera te enterró el primer puñal por la espalda!

Antoine se incorpora en la cama y lo mira con rencor:

—No puedo creer que confíes más en alguien que fue capaz de traicionarte y hacer de tu vida una mierda que en alguien que te ha demostrado su entrega incondicional.

—¿Crees que mi vida es una mierda? ¡Por favor! ¡Vete en un espejo y sabrás quién gana! ¡Solo y enfermo! ¿Qué más puedes esperar?

Edward se da cuenta de lo que acaba de decir e intenta acercarse. Antoine sonríe con sorna y lo rechaza.

—Mi vida podrá estar hecha mierda también, pero por lo menos tengo la suerte de saber que acabará pronto. En cambio, tú prefieres darnos la espalda a todos por esa mala entraña, por esa maldita mujer que ya te engañó varias veces.

Cuando Edward abre la boca, Antoine le grita:

—¡Estoy hablando yo, carajo! ¡Eres un necio y tu ego puede más!

Te vas a quedar solo por idiota, por dejar ir a la única mujer que se ha entregado en cuerpo y alma a ti. La única que sería incapaz de traicionarte. Y eres tan imbécil que no te das cuenta.

–¿Imbécil? ¿Crees que soy imbécil?

–¡El peor de todos! ¡Así que mejor lárgate! ¡No te quiero más aquí!

Edward abre los ojos, sorprendido, para recordarle:

–Mañana regresas a tu casa y...

–Me las arreglaré solo. No te necesito.

Cierra la revista, se levanta, toma su abrigo y se lo pone bruscamente.

–¡Que sea como quieras! Solo espero que cuando te estés muriendo no te arrepientas y me llames desesperado.

Antoine ríe con burla.

–Ni siquiera te vas a enterar cuando me muera y, ¿sabes qué me encanta? Saber que Lucía te va a dejar atrás, te va a olvidar en los brazos de alguien que sí la valore. Y ese alguien será mejor que tú.

Edward niega mientras camina hacia la puerta. Antes de salir, mira a Antoine lleno de furia y él le dice:

–¿Sabes qué es lo mejor? Que cada minuto que pase en tu vida, pensarás en ella. Uno con más dolor que el anterior.

–Vete al infierno.

–¡Te veré allá!

Antoine grita mientras Edward cierra la puerta bruscamente. Comienza a toser. De inmediato, llora con todas sus fuerzas y con el corazón desgarrado.

––

Edward se baja del auto que lo llevó a su casa y se detiene con sorpresa. Lucía lo mira, sentada en las escaleras del recibidor, y le dice:

–Hola.

–¿Qué haces aquí?

–Edward, tenemos que hablar –Lucía se levanta.

–¿De qué? ¿De cómo me viste la cara mientras me robabas? ¿De cómo me sedujiste mientras te revolcabas con ese imbécil? ¡O imbéciles! ¡A estas alturas ya no sé cuántos! ¡Eres lo más bajo, Lucía!

Lucía le da una tremenda bofetada con todas sus fuerzas, volteándole la cara y dejándole el labio sangrando. Edward la mira sorprendido, mientras ella, llena de rabia, respira con dificultad.

–¡Eres un imbécil! Es la primera y última vez que me hablas así... –se le nublan los ojos–. Pensé que podríamos hablar y aclarar todo esto. Pero no, parece que tú ya tienes otra idea.

Las lágrimas escurren por las mejillas de Lucía. Vuelve a sentir ese amargo sabor del grano de café, el sabor de la traición, del dolor. Edward se toca el labio con su mano, ve la sangre en ella, atónito, y le dice:

–Me parece que no tenemos nada que aclarar.

–Sí, obviamente. Pero solo quiero que sepas algo, imbécil...

Edward la mira, ofendido, mientras Lucía no para de llorar.

–Te amo con todo lo que soy, con todas las fuerzas que me quedan. Te amo como nunca pensé amar a nadie...

Edward la mira, abre la boca, y ella concluye:

–Pero te odio aún más.

Ambos se quedan callados. Lucía baja la mirada, da media vuelta y comienza a caminar mientras se seca las lágrimas.

–¡Yo también te odio! ¡Te odio mucho más de lo que te puedes imaginar! ¡Te odio porque me destruiste, Lucía!

Ella camina sin mirar atrás, cada vez más rápido. Edward comienza a llorar y se deja caer en las escaleras diciendo:

–Y te amo como nunca más volveré a amar.

Él se queda llorando en las escaleras, pensando en que es la última vez que ve al amor de su vida. La dejó ir, sin escucharla, sin abrazarla. Sin besarla. Dejó ir su última oportunidad, además del único amigo que le quedaba.

CAPÍTULO 21

Sobre el fuego

Lucía abre la puerta del apartamento de Hanna, con abrigo y bolso en mano, lista para salir. Se encuentra cara a cara con Pete. Él está muy nervioso y ella pone los ojos en blanco.

–¿Qué haces aquí? ¿Cómo pasaste hasta acá?

–Convencí al portero –responde él sin darle importancia–. Lulo, quiero hablar contigo. Me costó mucho trabajo saber dónde estabas.

–No me importa. No tenemos nada que hablar. Vete, por favor.

–Dame cinco minutos, no te voy a pedir más.

–Te los doy si puedes negar que fuiste cómplice de Amanda para mandarle fotos a Ben.

Pete se queda callado un momento.

–No puedo negarlo, pero sí explicarlo.

–¡Confiaba en ti! ¿Por qué lo hiciste? ¿Fue por rechazarte? Pete, por favor, pensé que tenías algo más aquí –toca su pecho con el dedo–. Y aquí –hace lo mismo con su cabeza.

–Lulo, cometí un error muy grande, pero estoy dispuesto a corregirlo. Vengo a decirte la verdad: Mr. Miller nunca estuvo involucrado en…

–¡Ya no me importa! ¡Mr. Miller me odia! ¿Entiendes? No voy a volver a verlo y, Pete, tampoco a ti. Déjame, de verdad, no necesito nada de ti.

–¿Ni siquiera la verdad?

–No vale la pena.

Lucía camina hacia un lado para pasar y Pete la toma por el brazo.

–Perdóname, por favor.

Ella consiente y se va. Pete se queda en la puerta, pensativo y triste. De pronto aparece Hanna, acercándose sigilosamente.

–¿Ya se fue? –murmura.

–Ya.

–Soy Hanna. Pasa.

Pete voltea hacia atrás y entra, intrigado.

–¿Qué pasa? ¿Por qué haces todo esto?

–Tengo que hablar contigo, Peter, pedirte tu ayuda. Ben y yo te mandamos el mensaje para que vinieras a ver a Lucía y…

–No sirvió de nada –la interrumpe cabizbajo–, se fue sin dejarme hablar con ella.

No entiende por qué Hanna lo mira, emocionada.

–Era una posibilidad. De hecho, con quien realmente tenías que hablar era conmigo.

–No entiendo.

–Cuéntame, ¿qué te hizo Amanda?

Hanna le muestra el sillón, invitándolo a sentarse. Él obedece y suspira.

–Me manipuló. Se aprovechó de lo que yo sentía por Lulo para lastimarla y hacerla a un lado. Por su culpa perdí todo: mi trabajo, mis amigos y a Lulo. Yo ya había entendido que nunca me vería como algo más, pero…

–Ya era muy tarde –Hanna interrumpe, comprensiva.

Pete cierra los puños con rabia y baja la cabeza.

–Maldita. Se salió con la suya.

–Aún no –Hanna sonríe y Pete levanta la mirada–. Por eso te pedimos que vinieras. Ella solo quería deshacerse de Lulo para quedarse con Edward y… digamos que consiguió una parte, pero no podemos dejar que cante victoria, ¿entendido?

Él no sabe cómo reaccionar.

—¿Y qué tengo hacer?

—¿Te gustan las fiestas?

Pete sonríe casi sin energía, y ella lo mira, emocionada.

═

Antoine dormita en el sillón de su apartamento con la televisión encendida. Mercy lo cuida desde la cocina, mientras lava los utensilios recién utilizados. Suena el timbre y ella camina hasta la puerta. Antoine abre los ojos e intenta asomarse.

—¡Señorita Lucía! ¡Qué gusto verla! —se escucha la emocionada voz de Mercy.

Antoine se alegra y se levanta con lentitud.

—¡Igualmente, Mercy! ¿Cómo está todo?

—Mejor. Recién llegamos.

—¿De dónde?

Lucía aparece en el umbral de la sala y sonríe al ver a Antoine. Se abrazan con ternura y ella empieza a llorar con fuerza.

—*Ma fille*, ¡qué gusto verte! —siente sus lágrimas en el cuello—. ¿Por qué lloras?

—Antoine, me hiciste mucha falta.

Él la mira con ternura y seca sus lágrimas.

—Y tú también a mí. ¿Dónde estabas, niña?

Lucía suspira y ayuda a Antoine a que se siente en el sillón. Enseguida, ella toma una banca para acomodarse frente a él.

—¿Le traigo algo, señorita?

—No, Mercy. Gracias.

Mercy asiente y regresa a la cocina. Lucía mira a Antoine y suspira.

—Fui a México.

—¿Y cómo están tus abuelos?

Lucía se entristece notoriamente y los ojos se le nublan otra vez.

—Mi abuelo murió, Antoine.

Antoine niega mientras ella se acerca para abrazarlo.

—Lo siento mucho, *ma fille*. Sé cuánto lo querías. Pero ahora vive en tu corazón, ¡tienes una gran ventaja! Ahora lo tienes todo el tiempo contigo.

Lucía percibe que es una hermosa forma de verlo. Antoine siempre ha tenido la cualidad de ver el lado positivo de las cosas, aunque sean tan oscuras que parezca imposible.

—Fue muy difícil, no te lo puedo negar. Pero mi abuela está tranquila y eso me da un poco de paz. Mi mamá se quedó con ella, por lo menos un tiempo.

—¿Por eso desapareciste?

—Así es… ¿Y tú, dónde estabas? Me dijo Mercy que acaban de llegar.

—En el hospital. Tuve un pequeño susto.

—¿Qué te pasó? —ella le pregunta con miedo.

Antoine toma un sobre de su copia de *The loney* de Andrew Michael Hurley, un libro de terror que Edward le regaló por compartir ese gusto y que tiene en la mesita junto a él. Lucía extrae una hoja del sobre y lee su contenido, detenidamente. Sonríe.

—¿Es en serio esto? ¿En remisión? ¿Ya no hay cáncer?

Él esboza una enorme sonrisa en su rostro. Mercy los mira, divertida, mientras Lucía salta de alegría y eleva los brazos al cielo.

—¡Gracias a Dios! ¡Antoine! ¡No sabes lo feliz que me haces! ¿Entonces por qué fuiste al hospital?

—Sabes que el tratamiento es peor que el cáncer, me debilitó demasiado. Pero me despidieron con esa buena noticia. Ahora quiero pedirte algo muy especial.

Lucía vuelve a sentarse en la banca.

—Claro, por supuesto. Lo que tú quieras.

—Nadie puede saberlo. Ni Edward.

—Por mí no te preocupes. No pienso volver a hablar con él.

—Pues deberías.

Lucía lo mira extrañada.

—¿Cómo?

—Lo que oyes. ¡Que no quiera que le digas no significa que ustedes dos no tengan muchas cosas de qué hablar!

—Te equivocas. Ayer lo busqué. No quiso hablar conmigo y me ofendió —se le llenan los ojos de lágrimas—. Me ofendió como nadie lo había hecho en mi vida.

—Creo que eso es mi culpa, yo me peleé con él ayer en la noche. Y bueno, ya sabes cómo es, seguramente quedó muy resentido.

—Antoine, no merezco que nadie me trate así. No sé qué le haya dicho la perra de Amanda. Pero no me lo merezco y no se lo puedo permitir. No quiero volverlo a ver.

—¿Lo amas?

—Eso no está a discusión. Nunca lo estará, pero me amo más a mí misma.

—Entiendo, y lo celebro, pero, Lulo, deberías intentarlo una última…

—Ayer fue la última oportunidad y no habrá otra —lo interrumpe, molesta—. ¿Y tú? ¿Por qué no quieres que sepa que estás bien? ¿Ayer no le dijiste?

—No. Nos dijimos cosas que no debíamos. Nos herimos mucho y preferí que siga pensando que moriré pronto. Pero es diferente a lo tuyo.

—Antoine, es exactamente lo mismo. No lo quiero volver a ver, ni hablar de él. Ayúdame y respeta eso por favor.

—Está bien, *ma fille*. Si así lo quieres, así será. Pero recuerda que no estoy de acuerdo.

Lucía lo mira, agradecida, y ambos miran hacia la ventana. Los rayos del sol otoñal iluminan la sala completa. Lucía toma el reloj de bolsillo y Antoine lo observa con nostalgia.

–¡El reloj del abuelo! Me dijo que te lo había regalado. También me mostró tu medalla.

–¿Aún la tiene?

–Entiende algo, Lulo, que ambos sean tan necios y orgullosos no les impide valorarse. Tampoco significa que no se amen y que, en su momento, sintieran que intercambiaban algo tan especial. Además, ambos saben la importancia de esos objetos. ¿Tú te desharías del reloj?

–Nunca.

–Perfecto. Ahora sí ya no hablaremos de él.

Lucía suspira. El otoño le evoca sabores extraordinarios, llenos de canela y dulce, como cuando vivía en México. El fuerte de la abuela no es la repostería, pero cuando lo hace, encanta a cualquiera. En ese momento, Lucía quisiera probar unos churros de canela con chocolate caliente, y que le abrazaran el corazón en cada mordida. No valoraba lo afortunada que era en ese momento, sus abuelos enfrente, conversando de lo que habían hecho durante el día. Luego veían la televisión para dormir, todo sabor a canela.

–¿Qué harás ahora, *ma fille*?

Lucía voltea a verlo con ternura. Antoine se ve muy pequeño en su enorme bata, bajó tanto de peso que no se ve nada saludable. Ella pensó que también lo perdería, pero no, ahí está Antoine con sus ojos hundidos en los vestigios de la enfermedad viéndola llenos de esperanza.

–La pregunta correcta es: ¿qué haremos ahora?

–Ni me digas.

–Vámonos de aquí, Antoine. Por favor –Lucía se arrodilla ante él y toma sus manos–. Me encanta Nueva York, como no tienes una idea. Me ha dado muchas cosas, pero a cambio de otras que quisiera olvidar. Y necesito alejarme de aquí, encontrarme y fijarme un nuevo objetivo. Tengo que irme antes de hundirme en el dolor. ¿Es válido?

–Totalmente, *ma fille*.

–¿Te irías conmigo?

–A donde tú quieras, hija.

Lucía vuelve a encontrar la felicidad en esas palabras y se levanta. Se abrazan, iluminados por los últimos rayos del sol, anunciando la llegada de una fría noche de otoño en Nueva York.

——

La Rochette está en su máximo esplendor. Globos azules y negros adornan cada esquina del restaurante, con las flores blancas más maravillosas que se han visto. La distribución regular no existe, solo hay sillas pegadas a las paredes y al muro de espejos, con dos grandes mesas con bocadillos y bebidas. Los meseros, en lugar de portar su característico moño negro, traen uno dorado y, al fondo del salón, dos enormes globos del mismo color forman el número 40. Un trío de jazz ameniza las animadas conversaciones y el chocar de copas altas llenas de vino espumoso. Sin duda es un día de fiesta, pero no para todos.

Edward camina entre la multitud de invitados. Él lleva un moño azul, observa a todos con atención y, de vez en cuando, sonríe. Amanda trae un espectacular vestido morado que resalta su estilizada figura. Aunque el final del vestido da la impresión de que caminara sobre tentáculos de un molusco peligroso y traidor.

—Edward, cariño, ¿te la estás pasando bien? —Amanda se acerca con su amplia sonrisa hipócrita y le acomoda el moño.

—Para nada. Te dije que no quería una fiesta, no tengo qué celebrar.

—Hoy cumples cuarenta años, cariño. ¡Es una ocasión especial! —Amanda señala a las personas—. Además, todos ellos creen que es una día para celebrar.

—¿Ah sí? Pues yo no conozco a nadie. Ni ellos a mí.

—No seas tan amargado, cariño. Mira todos los regalos que te trajeron.

Edward la ve lleno de resentimiento.

—No me trates como un niño tonto que se contenta con regalos. Te dije que no quería nada.

—Y yo te dije que esto era necesario. Después de las habladurías que se desataron desde que tu querida Lucía nos dejó… —a Edward le duele escuchar su nombre y eso Amanda lo disfruta—. Ahora tenemos que demostrar que La Rochette sigue siendo el mejor restaurante de Nueva York. Deberías anunciar el nuevo menú hoy mismo. Aprovecha tanta prensa.

—¿Cuál nuevo menú? No tengo nada.

Amanda niega y lo mira con severidad.

—Pues a ver si así te presionas y haces algo. No puedes dejar que el restaurante se vaya al demonio, ¿entiendes?

—¿Y por qué no?

Edward termina su copa de un trago e intenta irse, pero Amanda lo sostiene del brazo.

—Ayúdame, por favor. Solo por un rato, finge que te la pasas bien un par de horas por lo menos, relaciones públicas, ¿sí?

Amanda lo mira, suplicante.

—Está bien, fingiré.

Edward reemplaza su copa vacía por otra llena que toma de la bandeja de un mesero que pasa frente a ellos en ese momento. Esboza una sonrisa falsa y Amanda lo imita.

———

Hanna y Pete están parados fuera de la puerta de entrada y salida de los empleados. Ambos muy elegantes, él con smoking y ella con un vaporoso vestido blanco. Esperan, impacientes. Pete toma una cajetilla de cigarros y se lleva uno a la boca. Lo enciende. Hanna lo observa con atención y él le ofrece una fumada. Ella asiente complacida.

—Duré años sin fumar, ¿sabes? Pero luego volví —le confiesa mientras expulsa una bocanada de humo.

—Yo no puedo dejarlo, menos en estos momentos.

—Sí puedes, todo es cuestión de fuerza de voluntad.

—Oye, ¿puedo preguntarte algo?

Hanna da otra fumada y asiente, mientras se atraganta con el humo y tose. Le entrega el cigarro.

—¿Y Ben? —Hanna cambia el semblante, llena de enojo.

—No sé. Me dijo que tenía que hacer algo importante antes de venir, pero le contesté que no, que lo necesitábamos. Ya no respondió. Creo que no quiso participar. Tal vez le cuesta trabajo.

—¿Por Lulo?

Hanna se encoge de hombros justo cuando la puerta se abre con brusquedad y Joe se asoma, también portando su moño dorado.

—Pete, si nos llegan a descubrir, nos matan a todos. Entiendes eso, ¿verdad?

—No va a pasar nada, tranquilo —Pete da una última fumada, tira el cigarro y entra corriendo.

—¡Que no los vean! —les advierte Joe.

Hanna lo besa en la mejilla y sonríe.

—¡Eso es justo lo que queremos! —ella corre también hacia el interior del restaurante.

—Moriremos todos —Joe cierra la puerta tras él.

Hanna sigue a Pete hasta la oficina de Edward. Intentan abrirla, pero no tienen éxito. Joe llega corriendo y les entrega la llave.

—No me dijiste que la robara, pero lo supuse cuando me contaste que querían entrar.

Pete y Hanna le sonríen con alivio. Él le toma el rostro y lo besa, efusivo. Joe niega, divertido, limpiándose los labios. Ellos entran, Joe se queda afuera y les susurra:

—¡Rápido!

Ambos miran alrededor. Pete niega.

—¿De verdad crees que Amanda haya dejado aquí la libreta?

—Seguro. Es una estúpida que se cree la más inteligente, seguro dejó el arma en la escena del crimen.

—Pete la mira, desconcertado.

—Ves mucha televisión, ¿verdad?

Hanna no responde y revuelve los cajones. Pete hace lo propio buscando en el librero.

—Tenemos que pensar en algo que Edward no use mucho, donde no la pueda encontrar.

Pete mira un pequeño baúl del otro lado de la oficina y saborea el triunfo. Tropieza con la alfombra y, para no caer, se sostiene del escritorio, tirando la bola dorada grabada que Amanda le regaló a Edward. La bola cae al piso, haciendo todo el ruido posible y se parte en dos. Pete ahoga un grito al ver la punta de la libreta dentro de una de las mitades de la bola.

—¡No hagas ruido! —Hanna lo reprende.

Él la llama con la mano mientras se inclina. Le muestra la libreta en sus manos. Hanna corre, toma la libreta y la hojea.

—¡Sí es!

—¿La encontraron? —Joe se asoma por la puerta.

Ambos asienten.

—¿Y ahora? —le pregunta Pete a Hanna.

—Debemos esperar un poco, el momento preciso. Cuando Edward esté solo —responde ella mientras guarda la libreta en su bolsa.

—Yo tengo que regresar —les susurra Joe—. ¡Con cuidado!

—Gracias, amigo —Pete lo mira, conmovido.

—Solo espero que realmente sea para ayudar a Lulo —Joe les sonríe y corre hacia la cocina.

—Tenemos que acercarnos para encontrar el momento de mezclarnos —le aclara Hanna a Pete—. Vamos a la cocina.

—No, aguarda, ellos no nos deben ver. Son capaces de echarme por la fuerza, recuerda que no quedé muy bien con ellos. Me costó mucho convencer a Joe y si él no está, es muy difícil que nos crean. Esperemos unos minutos más.

Hanna consiente, algo decepcionada.

Lucía espera a Antoine, mirando a la ventana de su sala pensando en el cumpleaños de Edward. Tan solo dos semanas atrás estaba pensando en hacerle un regalo, en pasarlo juntos.

Antoine sale de la habitación con una maleta.

—¿Estás listo?

—Sí, *ma fille*. Solo me falta…

El timbre suena. Lucía mira a Antoine.

—¿Esperas a alguien?

Antoine se adelanta y abre la puerta. Por ella entra Ben. Lucía lo ve con desconcierto. Viene vestido de smoking y con un portatrajes en la mano.

—¿Ben? —le pregunta Lucía—. ¿Qué haces aquí y vestido así?

—Lu, no te puedes ir. No así, necesitas hablar con Edward, por favor.

Lucía lo mira, incrédula.

—¿Es en serio? —voltea a ver a Antoine—. ¿Tú preparaste esto?

—No me veas a mí, *ma fille*. Yo no sabía nada de esto. Pero estoy de acuerdo con Ben. Escapar de tus problemas no es la solución.

—¡Quería evitar esto! —le reprocha Lucía—. ¡Este tipo de escenas convenciéndome de no irme!

—Te perdono por querer irte sin despedir si me escuchas cinco minutos —le dice Ben.

—Tienes dos.

Ben se acerca y la toma de las manos.

—Lu, tenemos las pruebas necesarias para hundir a Amanda. Por eso vimos a Drew, él nos dio unos documentos que guardó cuando el papá de Hanna fue su amante. Además, Pete tiene los mensajes que se mandaba con ella y… Hanna y Pete están tratando de recuperar tu libreta. Lucía, Amanda la tiene. Edward no te engañó. Nunca le pidió que se casara con él. Edward te ama, Lucía.

—Que me prohibieras hablar de él contigo, no significa que no pudiera con los demás —Antoine le anuncia orgulloso de su astucia.

—No te habíamos incluido en el plan porque no queríamos que te negaras, pero cuando Antoine me escribió para decir que te ibas, decidí no perder más el tiempo. Necesito que me acompañes a la fiesta de Edward y lo enfrentes, le digas que lo amas y aclaren todo.

—¿En serio harías eso por mí?

Lucía lo mira con lágrimas en los ojos.

—Eso y más. Lu, te lo dije en México, me di cuenta de que nuestro amor se transformó, que te amo, pero como mi mejor amiga, la que nunca dejaste de ser. Con la que puedo reír, compartir momentos y, sobre todo, por la que daría la vida con tal de verla feliz. Lu, él es tu felicidad y yo te voy a llevar allá.

Ella sonríe y se abrazan con fuerza.

—Gracias —murmura mientras toma su cara con las manos—. Gracias, Benjamin.

Antoine se acerca y ambos lo incluyen en el abrazo. Lucía se seca las lágrimas.

—Y gracias a ti, Antoine.

—Listo —anuncia Antoine—. ¡Vámonos, entonces!

—¡No! ¿No vas a llegar a recuperar al amor de tu vida vestida así, verdad? —Ben sonríe mientras señala sus jeans, sudadera y tenis viejos, muy cómoda para viajar.

Ben le entrega el portatraje a Lucía. Los tres sonríen.

———

Hanna y Pete están sentados sobre el pasillo, con cara de hastío.

—Pete, siento que no estamos ganando nada aquí. Llevamos una hora, más o menos, y no hemos hecho más que recuperar la libreta, que no sirve de mucho si no la entregamos.

Pete se muerde el labio, nervioso.

–Está bien, vamos. Pero nos tendremos que mezclar entre la gente y cuidarnos de Amanda y Mr. Miller, ¿de acuerdo?

Hanna asiente, nerviosa, y ambos se levantan. Caminan lentamente hasta las puertas de la cocina. Pete la mira y cuenta con los dedos. Cuando llega al tres, se toman de la mano y entran. Todos los miran desconcertados.

–¡Es Pete!–alguien grita, mientras otro intenta jalarlo del brazo.

Hanna se sostiene con fuerza y los dos siguen corriendo hasta alcanzar la puerta que da al comedor. Salen agitados y se alejan rápidamente de la cocina.

–Me rompieron la manga –Pete se mira y niega–. ¡Es rentado!

–Yo te doy para que lo pagues, no te preocupes.

Hanna le sonríe y él le devuelve el gesto. Pete levanta la mano y ella se la choca en el aire.

–Somos buen equipo.

–Ahora, vamos a cazar brujas –sentencia ella.

Se mezclan entre la gente y se esconden detrás de un arreglo de globos.

===

En la entrada, Rachel niega el acceso a Lucía, Ben y Antoine. Lucía trae un abrigo que no permite ver su vestido.

–Rachel, es de vida o muerte, te lo suplico –le implora Lucía–. Necesito pasar y hablar con Edward.

–Mrs. Miller me dijo que no podía pasar nadie que no estuviera en la lista, menos tú. Lo siento mucho, Lulo. No quiero que me echen.

–¡Yo te prometo que eso no va a pasar! –Antoine se adelanta, desesperado–. ¡Confía en mí!

–Lo siento, señor. Pero no lo conozco.

Ben niega y se lleva una mano a la frente.

Amanda se detiene con un grupo de personas frente al arreglo de globos que oculta a Hanna y Pete.

—Entonces, ¿volviste con Edward? —la voz de una mujer bastante pretenciosa llega a los oídos de ambos. Se miran.

—Claro —confirma Amanda—. Era cuestión de tiempo, él y yo nunca hemos podido estar separados.

—¿Y la muchachita que llevaba a eventos y presentaciones? —pregunta la voz de la mujer pretenciosa—. Esa que supuestamente trabajaba aquí.

—¡Ah no! —replica Amanda—. ¡Una aventura sin importancia! ¡Le robó! Edward confió en ella para crear unas recetas juntos y se las llevó. Ahí fue cuando Edward se dio cuenta de que solo yo…

—¡Eres una maldita perra mentirosa! —Hanna sale de su escondite, seguida de Pete. Ambos rojos de furia.

Amanda los mira desconcertada. Todos voltean a verlos. Edward los distingue a lo lejos.

—¡¿Hanna?! ¿Qué haces aquí? —Edward se acerca a ellos rápidamente.

Lucía, Antoine y Ben, aún en la entrada, se intercambian miradas cuando escuchan la voz de Edward gritando el nombre de su amiga.

—Lo siento, Rachel —Lucía la quita de un empujón y los tres entran corriendo.

De regreso en el salón comedor.

—¡Estoy desmintiendo a esta mujer! —Hanna toma la libreta del bolso y la levanta en el aire—. ¡Edward! ¡Lucía nunca te robó! Esta libreta siempre estuvo aquí en tu oficina.

—La bola dorada, rota por la mitad, que está en el suelo de su oficina lo puede comprobar, Mr. Miller —Pete aporta, mirando a Amanda satisfecho—. Además, Lucía y yo siempre fuimos amigos. ¡Ella jamás lo engañó!

—¿Es cierto todo esto, Amanda? —Edward se acerca y la toma por el brazo.

El trío de jazzistas interrumpe en seco la pieza que estaban tocando y un silencio sepulcral hace eco a la pregunta de Edward. Ahora todos los invitados miran, expectantes.

—¡No! —responde Amanda—. ¿Cómo les vas a creer a estos dos? ¡Son sus amiguitos! ¡No los escuches!

—¿A mí sí me escucharás, Edward? —Antoine aparece entre la gente.

Edward lo mira, atónito. Antoine continúa:

—Yo tengo las pruebas del plan que Amanda ideó para que Ben terminara con Lucía, para dejarla vulnerable, y que él —señala a Pete—, la sedujera. Pero Pete se arrepintió y decidió no seguir. Amanda no podía permitirlo y tenía que ir por algo más.

—¡Son todos unos malditos mentirosos! —Amanda se adelanta, quedando en medio—. ¡Edward! ¡Te quieren engañar! —mira a Antoine—. ¿Y tú qué haces aquí, imbécil? ¡Antoine está de su lado! ¡No le puedes creer a él!

—¿Y a nosotros? —Ben se abre paso entre la gente, seguido de Lucía.

Hanna sonríe ampliamente y se le llenan los ojos de lágrimas.

—¿A nosotros sí nos creerías? —pregunta Lucía.

Edward mira a Lucía, que luce maravillosa en un hermoso vestido azul cielo, con los hombros descubiertos y el pelo suelto cayéndole hasta la cintura. Lucía lo mira directamente a los ojos y él se acerca, pero no se tocan.

—Amanda me buscó muchas veces para decirme que Lucía y tú tenían algo —aclara Ben—. Ella jamás tuvo nada que ver con Peter, jamás planeó nada para robarte. Lucía te ama sinceramente y yo puedo darte fe de ello.

Edward mira a Lucía. Ella tiene lágrimas en los ojos. Hanna camina y se detiene frente a ellos. De su bolso, toma unos papeles doblados. Amanda abre los ojos con sorpresa, la mira, desconcertada, y niega. Se acerca corriendo y, antes que Hanna los entregue a Edward, ella intenta arrebatárselos, pero Lucía la jala de un brazo. Amanda intenta soltarse, pero Pete llega a abrazarla por la espala.

—¡Quítate, asqueroso! —le grita Amanda.

—¡Cállate ya! —Pete le pone una mano en la boca—. Chef, además, esta arpía mandó robar su celular en el aeropuerto, para que no se pudiera comunicar con Lucía. Mi amigo Joe la escuchó.

—Así fue, chef —Joe se acerca, avergonzado, pero asintiendo—. Yo la oí.

Edward los ve con atención y luego intercambia miradas con Lucía. Ella se acerca y le dice:

—Edward, escucha a Hanna, tiene algo muy importante que decirte.

—Edward, mi familia se destruyó hace años porque mi padre tenía otra mujer, una más joven —él la mira con atención, siente como si un hielo le recorriera la garganta hasta su estómago—. Mi padre nos dejó porque esa mujer estaba embarazada. Y esa mujer era Amanda.

Edward niega con lágrimas en los ojos.

—Edward —continúa Hanna—, el hijo que Amanda perdió no era tuyo, era de mi padre.

Hanna le extiende fotos y la confirmación del embarazo que Amanda envió a su mamá años atrás. Edward mira los papeles y los arroja al suelo. Niega y se pasa la mano por el pelo. Camina hacia Amanda, que lo mira con terror. Pete la libera y Edward, mirándola fijamente, le dice:

—Eres el ser más repugnante que ha pisado la tierra —ella tambalea, cae y comienza a llorar—. ¡Me manipulaste por años! ¡Por años me hiciste sentir culpable porque habías perdido a nuestro hijo! ¡Por mi culpa! ¡Me engañaste con lo más bajo que alguien puede utilizar! ¡Todo para quedarte cerca de mí!

—Edward, yo te amo, cariño —le confirma entre sollozos—. No los escuches, por favor. Dame la oportunidad de…

—¡Nada! —Edward la calla—. ¡Lárgate ahora mismo!

Amanda voltea a ver a todos, desde el suelo. Se levanta, lentamente. Nadie la ayuda. Se acerca a Edward, pero él la quita con asco.

–¡Lárgate!

Amanda solloza y mira a Lucía con odio. Se acerca a ella y le susurra:

–No has ganado, mexicanita. Te voy a destruir, haré que te regreses arrastrando a tu país, a tu pocilga con tu miserable familia y...

Lucía le da un puñetazo con todas sus fuerzas. Amanda cae con el labio roto. Todos las miran, expectantes. Lucía se inclina y le asegura:

–Te dije que nunca más volvieras a mencionar a mi familia sin antes lavarte tu sucia boca. Ten dignidad, Amanda. Lárgate y no vuelvas más.

–No te quiero volver a ver, Amanda –reitera Edward–. Te enviaré los papeles para disolver la sociedad y, si no los firmas por las buenas, procederé legalmente contra ti.

Amanda hace una mueca de desprecio.

–No creo, no hay nada que puedas utilizar contra mí, sobre todo sin un buen abogado, cariño –le responde–. Esos los tengo yo.

–Te aseguro que sí podremos –le confirma Ben.

Amanda voltea a verlo, mientras Ben habla:

–Edward, mi hermano trabaja en la mejor firma de abogados de este país. Te ayudará con gusto.

Edward lo mira y asiente. Voltea hacia la puerta y llama a dos guardias de seguridad:

–¡Llévensela!

Los de seguridad se acercan y Amanda manotea para salir caminando ella misma. Edward toma la mano de Lucía, mientras Hanna, Ben, Antoine y Pete se acercan. Los invitados aún los miran, sorprendidos. Todo sigue en silencio, el grupo no sabe qué decir. Pete, nervioso, decide romper el hielo:

–Bueno... ¡Feliz cumpleaños, chef! –Pete se encoge de hombros mientras todos sonríen. Antoine le da una palmada en la espalda. Lucía y Edward se abrazan tiernamente. El trío de jazzistas vuelve a tocar.

—

Edward y Lucía se han quedado solos en La Rochette, sentados en dos sillas contra el muro de espejos.

—No puedo creer todo lo que pasó —él le confiesa—. Parece una novela.

—Dicen que el amor verdadero debe ser puesto a prueba.

—¿Dudaste de nuestro amor?

—Creo que ambos dudamos por un momento, Edward. Si no, no hubiéramos reaccionado como lo hicimos. Lo bueno es que el destino hizo de las suyas y quiso que estuviéramos juntos al final.

—El destino y tus amigos.

—Nuestros amigos —aclara Lucía sonriente. Él la mira con ternura:

—De verdad, siento no haber podido conocer a tu abuelo.

Ella lo ve con tristeza.

—Pero aún puedes conocer a mi abuela y mi mamá.

Edward se levanta, se detiene ante ella y se arrodilla.

—No quiero que volvamos a dudar uno del otro. ¿Me lo prometes?

—Nos falta conocernos más, en todos los aspectos, Edward, pero sí, estoy dispuesta.

—Yo también, tenemos todo el tiempo del mundo para hacerlo.

—¡Y el tiempo es lo más importante para la excelencia!

Edward ríe ante el gesto burlón de Lucía. Ella toma de su bolso el reloj que le regaló, mientras se levanta. Él hace lo mismo.

—¿Ya ves? ¡Está intacto!

—Eso jamás lo dudé.

Edward desabotona su camisa y le muestra su medalla. Lucía lo abraza. Su olor se impregna en ella y él la carga. Le da vueltas y Lucía ríe cuando pisa de nuevo el suelo.

—Quiero que creas en mí y me dejes amarte. Hacerte feliz.

—Creo en ti —Lucía lo mira mientras acaricia su rostro—. Creo en el amor.

Se besan apasionadamente.

La boca de Lucía despierta al sentir el delicioso sabor cítrico de los labios de Edward, impregnándola y recorriendo cada rincón de su ser. Ese sabor tan magnífico que la llena de paz.

—Y yo creo en nuestro amor —sentencia Edward.

CAPÍTULO 22

Creo en el amor

Se podría decir que el jardín en casa de doña Meche es el lugar más feliz de todo Pátzcuaro, sobre todo en primavera, cuando se celebra el cumpleaños de su nieta. Varios globos lila, además de flores de papel, hacen juego con las flores reales que lucen como nunca con las lluvias de primavera. Los árboles frutales rebozan de sabor y el verde del césped inyecta vida a cualquiera que lo ve. Un día muy especial que recuerda que los tiempos difíciles pasaron y todos están listos para continuar su camino.

Una larga mesa rectangular con un impecable mantel blanco es la protagonista de la fiesta. En una cacerola está el maravilloso arroz blanco de Doña Meche que, sobre todas las cosas, tiene un sabor que conecta de inmediato con el calor de hogar, la máxima expresión de amor familiar. Frijoles a la mexicana, chicharrón, el famoso guacamole y una producción a gran escala del platillo estrella: *El sabor del amor*.

La abuela Meche y Lucía utilizaron la receta, agregándole un poco más de picante y el queso favorito del abuelo que, sin derretirse, logra deshacerse en la boca y realzar el fuerte sabor del relleno. Edward quedó maravillado la primera vez que probó la receta elaborada por la abuela que, a pesar de ser alcachofas con el mismo relleno, parece otra gracias a su sazón.

Lucía sonríe al ver a todos sus seres queridos sentados ahí, celebrando con ella un año más de vida y compartiendo el amor por todos esos sabores tan especiales que la han acompañado desde pequeña, ayudándola a ser quién es. Se da cuenta que su abuela la mira fijamente, también sonriendo.

—¿Qué piensas, mija?

—Ay, abuela —suspira—. ¡Soy tan feliz! ¡De verdad! Veo a cada uno de ustedes y no puedo dejar de pensar en lo afortunada que soy de tenerlos. Me encantaría que mi abuelo estuviera también sentado en esta mesa.

Lucía sonríe con tristeza, mientras Meche niega.

—Él está aquí, Lucía. En ti, en mí, en tu madre y en cada muestra de amor que nos damos. Él nos enseñó a querernos y protegernos como lo hacemos.

Lucía asiente mientras su mirada recae en Coco, sentada junto a su abuela. Se ve muy contenta bromeando con Antoine. Meche capta su mirada y confirma, murmurando:

—Ya también me di cuenta. Tu madre anda muy risueña con tu amigo.

—Creo que se flecharon, abuela —Lucía también murmura, sonriendo—. Antes, nunca pude presentarlos, pero ahora me doy cuenta de que me tardé. ¿Crees que sí vayan bien juntos?

Meche se encoge de hombros y responde:

—Dios quiera que sí, mija.

—¿De qué tanto hablan ustedes dos? —Coco las mira curiosa.

La abuela y la nieta se voltean a ver y ríen.

—Que se ven muy bien juntos —Coco se sonroja.

—*Ma fille*, no molestes a los adultos por favor —le contesta Antoine con ironía.

Lucía se encoge de hombros y los cuatro ríen. Junto a Lucía, Edward brinda con Ben.

—Ben, de nuevo gracias por contactarme con tu hermano. Pensé que Amanda iba a dar más problemas, pero, ya al fin, no hay sociedad que nos una.

—Lo intentó, que quede claro que no quería irse sin luchar —Ben sonríe mientras da un trago a su cerveza—. Pero sin argumentos es muy difícil lograr algo. Te dije, mi hermano trabaja en una de las mejores firmas del país, no podía fallarnos.

Edward se queda pensando. Ben lo cuestiona con un gesto.

—Te veo bien, contento. Filadelfia te ha venido de maravilla —Edward prueba un poco de arroz y hace un gesto de placer.

—Sí, fue difícil el primer mes, pero después de cinco más ya la vida fluye sola. A todo esto, nunca me imaginé hablar así con el nuevo amor de mi ex. Pero creo que me agrada.

Ambos ríen.

—Bueno, sí era un poco incómodo al principio.

—Muy —complementa Ben.

—Estoy de acuerdo.

Ambos siguen comiendo, un poco opacados por las carcajadas de Linda, Hanna y Drew.

—¿De verdad llevas tres matrimonios? No lo puedo creer —Drew mira a Linda con admiración.

—¡Y estoy buscando al cuarto! —responde Linda.

Hanna hace un gesto de sorpresa y Drew ríe.

—Te admiro —le dice Hanna a Linda—. Yo no puedo llegar a uno y tú vas por el cuarto. ¿Cuál es tu secreto?

Linda se encoge de hombros:

—Creo en el amor, sobre todo en el que siento por mí misma. Mira, cuando yo me fijo en un hombre, lo más importante es que me siga sintiendo cómoda con él. Soy una persona que recorrió un largo y difícil camino para encontrar el amor propio y sentirme cómoda con la mujer que soy. Ahora, lo que realmente necesito es alguien que no quiera cambiar a la Linda que tanto trabajo me ha costado aceptar y amar, que no quiera algo diferente a lo que soy.

–¿Y si es para mejorar? –pregunta Hanna–. ¿Para convertirte en una mejor versión de ti?

–¡Pues qué mejor! ¡Pero no lo he encontrado! La persona correcta llega en el momento indicado. Tres matrimonios después, no ha llegado y está bien. No tengo prisa. Ya llegará.

–Yo a veces creo que me quedaré solo –Drew se encoge de hombros.

–No, aún eres muy joven para pensar así –le responde Linda–. Eso créelo cuando estés a punto de morir y sigas solo, ahí te lo concedo.

Hanna y Drew ríen, mientras Linda continúa:

–Mírame a mí, quizá no he encontrado al amor de mi vida, pero la he pasado muy bien en el proceso de buscarlo. El hombre indicado llegará, cuando menos lo espere. Como pasó con tu hermana…

Drew y Linda la miran, divertidos, y Hanna suspira, girando la cabeza para ver a Ben detrás de ella. Que ahora se encuentra muy concentrado comiendo, pues Edward se levantó de la mesa.

–En eso estamos –Hanna baja la voz para que él no escuche.

–Pero van bien, ¿no? –pregunta Linda con una sonrisa traviesa.

–Sí, bueno…

–¡Ay, mi vida! ¡Por favor! Se ven cada fin de semana –Drew cuenta con los dedos conforme va hablando–. Hablan todos los días, se besan cada vez que se ven.

–¡Lo sé! –confirma Hanna–. Pero una relación como tal no tenemos.

–¡Ya te dije! –le sugiere Drew–. ¡Múdate a Filadelfia!

Hanna y Linda ríen.

–No necesitas ser novia de alguien para tener una relación, corazón –afirma Linda–. Ten paciencia, las cosas buenas llevan su tiempo.

–Linda, quiero que seas nuestra nueva mamá –le lanza Drew.

Linda ríe y abre los brazos:

–¡Encantada!

—Muchachos —Antoine interviene mirándolos, divertido—, el amor llega cuando menos lo esperas. ¡Incluso para Pete! Ahora tiene novia, muy linda y perfecta para él.

Coco también se suma y los observa.

—¡Sí! —Hanna sonríe con nostalgia—. Me ha contado. Es muy buen chico, el mejor cómplice para las aventuras.

Un estruendo los hace voltear hacia la puerta. Edward viene caminando, seguido de un mariachi que toca *Si nos dejan*. Lucía niega, divertida. Le cuesta creer que ese hombre alegre, detallista y tierno sea el mismo Edward que la despidió de La Rochette un año atrás. Se levanta, mientras un avergonzado y alegre Edward intenta seguir la canción en español. Todos aplauden. Cuando llega a ella, se besan tiernamente y Edward le dice:

—Alguien me dijo que esta canción te gusta mucho —Edward lanza una mirada cómplice a la abuela por encima del hombro de Lucía.

—Sí. ¡Me encanta! Eres el mejor. Te amo.

—Yo más —le responde y la vuelve a besar.

Al terminar el beso, Lucía abre los ojos, sorprendida, y siente un extraño sabor en la boca, algo muy seco y un poco amargo, como le pasó el día que mordió la cáscara de una toronja. Respira profundo, mientras ve que él toma una pequeña caja de su bolsillo.

Linda y Drew se toman del brazo, mientras Coco abraza a Meche por la espalda y Antoine da una palmada. Ben toma a Hanna de la mano y sonríen. Lucía sigue con los ojos abiertos de sorpresa, mientras Edward apoya una rodilla sobre el césped y le dice:

—Lucía, ¿te quieres casar conmigo?

FIN

Soltar el pasado
+ Perdonarse

= Abrirse al amor

Creyó que una propuesta de matrimonio le permitiría escaparse,
pero solo ha agregado más dolor a su vida.

Nada salió como lo esperaba.

La culpa por las decisiones equivocadas no la deja dormir
y sus sueños frustrados son una carga tan pesada…
Cuando creía que ya no era capaz de amar ni dejarse amar,
todo cambia en su vida.

¿PODRÁ NORA ANIMARSE A SER FELIZ?

Elegí esta historia pensando en **ti**
y en todo lo que las mujeres románticas
guardamos en lo más profundo
de **nuestro corazón** y solo en contadas
ocasiones nos atrevemos a compartir.

Y hablando de compartir, me gustaría
saber qué te pareció el libro...

Escríbeme a
vera@vreditoras.com
con el título de esta novela
en el asunto.

VeRa

yo también
creo en el amor